Evelyne JONAS

Rose, en quête d'amour

les éditions
de l'officine

A Rose-Marie Erb
Avec toute mon amitié.
J.E.

Ceux qui savent ensoleiller la vie des autres, éclairent leur propre existence.

Amicalement

Rose

Le regard perdu sur le roulis de l'écume blonde de la rivière, avec l'œil droit, qui par intermittence, observait le bouchon de liège divaguant au milieu des tourbillons, Rose-Marie laissait son mal-être s'échapper dans les méandres de sa jeunesse. Pas plus le hardi pépiement des oiseaux qui voletaient dans le saule pleureur voisin, que les coassements des grenouilles ou le vol de jolies libellules ne pouvaient sortir la pêcheuse de sa concentration.

En gros plan, la photo d'un tas de sable, dans la cour d'une grande maison, se faisait plus qu'évidente. Les souvenirs surgissaient avec une effrayante clarté. Elle revoyait un petit compagnon de jeu, Eric, avec qui elle construisait des châteaux de sable. En aparté, les traits d'une belle dame qui venait les gronder, en les voyant faire pipi dans un petit seau, pour consolider leur construction.

- *Rose, meine kleine Puppe ! Schick dich* ! (Rose, ma petite poupée ! Sois sage !)

C'était le seul prénom qui résonnait à ses oreilles : Rose et non Rose-Marie ?

Dans une impression de flou, la même dame était allongée sur un lit d'hôpital. Des blouses blanches tournaient autour d'elle. De là, l'image sautait directement à la chapelle, où dans une grande boîte en bois, la même femme dormait.

Du haut de ses quatre ans, ses petits doigts d'enfant touchaient d'abord les cheveux blonds, le visage clair, presque translucide, la main glacée et en se haussant sur la pointe des pieds, frôlaient le ventre gonflé au travers du tissu.

Comme au cinéma muet, une main inconnue lui prenait le bras, pour la tirer vers l'extérieur de la chambre afin de l'arracher du cercueil, avec en sonorité de fond, une voix rajoutée qui hurlait :

- *Mutti ! Mutti ! Ich will bei meiner Mutti bleiben.* (Maman ! Maman ! Je veux rester avec ma maman).

Dans ce film à répétition, elle se retrouvait au milieu d'un cimetière, donnant la main à un grand homme brun. Tout de noir vêtu, il pleurait en la serrant contre lui, debout devant un cercueil. Rose recherchait activement dans sa mémoire qui pouvait bien être cet homme ? Mais comme les souvenirs, qui venaient la hanter, dataient de sa petite enfance, les flashs étaient rares. Seul, un prénom y était inscrit en lettres de feu : "papa Victor". Pourtant, les traits, qui s'imposaient, apparaissaient troubles sur l'image et les hurlements, que sa propre voix semblait avoir poussés, lui glaçaient encore le sang. De but en blanc, des soldats étaient arrivés, en jetant des ordres gutturaux, qui firent sursauter les quelques personnes profondément recueillies.

La frayeur provoquée par le bruit des pas cadencés, des militaires qui, en quelques secondes, les avaient entourés dans un cliquetis d'armes. La violence avec laquelle ils avaient entraîné papa Victor pour l'emmener loin d'elle, sans se préoccuper des appels et du désespoir d'une petite fille. Encore aujourd'hui, Rose-Marie s'attendait, avec la force de l'oppression subie, à ce que les "terribles cris" s'arrachent, du fond de ses tripes, pour mieux briser le silence.

Etait-ce son père ! Cet homme ? La jeune femme n'en avait aucune certitude, elle se revoyait juste s'accrocher désespérément à son pantalon, avant que deux soldats brutaux, de la Gestapo, n'emportent la silhouette vers l'inconnu.

Telle une tempête qui apporte la tourmente, le cauchemar, qui obsédait ses jours comme ses nuits, recommençait... Un frisson lui traversa d'abord le corps comme à chaque fois que la projection indésirable s'interposait dans ses pensées. La frayeur, cette brûlure sournoise qui lui envahissait le corps, se faisait plus nette. Bien que Rose-Marie soit adulte maintenant, cette douloureuse angoisse se présentait toujours de façon identique.

La voix d'un vieil homme la transperçait comme un couperet :

- Jette-moi ça dehors ! Je ne veux pas de la bâtarde de cette "Boche" dans ma maison. Je ne veux plus la revoir ici !

- Tu ne peux pas jeter cette enfant de quatre ans à la rue, sous prétexte que sa mère est allemande, gémissait la vieille femme ; même un chien, on le nourrit. Laisse-moi au moins lui donner à manger ? Elle n'a pas demandé à venir, c'est ton fils qui l'a ramenée avec cette étrangère.

- Parlons-en de ton fils ! Ce bon à rien n'a rien trouvé de mieux que d'aller épouser une Boche avec un gosse. Je t'ai déjà dit : "que je n'ai pas une crotte de lapin pour nourrir l'ennemi…" Et encore bien moins mon pain !

- Ton fils ne te le pardonnera pas. Cette gamine n'est pas responsable de la folie des adultes…

- Viens petite, murmura la voix de la vieille femme, qui, après s'être munie d'une lampe à pétrole, entraîna, vers la grange, la fillette dont le ventre vide gargouillait étrangement.

- Il a de la haine, rajouta-t-elle de sa voix bourrue. Tu seras mieux hors de ses griffes. Cette nuit, tu vas dormir dans "*ein Kaninchenkasten*" (cage à lapins) ! et nous verrons pour demain...

Bon sang, qu'est ce que ce galopin de fils, avait besoin de s'enticher d'une femme “qui vient du pays ennemi qui tue nos hommes”. Il y en avait plusieurs de très jolies, dans le quartier, qui attendaient son retour ; ne pouvait-il choisir parmi celles-là ?

C'est recroquevillée comme un fœtus, sur de la paille fraîche, étalée par la grand-mère, que "la fille de la *Boche*", terrorisée, passa sa première nuit. Dès qu'elle bougeait un peu, ses cheveux et ses doigts s'emmêlaient dans une énorme toile d'araignée. Quand elle voulait se retourner, ses coudes, ses pieds et sa tête se cognaient contre les étroites parois en bois vermoulu. Tremblante de froid, elle écoutait les craquements et les sons bizarres qui semblaient l'approcher comme pour la manger. Elle était tellement effrayée que sa bouche n'arrivait plus à émettre un seul son et qu'elle en avait presque oublié son ventre vide.

Mutti ! voulait-elle hurler, mais seul un croassement indistinct écorchait la nuit. Son cœur battait par à-coups puis, s'arrêtait brusquement et à nouveau s'affolait comme s'il venait de courir. Des soubresauts faisaient sursauter son petit corps, tant ses sanglots silencieux étaient violents. Dans les cages adjacentes, les lapins rongeaient des croûtons et des carottes avec un plaisir évident, mais la petite ne le savait pas. Ce bruit anodin, lorsqu'il était amplifié par la frayeur, ressemblait plutôt à une armée de frelons qui a déterré la hache de guerre. Puis, épuisée d'avoir trop pleuré et tremblé, elle finit par s'endormir.

Ses jambes ankylosées et son ventre affamé qui émettait des signaux bizarres, la décidèrent à sortir de son antre au petit jour. Elle avait faim. Sa *"Mutti"* allait lui donner *"eine Schmiere und Milch"* (une tartine et du lait). Elle se glissa, malgré son corps engourdi par le froid, prestement à l'extérieur. Aussitôt, la peur lui reprit les tripes. En regardant autour d'elle, Rose ne reconnaissait pas l'endroit. Elle se mit à pleurer et à appeler :

- *Mutti ! ich will mein Bett...* (maman ! Je veux mon lit...). Mais aucune réponse ne vint la consoler.

Elle s'aventura un peu dans la cour et reconnut la maison de sa *"Oma"*. Heureuse de se retrouver en territoire connu, elle s'empressa aussitôt d'aller cogner à la porte, avec un large sourire qui éclairait son visage. Elle eut à peine le temps d'apercevoir la tête de son *"Opa"*, qu'une gifle qui lui fit craquer la mâchoire, l'expédia au sol.

- *Raus ! Du dreckische Boche* (dehors ! Sale Allemande) hurla le vieil homme. Je ne veux pas de toi ici !

Hébétée et groggy, la petite, dont les pleurs semblaient s'arracher du cœur, resta un long moment sur le sol. Ses dents claquaient de souffrance et d'appréhension. Elle se traîna sur quelques mètres et le bruit d'une fenêtre de la maison qui se refermait brusquement, la fit sursauter. La peur au ventre, en puisant au fond d'elle les dernières forces qu'elle avait dans ses petites jambes, elle s'empressa d'aller se blottir dans son *"Kaninchenkasten"*.

Ce n'est que vers onze heures, que sa *"Oma"* vint nourrir les lapins, lui donna deux carottes, quelques épluchures cuites de pommes de terre et un quignon de pain sec à grignoter. Sans lui faire la moindre caresse ni lui témoigner le plus petit geste de tendresse, dont l'enfant avait tant besoin. Elle lui annonça juste avant de s'éloigner :

- "Le vieux" ne veut pas que je te donne à manger ! Mais je reviendrai quand il sera dans les champs.

L'après-midi, *Oma,* avec un panier sous le bras s'éloigna vers les prés, en regardant dans la direction de Rose. Contente, la fillette s'apprêtait à la rejoindre, lorsqu'elle vit son *Opa* sortir de la maison. Craintive, elle n'osa plus bouger, serra les dents pour retenir sa respiration et resta terrée dans sa cage. Le vieil homme, en s'approchant des clapiers, l'aperçut aussitôt. Brutalement, il la tira par les cheveux pour l'en faire sortir et d'un coup de pied dans le bas du dos, la chassa.

- *Weg, Dreckhündin !* (Fous le camp, sale chienne !) ordonna-t-il méchamment.

Expédiée deux mètres plus loin et pliée en deux par la douleur, la gamine en larmes, tenta tant bien que mal de se redresser, pour échapper aux griffes de son tortionnaire. Les grognements de rage de son grand-père, qui marmonnait entre ses dents, lui donnèrent des ailes pour s'éloigner dans la direction qu'avait prise sa *"Oma"* peu de temps auparavant.

- *Gott ! Gott !* (Dieu ! Dieu !) pria-t-elle, je ne serai plus jamais méchante ! mais donne-moi ma Mutti ?

En voyant Rose arriver, la vieille femme qui ramassait des pissenlits pour les lapins marmonna :

- *Komm Kind, der Krieg macht der Alte böse* (Viens enfant, avec la guerre, le vieux est méchant)...

Le regard de la grand-mère se détourna du petit visage rouge d'avoir trop pleuré et des bras qui se tendaient vers elle.

- Ah non ! se disait la vieille femme, il ne faut quand même pas trop m'en demander… ? D'ailleurs, elle était incapable de donner la moindre miette d'amour à la fille d'une p…….

Quelle idée avait donc eu son nigaud de fils d'épouser cette Schleu ? Maintenant "celle-là" leur restait sur les bras. Ils n'avaient déjà pas grand chose pour se nourrir eux-mêmes et le fils, reviendrait-il un jour ?

Alors avec le vieux…

- *Ich will meine Mutti !* (je veux ma maman) répétait inlassablement l'enfant.

Allez ! Ramasse des pissenlits vociféra la femme d'une voix brusque. Puis, comme si elle était énervée, elle bouscula la petite intruse par les épaules, lui mit, entre les mains, son vieux *Messer* (couteau), et rajouta :

- Ta mère est morte et la Gestapo a emmené mon fils. Alors travaille maintenant !

Le couteau semblait peser une tonne et ne voulait pas s'enfoncer dans le sol sec. Avec ses deux mains, la fillette hachurait, tant bien que mal, les pousses vertes sans jamais en atteindre la racine. Sa *Oma* la surveillait du coin de l'œil, mais ne disait rien.

Rapidement, la fillette avait compris que sa grand-mère l'acceptait, par la force des choses, mais ne lui voulait aucun mal. De temps en temps, quand Rose n'obéissait pas assez vite, une petite tape valsait sur ses fesses ou ses joues, mais la vieille dame n'était jamais méchante. Elle trouvait toujours un quignon de pain à mettre dans sa poche pour la *Ratze* (petit rat) comme elle l'appelait.

Parfois, lorsque le vieux était dans les champs, la grand-mère la faisait entrer, quelques minutes dans la cuisine, pour lui donner une tartine avec un peu de moutarde ou du saindoux et un verre d'eau. En cette période de disette, les réserves étaient maigres, alors pour elle…

Bien sûr, elle n'avait jamais un geste tendre pour l'intruse. D'ailleurs, l'aurait-elle pu ? La colère la rongeait encore… Elle n'arrivait pas à comprendre comment son fils avait pu leur ramener cette misère à la maison ! Depuis, le regard des voisins était suspicieux envers eux. "Ils nous prennent pour des traîtres" répétait son homme.

Il restait bien deux chambres vides à l'étage, la petite chose aurait pu dormir à l'abri, mais le vieux était capable d'en faire de la chair à saucisse rien qu'en la regardant. Tant pis, la *Ratze* se passerait de lit ! D'ailleurs, dans la paille, on dormait tout aussi bien…

Rose-Marie, le regard fixé sur les ondulations de l'eau, était vaguement à la recherche de son bouchon de liège, que le courant emportait. Elle le ramenait mécaniquement vers elle, avec en sourdine dans ses oreilles, la voix caverneuse de son Opa qui retentissait toujours comme le roulement du tonnerre, en la faisant trembler. Un sourire éclaira le doux visage de la jeune femme, en se souvenant, qu'elle lui en avait "fait voir au vieux". Chaque détail réapparaissait comme si c'était la veille.

Son Opa la frappait dès qu'elle était à portée de sa main et les coups et les blessures étaient d'une violence inouïe. Instinctivement, la main de la jeune femme toucha son oreille, dont le tympan avait été abîmé par une gifle plus rude que les autres...

Elle savait qu'il fallait lui échapper à tout prix, et tous les moyens étaient bons. Dès que l'ombre de cet homme méchant apparaissait à l'horizon, elle se faisait aussi petite qu'une souris pour se blottir dans un coin.

Certains matins, il hurlait pour que l'enfant aille lui ramasser les précieux mégots jetés au sol, près de la caserne, d'abord par les soldats allemands, puis plus tard, par les Américains. La petite puce qui n'avait pas envie de le faire, avait trouvé le moyen d'éviter parfois la corvée. Pour l'embêter, elle se cachait au fond du jardin, dans le vieux WC en bois, dont les planches étaient si abîmées, que la nourriture du corps, qui stagnait au fond, avait tendance à vouloir s'échapper, pour engraisser les choux du jardin.

Le grand-père de la fillette, ressentait surtout de la gêne, de devoir ramasser ces misérables bouts de cigarettes, sous le regard moqueur des voisins qui ne fumaient pas. Tant pis pour lui, il ne lui restait plus qu'à fumer des poils de lapin en attendant, se disait Rose, heureuse de sa vengeance.

Bien sûr, le vieux la cherchait partout pendant des heures, sans la trouver. Une chose certaine, c'était qu'à cet endroit-là, l'odeur qui flottait était si nauséabonde, qu'il ne serait venu à l'esprit de personne d'aller s'y blottir volontairement. C'était surtout le repaire d'énormes mouches noires qui n'arrêtaient pas de se poser sur la figure de la petite. Ces sales bestioles lui chatouillaient la peau et c'était désagréable. Malgré cela, Rose se gardait bien de montrer le bout de son nez avant que le jour ne vire au gris souris. Elle se contentait de manger deux carottes qu'elle avait chapardées dans le fond du jardin, alors qu'un croissant de lune commençait déjà à lui sourire. La fillette avait appris à connaître tout ce qui était comestible dans la terre comme sur les arbres. Il fallait bien remplir son ventre vide.

Mais d'autres fois, les choses ne se passaient pas si bien.

Une fois par mois, le fils aîné des grands-parents, qui habitait à l'autre bout de la ville, venait à la maison, avec sa femme et sa fille Elise. Rose entendait à chaque fois des disputes entre cet oncle et le grand-père. Ensuite, à chaque fois, le grand-père sortait de la maison, et appelait :

- *Ratze* ! Viens jouer avec ta cousine ! elle s'ennuie toute seule ! Tu lui tiens compagnie ! Mais tu ne touches pas à la balançoire, lui ordonnait-il avec le regard méchant.

C'était les seuls moments où le grand-père lui adressait la parole. Même pour lui donner du travail, il demandait à *Oma* de le faire.

La cousine sortait de la maison, avec dans la main, un long sucre d'orge que sa grand-mère lui avait préparé avec du sucre caramélisé, s'asseyait sur la planche fixée avec deux cordes à une branche d'un arbre du jardin et se balançait sous le regard plein d'envie de la *Boche*. Un jour, alors que la cousine Elise venait de jeter le reste de sa sucrerie dans l'herbe, Rose s'empressa de la ramasser. Elle allait la porter à sa bouche, lorsqu'une violente claque "tombée du ciel" fit voler la chose tant convoitée, vingt pas plus loin. La bouche ensanglantée, la petite fille courut se blottir au plus profond de sa cage à lapins, pour n'en ressortir que le lendemain.

Ce jour-là, les éclats de voix entre son oncle et son grand-père, se prolongèrent et attirèrent même les voisins.

Les grands-parents avaient d'autres enfants, et les prénoms de deux cousines, qui venaient de temps en temps avec leur mère, avaient marqué sa mémoire d'enfant :

- Josiane et Solange. Elles habitaient également Forbach. C'était deux petites filles timides qui ne parlaient jamais à Rose. Les fillettes avaient tellement peur de la voix colérique du grand-père quand il hurlait après la petite *Schleu (Allemande)*, qu'elles se sauvaient dans les jupes de leur mère en pleurnichant, dès que le grand-père leur parlait ou les approchait.

Rose aurait bien aimé jouer avec ces gosses de son âge. Mais personne ne l'aimait et elle ne comprenait pas pourquoi ?

Le bout de la ligne qui se recourba et le fil qui se tendit comme un arc, stoppa brusquement le film de ses pensées et obligea Rose-Marie à reprendre le train de la réalité. Elle se sentait presque soulagée, qu'un poisson ait eu la bonne idée de mordre. Ses "voyages" réguliers dans la mémoire du passé étaient de plus en plus angoissants et la laissaient chaque fois dans un état second, avec une sensation de peur, qui d'ailleurs ne la quittait jamais complètement. Elle avait l'impression d'être engloutie dans un gouffre dont elle ne voyait jamais le fond.

La petite chose qui poussait dans son ventre, gigotait dans tous les sens. Présentement, elle lui faisait comprendre que la position prise par la pêcheuse ne lui convenait pas. La jeune femme s'installa donc un peu plus confortablement pour que cette petite crevette soit à l'aise. Une chose est sûre, se disait-elle, mon enfant ne manquera jamais d'amour. Elle était impatiente de le tenir dans ses bras. Trois longs mois d'attente encore avant qu'il ne sorte de sa bulle...

Déjà la brume de sa propre jeunesse refaisait de nouveau surface, en apportant sa cohorte d'ombrages. Et des images, "comme si ces phases éprouvantes, qui venaient sans cesse la tyranniser, dataient de la veille," se profilaient sur écran géant. Pourtant la lointaine réminiscence de ces événements, datant de sa petite enfance, n'auraient dû lui laisser que des images floues.

Et bien non ! Rose-Marie avait plutôt tendance à oublier ce qu'elle avait mangé la veille ; mais certainement pas les nuits de terreur qu'elle avait passées au fond de son clapier et qui l'avaient marquée au fer rouge à jamais. D'ailleurs, elle en aurait été plus qu'heureuse, si sa cervelle réussissait à mettre un "carré blanc" sur ces moments.

Pendant une période, les avions bombardiers survolaient Forbach régulièrement, pour aller faire leur travail plus loin. Le cri strident de l'alarme, prévenait les habitants de leur passage, en les tirant de leur sommeil, avec une recrudescence affolante. Ils terrorisaient littéralement Rose. Le bruit assourdissant claquait dans ses oreilles comme s'il était encore présent…

Oma la retrouvait, tous les matins, tremblante, recroquevillée tel un chaton. Pour que l'enfant se sente rassurée, la grand-mère lui avait montré l'endroit où elle devait se cacher, dès que la sirène retentissait. La fillette se tenait donc continuellement prête à descendre dans un abri.

Juste avant l'arrivée des *"Zaméricains"* les bombardements étaient si fréquents, que la grand-mère, pour se débarrasser de la fillette, l'avait confiée à leur fille aînée. Celle-ci avait pitié de Rose et supportait mal, la façon dont une innocente enfant était traitée. Chez eux, à Merlebach, les conditions de vie étaient pires, mais malgré cela, ses propres enfants ne manquaient pas d'amour. La petite en avait également besoin…

Là, l'alarme retentissait à une cadence bien plus infernale. De plus, une bombe avait totalement détruit une maison à deux pas de chez eux. Tout comme de nombreux Merlebachois d'ailleurs, la tante Madeleine et son mari Ambros, avaient décidé pour plus de sécurité, d'aller vivre avec les enfants, dans le bunker qui était à cinq cents mètres de leur domicile. Deux jours plus tard, l'autre frère, l'oncle Joseph et sa femme Odile les rejoignaient. A tour de rôle, à la tombée du jour, les hommes sortaient pour trouver de la nourriture. Le premier soir, deux d'entre-eux, Ernest et Peter étaient revenus avec un demi-cochon qu'ils avaient cuisiné à l'intérieur du blockhaus. Malgré les bombardements qui faisaient tomber de la poussière sur son morceau de viande, Rose avait vécu un moment agréable. Avec tout ce monde près d'elle, elle se sentait entourée et surtout, son *Opa* était loin... C'était bon de pouvoir respirer, sans regarder autour de soi, si des claques n'allaient pas lui tomber sur la tête, sans raison…

Le deuxième jour, la catastrophe s'imposa sans crier gare…

Plusieurs personnes, dont la tante Madeleine et son mari, s'étaient faufilées à l'extérieur pour trouver de la nourriture. Quelques heures plus tard, la tante, les bras chargés, pénétra en premier dans le bunker, tout heureuse d'avoir déniché du lard et du lait pour Rose, qui était la plus petite des enfants présents. L'oncle Ambros toujours aussi souriant, montra le bout de son nez et les autres arrivèrent les uns après les autres. Mais il en manquait deux à l'appel, alors que l'heure était déjà très tardive. Peter, l'un des hommes présents, qui guettait patiemment leur retour, proposa de partir à leur recherche. Une heure plus tard, les deux hommes manquants revinrent ensanglantés et Ernest annonça :

- *Peter ist tot !* (Peter est mort) en voulant nous secourir. Il a été emporté par un obus, tout près du Bunker.

L'agréable soirée de la veille, qu'ils espéraient renouveler, venait de se transformer en veillée funèbre. Les sanglots rendirent rapidement l'ambiance presque insoutenable. Puis, quatre jours plus tard, ce fut au tour de Jacob d'y laisser sa vie, en sautant sur une mine. D'autres habitants du Bunker ne revinrent pas et leurs corps ne furent jamais retrouvés. Les femmes tremblaient d'inquiétude, car le bruit des bombes, qui tombaient au-dessus de leur tête, était ininterrompu. Les enfants pleuraient. Rose, les poings serrés, se blottissait derrière sa tante.

Ce n'est que bien des semaines plus tard, alors que des voix murmuraient que des "Zaméricains" venaient les sauver, que la tante Madeleine ramena la fillette à Forbach.

Heureusement, à leur arrivée, Oma était toute seule à la maison et leur dit :

- Le vieux est tellement grincheux sans son tabac, qu'il est parti faire un petit tour au village, en espérant ramasser quelques mégots ! marmonna-t-elle. Il n'arrête pas de bougonner sans arrêt, parce que la vache donne moins de lait, à cause des bombardements. Il dit que l'herbe a été empoisonnée pour l'embêter, et que c'est pour ça que deux de ses lapins sont morts. Il n'arrête jamais... jamais... La dernière : nous sommes en guerre parce que son fils nous a ramené la malédiction d'Allemagne et a été capable de mourir rien que pour lui laisser celle-là.

En parlant, elle montrait la fillette du menton.

- Comme si le petiot avait demandé à partir là-bas ! Je suis fatiguée de l'écouter se plaindre.

Alors qu'elle expliquait le mauvais caractère de son mari à sa fille qui buvait une tasse de chicorée en sa compagnie, la vieille femme hochait la tête sans s'arrêter, l'air de dire "il est infernal".

L'éclat de rire de Rose qui, par peur, était restée à l'extérieur de la maison, malgré le froid vif, pour mieux guetter l'arrivée de l'indésirable, fit tourner la tête aux deux femmes.

- Qu'est ce qui te rend si joyeuse ? questionna la tante Madeleine en ouvrant la fenêtre.

- C'est d'imaginer Opa à quatre pattes pour ramasser des mégots. D'habitude, il veut toujours que j'y aille.

Tout en lui passant une tartine avec du saindoux, par la fenêtre, la grand-mère fut également obligée de rire de la réflexion de la fillette. Bien sûr, l'arrivée du grand-père qui remontait la rue, fit s'envoler les trois moqueuses telle une nuée d'oiseaux. Comme une flèche, Rose rejoignit son clapier pour s'y blottir.

Au fil des jours, à la caserne, ce fut le départ des "Zallemands" puis, l'arrivée des "Zaméricains". La fillette avait si souvent entendu prononcer ces deux noms, qu'elle ne savait plus très bien qui était dans le ciel. Lorsque la ville était bombardée, elle avait appris à courir toute seule dans la cave, quand sa *Oma* lui criait :

- *Fliegeralarm ! Runter in den Keller* (Sirène d'alarme ! Descends à la cave).

Etonnamment, à ce moment-là, son *Opa* n'émettait aucun commentaire. Il ne voulait certainement pas que son fils lui reproche, à son retour, d'avoir tué la petite *schleu*. Il agissait simplement comme si elle n'était pas là et disait à sa femme :

- Demain, tu diras à la fille de la *Boche* de me ramasser des mégots ! Je n'en ai plus…

- *Jaaaa* ! (oui) répondait la *Oma* en traînant la voix, demain matin.

Bien que mal à l'aise et effrayée, avec cette agressivité latente que son *Opa* lui faisait sentir, Rose se sentait quand même plus à l'aise en sachant qu'il était avec eux, dans ces moments effrayants.

Blottie dans un coin, elle ne murmurait plus un mot jusqu'à ce qu'ils puissent ressortir sans danger. Une fois l'alerte terminée, la fillette rejoignait aussitôt sa cage.

Après ces moments-là, des angoisses nocturnes la tenaient éveillée quand arrivait la nuit. Elle appréhendait de se retrouver toute seule, dès que le ciel s'assombrissait. Une peur sournoise enlisait son esprit sans qu'elle ne puisse réagir. Ses muscles se crispaient, ses mains et ses jambes devenaient glacées, au point de donner l'impression à Rose qu'elle ne pourrait plus jamais les bouger. La boule qui se formait alors autant dans sa gorge qu'au fond de sa poitrine, semblait l'étouffer...

L'hiver s'étirait, et un vent glacial se faufilait par tous les interstices qui se trouvaient sur son passage. En cette fin de semaine, pour ne pas faillir à la coutume, sa Oma lui avait préparé un baquet d'eau tiède dans la buanderie, afin qu'elle puisse se laver. Puisque Rose n'avait aucun vêtement de rechange, c'était avec sa chemise et sa culotte, qu'elle s'était plongée avec délice dans cette eau douce. Sa robe en toile de jute donnait une allure d'épouvantail à la fourche sur laquelle elle l'avait accrochée. Heureuse de cette détente agréable, elle se frictionnait vigoureusement pour détacher la crasse de son corps, chantait à voix haute, quand brusquement, un déluge d'eau glaciale et de glaçons lui tomba sur la tête. L'eau frigorifiée fit l'effet d'un coup de poignard à la fillette, qui sur le coup, lui coupa la respiration. Puis, s'étant ressaisie, en un temps deux mouvements, elle bondit de son nid douillet, pour filer se blottir, sans sa robe, dans son abri. Au passage, elle avait aperçu le sourire hilare de son Opa, qui tenait encore en main, le gros seau vide, qui se trouvait habituellement sous le chéneau de la grange pour récupérer les eaux de pluie. Il l'avait ramassé au passage pour le lui déverser sur le corps. Dans la cour, le rire moqueur" du vieil homme aigri résonnait :

- Je ne veux pas qu'une sale *Boche* laisse ses souillures, là où "moi" je pose les pieds !

Avec les habits mouillés qui lui collaient à la peau, en larmes et frigorifiée, Rose-Marie n'arrivait pas à arrêter les tremblements qui avaient envahi son corps. Ses sous-vêtements étaient trempés et sa robe lui manquait. De plus, ses genoux et ses dents jouaient des castagnettes. Avec ses doigts gourds, elle se recouvrait de paille, pour se réchauffer un peu, mais le vent froid se faufilait de tous les côtés.

- Mais pourquoi le vieil homme est-il si méchant avec moi ? se demandait-elle. Suis-je donc tellement vilaine pour qu'il me punisse de cette façon ? Pourtant, elle essayait continuellement d'être sage et de se faire toute petite, pour qu'il ne la voie pas. Elle ne comprenait pas ce qu'elle avait fait de mal.

Pendant la nuit, des quintes de toux violentes la firent vomir. Son pauvre petit corps transpirait par moment, grelottait de froid quelques minutes plus tard. Soudain, il fut pris de secousses incontrôlées, qui ne la quittèrent pas de la nuit. Sa tête bourdonnait comme si des milliers d'abeilles s'y étaient installées. Elle était si malade qu'elle n'arrivait plus à avaler sa salive. Au fond de sa gorge, un feu étrange la faisait souffrir.

Le lendemain matin, lorsque la grand-mère vint nourrir les lapins, elle fut stupéfaite en voyant Rose toute gémissante avec le visage rouge comme un coquelicot. Son corps, très menu à cause des restrictions alimentaires, tremblotait continuellement. Inquiète, la vieille femme toucha le front de la fillette et étonnée de la voir aussi brûlante, retourna aussitôt dans la maison chercher une couverture. Elle enroula l'enfant dedans, puis ramena encore un peu de paille fraîche pour la protéger du froid. Avant de repartir, elle sortit un croûton de pain dur de sa poche et le tendit à la gamine. Rose leva mollement son bras pour s'en saisir, mais, sans force, laissa retomber sa main avec le pain à côté d'elle. Elle se sentait si mal, qu'elle ne rêvait que d'une chose : boire du lait ou une soupe chaude. Pendant plus de dix jours, la toux et la fièvre l'empêchèrent même d'avaler quoi que ce soit de consistant.

Alarmée par la "tousserie" incessante de la petite, une voisine qui travaillait à l'hôpital de Forbach, mère elle-même de plusieurs gosses, eut pitié de l'enfant qui souffrait d'une mauvaise bronchite. Elle l'installa chez elle pendant quelques jours, pour pouvoir la soigner, avant que cette toux ne tourne en pneumonie. Elle lui fit avaler de la poudre blanche, qu'elle avait ramenée de son travail et diluée auparavant dans du lait de chèvre avec deux gouttes de miel de ses ruches. Bien que très malade et fiévreuse, les trois nuits passées dans un lit chaud, avec des regards pleins de chaleur, mirent du baume au cœur de l'enfant, autant moralement que physiquement. Cette femme avait partagé le peu qu'elle avait, entre une petite inconnue et ses propres enfants, malgré le manque de nourriture, alors que le père de famille était sur le front. La petite fille était haute comme trois pommes, mais cette générosité, elle ne l'oublierait jamais. Ce qu'elle ferait plus tard, Rose n'en savait rien, mais la seule chose dont elle avait la certitude, c'était de vouloir une famille avec beaucoup d'amour…

Le souvenir de ce "délice" était resté intact et ce détail fit sourire la jeune femme, malgré la tension, que ses envolées dans le passé provoquaient en elle.

Le quatrième jour au matin, la voisine avait renvoyé la petite chez sa grand-mère, juste avant qu'elle ne parte à son travail.

En attendant que sa Oma sorte de la maison, la fillette s'était blottie dans son petit nid près des lapins. Comme les grands-parents n'avaient pas cherché à avoir de ses nouvelles, dans sa petite tête d'enfant Rose s'était dit :

- Ils étaient trop contents de ne plus m'avoir dans leurs pieds, pendant quelques jours, alors, il ne me reste plus qu'à me faire très discrète pour que tout aille bien.

Malheureusement, ce qu'il advint par la suite ne la conforta pas dans cette idée. Soudain, le bruit des pas de son *Opa* résonna dans la cour, instinctivement elle se blottit au plus profond de la cage, pour échapper à son regard méchant. Mais comme un dogue qui renifle pour chercher sa proie, le grand-père sentit la présence de la fillette. Il baissa la tête et en l'apercevant, la haine qui l'habitait fit virer la couleur de ses yeux bruns au noir ébène.

Alors comme ça, cette bâtarde va se faire dorloter ailleurs pour échapper au travail ! hurla-t-il méchamment.

Sa main tapait sur la figure, le dos, les jambes de la petite fille avec une violence incontrôlée. Puis, il détacha sa ceinture pour frapper de plus belle. Un voisin attiré par les hurlements de la gamine, s'empressa de quérir la grand-mère, mais quand celle-ci voulut s'interposer entre l'homme et l'enfant pour prendre la défense de la *"Ratze"*, le vieil homme la repoussa avec une telle violence, que sa femme chuta lourdement. Les gens présents se contentèrent de hocher la tête, puis s'éloignèrent sans chercher à l'arrêter. Ils craignaient bien trop cet homme violent pour se mêler de ses affaires. Après tout, s'il cognait la petite et sa femme, c'est qu'elles le méritaient...

En rampant, Rose avait réussi à lui échapper, tout en renversant volontairement sur son passage le seau d'épluchures cuites destinées aux lapins et à s'enfuir. Son corps endolori la faisait souffrir, mais elle jubilait intérieurement :

- Bien fait pour lui ! pensa-t-elle. Il n'aura plus qu'à les ramasser…

Un beau matin, Rose constata que tous les habitants de la ville, endimanchés, s'étaient rassemblés devant les bâtiments. Le reste de la troupe américaine était arrivé pendant la nuit. Un grand drapeau flottait au milieu de la cour, alors que peu de temps auparavant, c'était le drapeau hitlérien qui campait fièrement au même endroit. Maintenant, il gisait au milieu des débris et servait de carpette aux nouveaux arrivants pour s'essuyer les pieds. Les envahisseurs avaient fui, au fur et à mesure de l'avancée de l'armée salvatrice. Dans l'azur du ciel, ces nouvelles couleurs semblaient ravir tout le monde et les nombreux sourires faisaient chaud au cœur de la fillette.

Les "Zaméricains" étaient bien là…

Depuis de longues semaines, on ne murmurait que ce mot-là. Ils s'étaient tant fait attendre, que la population avait presque perdu espoir.

Pendant de longues années, par obligation, tout le monde avait parlé la langue de l'occupant, "la seule, d'ailleurs, que la fillette ne connaisse". Et maintenant, les nouveaux s'exprimaient avec un accent bizarre, auquel on ne comprenait rien. Ils se servaient toujours de leurs doigts pour s'expliquer. Du coup, tout le monde parlait : soit avec les mains, soit en français soit en patois pour reprendre leurs anciennes habitudes. Heureux surtout, d'oublier les sales moments qui étaient derrière eux.

Rose ne s'approcha pas des villageois, puisque son grand-père se tenait parmi eux. Elle craignait trop sa main leste, qui le démangeait dès qu'elle était sur son chemin. D'ailleurs, après le gros seau d'épluchures qu'elle avait renversé exprès, elle préférait se mettre au vert. Son corps lui faisait assez mal comme cela.

Elle s'était donc assise sur le trottoir, derrière un muret, pour observer tout ce remue-ménage, avec un petit regard curieux. Les nouveaux arrivants discutaient dans un charabia incompréhensif pour elle, puisque depuis sa naissance, seule la langue de Goethe avait bercé son oreille. La fillette se sentait un peu perdue, lorsqu'une main pesa sur son épaule. Craintive, elle poussa une plainte en se demandant ce qui allait lui arriver. Puis, ne sentant aucun coup tomber, elle releva la tête et regarda ce visage inconnu qui lui souriait, en lui tendant quelque chose. Tremblante, la fillette attrapa la friandise qu'elle fit disparaître dans sa bouche, en un tour de main.

- Mmmm ! que c'était bon…

Après lui avoir fait un bisou sur la joue, le soldat s'éloigna. La fillette aimait beaucoup ces nouveaux venus, puisqu'ils semblaient toujours souriants, aimables et gentils. Ils avaient toujours une petite bricole à offrir aux enfants.

Rose savait bien reconnaître la différence entre ces soldats-là, dont la tenue était différente, qui lui tendaient du *"Schokolade"* et des *"ching-gom"* avec une voix douce, pas comme les méchants d'avant qui hurlaient constamment, mais qui, heureusement, étaient repartis.

D'ailleurs, c'était ceux qui avaient emmené son papa Victor.

Comme son Opa n'était plus dans son champ de vision, elle pénétra discrètement dans la cour de la caserne, s'avança lentement et subitement, une expression de terreur s'inscrit sur son visage. Un souvenir plus violent que les autres venait d'apparaître dans son subconscient en la paniquant littéralement. Elle se mit à hurler de frayeur…

Le soldat qui lui avait donné une barre de chocolat peu de temps avant, s'approcha aussitôt d'elle pour la prendre dans ses bras. Il la consola et lui tendit une autre friandise. Les tremblements qui agitaient le corps de la fillette se calmèrent un peu, mais le regard de l'enfant semblait toujours paniqué.

- Moi, William. Et toi ? interrogea le militaire.

- Rose ! lui répondit-elle entre deux sanglots.

Tout en la questionnant, il lui chatouillait le ventre, pour tenter de décrocher un sourire sur le petit visage tuméfié. Qu'est-il arrivé à cette petite ? se demandait-il, pour qu'elle soit dans un tel état. Il lui tendit de la brioche et du chocolat, mais rien ne semblait calmer les angoisses de l'enfant.

Un autre Américain qui connaissait la fillette, vint lui dire qu'elle avait été soignée chez eux, à l'arrivée de l'avant-garde de leur unité. Mais Rose se remit à pleurer de plus belle, en regardant le ciel et en inspectant tout, autour d'elle, avec un regard rempli de terreur.

Elle sentait qu'une chose terrible était survenue là, lorsque les premiers soldats américains s'étaient installés… Et voilà que, brusquement, c'était le déclic, rien que de pénétrer dans cet endroit, tout lui était revenu…

Les mains de la pêcheuse solitaire se mirent à trembler devant la vision violente qui envahissait son "moi intérieur". Elle tenta vainement de lui échapper en se frottant le visage d'une main, se releva pour s'asseoir plus loin, mais rien à faire, le satané cauchemar, qu'elle faisait même avec les yeux ouverts, défila dans son esprit.

Elle se revoyait vêtue d'une robe-sac, (que sa *Oma* avait coupé dans de la grossière toile de jute destinée à faire des sacs de pomme de terre), qu'elle n'aimait pas beaucoup parce qu'elle lui grattait la peau et d'un vieux châle noir sur les épaules.

L'hiver glacial s'étirait en ce début 1945. Cet après-midi là, alors que les premiers "Zaméricains" venaient d'arriver à Forbach, et que l'ennemi avait déserté la caserne depuis peu, les enfants y avaient provisoirement établi leur territoire de jeu. L'arrivée de tous ces camions remplis de soldats, attirait les regards. Au même moment, un avion allemand survola la ville en laissant tomber des plaquettes d'aluminium. C'était des leurres qu'il lâchait pour brouiller les radars américains. Toutes les roueries étaient bonnes pour tromper l'ennemi. Les enfants s'empressaient de ramasser tous ces trésors argentés pour jouer. Les petites plaques fines et légères semblaient voler en spirales et s'étiraient dans le ciel. C'était à celui qui réussissait à en tenir le plus dans ses petites mains. Rose se revoyait courir dans la grande cour de la caserne avec son petit compagnon Eric, (la boîte à mégots, qu'elle devait remplir pour son Opa, posée près d'un talus). Comme des petits fous à qui le jeu avait tant manqué, ils sautillaient de droite à gauche. La sonnerie de l'alarme qui retentit tout à coup ne les inquiéta aucunement. Les avions revenaient de nouveau leur lancer des trésors, et les gamins ne demandaient que ça. Soudain, comme pour leur laisser un dernier souvenir de leur passage, un avion rasa les bâtiments de très près et leur lâcha encore plus de papillons argentés. Les enfants cavalaient dans tous les sens. Au moment où le pied d'Eric buta dans une pointe qui dépassait du sol, une explosion violente les souleva du sol. L'onde de choc se répercuta dans toute la caserne. Le souffle projeta Rose comme son petit camarade de jeu, à plusieurs mètres de là. Son corps meurtri la faisait souffrir. Elle mit quelques secondes avant de pouvoir se redresser péniblement. Ses jambes, ses mains et ses bras étaient ensanglantées et recouverts d'éclats. Elle avait l'impression de ne plus rien entendre en dehors d'un étrange bourdonnement qui lui faisait mal aux oreilles. Sa tête était très douloureuse ; elle aurait tant voulu que quelqu'un la prenne dans ses bras.

Dans la panique, les soldats américains couraient, à droite à gauche, en se demandant si une bombe était tombée du ciel ? Il cherchait à comprendre ce qui s'était passé, sans même remarquer les deux petits corps qui gisaient, au milieu des débris.

Puis, les sons revinrent tout doucement dans les oreilles de Rose... Des cris et des voix affolés retentirent autour d'elle. Angoissée, elle se mit à pleurer et c'est une voisine de ses grands-parents, attirée par l'explosion, qui vint la relever. Elle souleva l'enfant et l'emmena à l'infirmerie de la caserne pour la faire soigner. Une épaisse poussière grise, qui semblait tomber du ciel, lui pénétrait dans les narines. Elle ne se sentait pas bien, mais son regard fut attiré par un groupe de gens, rassemblé au milieu de la cour. Une voix de femme criait et sanglotait. La dame qui la tenait, ralentit en arrivant près de l'attroupement. C'était l'endroit où Rose jouait quelques minutes auparavant avec Eric. En quelques secondes, la fillette aperçut le corps de son petit copain, qui gisait à même le sol, à côté d'un trou béant. Le spectacle était horrible. Une jambe était détachée de son corps, une mare de sang s'étalait autour de lui. Une de ses chaussures semblait posée devant son visage. Des lambeaux de ses habits déchiquetés, étaient éparpillés tout autour. Il avait marché sur une mine, que l'ennemi avait laissé à cet endroit, en guise de cadeau d'adieu. Sa maman, agenouillée près de lui, pleurait et poussait des cris qui donnèrent des frissons à la petite fille. Des gens parlaient et Rose percevait des bribes de conversations : de ciel, de petit ange, de mine, d'une chose terrible...

- Mon petit est mort ! Mon petit est mort ! Mon petit Eric ! se lamentait la mère…

Se rendant compte de l'ampleur du drame, la voisine s'éloigna rapidement avec l'enfant, mais c'était trop tard. La terrible vision resterait marquée à l'encre indélébile, dans les pages de la mémoire de Rose. La mort de son petit camarade de jeu, alors qu'elle n'arrivait même pas à s'imaginer ce qu'un enfant pouvait faire au ciel avec les anges, devait revenir la hanter durant des années. Après cette horrible tragédie, elle avait été soignée par les infirmiers américains. Ils l'avaient couchée sur un lit de camp, dans les locaux qui servaient de salle de soins, alors qu'ils s'installaient encore. Pendant plusieurs jours, ils lui avaient retiré les nombreux éclats parsemés dans sa chair endolorie. Sa Oma, prévenue par la voisine, s'était quand-même inquiétée de son sort et avait demandé de ses nouvelles…

L'infirmerie militaire s'était occupée de l'enfant aussi longtemps que son état de santé le nécessitait, avant de la renvoyer dans sa famille.

Dépassée par les événements et ne sachant plus que faire, la fillette était venue frapper au carreau de la cuisine de sa grand-mère, dès son retour à la maison. Celle-ci avait entrouvert la fenêtre, tout en mettant un doigt sur la bouche pour lui faire comprendre d'un signe de tête qu'il était dans la *"Stub"* (salle de séjour). Rose avait tout de suite compris que son Opa était là... La femme, en surveillant d'un œil son mari, lui avait tendu discrètement une tartine avec un tout petit peu de saindoux. Pour éviter toute rencontre malencontreuse, la petite fille s'empressa de déguerpir vers la grange.

Pouah ! Le goût de cette nourriture était très amer, elle n'aimait pas ça du tout. Son rictus de dégoût était comique. Elle préférait les tartines de pain blanc avec du *"Schokolade des Zaméricains"*. Les jours, qu'elle venait de passer chez eux à se faire choyer et dorloter, l'avaient habituée à d'autres conditions de vie.

La panique lui prenait le ventre rien qu'à l'idée de devoir dormir de nouveau dans sa cage à lapins. Effrayée, elle s'éloigna dans les rues, marcha avec l'espoir de trouver un regard ami ou un peu de tendresse.

Pendant des heures, plusieurs fois de suite, elle avait remonté la grand rue de la colonie SNCF, fait demi-tour, recommencé le même trajet. Elle était si épuisée à la tombée du jour, qu'elle continuait à piétiner comme si elle était dans un autre corps que le sien.

A la nuit noire, alors qu'elle refermait ses volets au passage de l'enfant, une voisine proche, Mme Darreville, surprise de la voir, lui avait proposé d'entrer :

- *Oh ! meine kleine Rose ! du bist ja da ? Komm schnell rein* ! (Oh ! Ma petite Rose ! tu es là ? Viens, rentre vite !).

Surprise de la voir en chair et en os, la brave dame lui annonça qu'elle l'avait cru morte comme le petit Eric, car son Opa lui avait simplement dit que les deux enfants avaient sauté sur une mine.

- Qui est mort ? murmura Rose, qui semblait avoir tout oublié du drame et ne comprenait pas un mot de ce que la femme lui expliquait.

- Ce n'est rien ! répondit tout doucement la dame qui se rendait bien compte que la gamine était choquée.

La voisine l'avait gardée trois nuits dans sa demeure, pour l'aider à se remettre. Mais la peur du grand-père de Rose, dont les colères étaient connues de tout le quartier, l'obligea à renvoyer la fillette chez elle.

Sans en comprendre la raison, Rose ne s'était plus approchée de la caserne. Subitement, de revoir cet endroit, venait de faire réapparaître cette vision cauchemardesque. Maintenant tous ces souvenirs se propulsaient en lui faisant beaucoup de mal, alors que pendant une courte période, elle était heureuse de les avoir oubliés. Le fait d'être entrée dans la base militaire, lui avait fait revivre ce moment comme si elle y était, heureusement, la présence de ce grand jeune homme, qui la tenait dans ses bras, calmait peu à peu ses angoisses.

Tout le temps de sa crise, le soldat "Zaméricain" n'avait pas arrêté de la bercer en lui disant des mots gentils. Enfin calmée, Rose croqua dans la brioche et le chocolat qu'elle tenait dans sa main. Le militaire, le regard amusé, semblait soulagé que la petite fille ait enfin cessé de pleurer.

En attendant, les choses n'étaient pas aussi simples que ça. Bien que l'enfant se tint éloignée de la maison des grands-parents, sa *Oma* la recherchait dans le quartier pour qu'elle aille couper des pissenlits pour les lapins, chercher des mégots pour le grand-père. La grand-mère ne lui donnait en tout et pour tout, la plupart du temps qu'une pomme, déjà un peu flétrie, à croquer. Il fallait dire que la récolte, de l'automne précédent, avait été abondante. Mais Rose en avait marre de ce fruit. Son ventre lui faisait mal d'avoir tout le temps faim…

Alors, la fillette avait pris l'habitude de dormir à la caserne, dans une casemate inoccupée. Depuis, comme par l'opération du Saint-Esprit, chaque soir, une assiette bien remplie, accompagnée d'une tranche de pain blanc venait la rejoindre. Les soldats avaient toujours de la nourriture et des friandises pour elle.

Dès qu'elle apercevait dans la cour, celui qu'elle appelait son *Onkel William* (oncle William), elle courait lui quémander du pain blanc, du *Schokolade* ou un gâteau quelconque. Il avait toujours quelque chose dans sa poche pour la fillette et ne la laissait jamais repartir sans un petit geste de tendresse ou en la tenant dans ses bras, comme si c'était son propre enfant.

Les gens du quartier, lui avaient raconté l'enfance difficile vécue par cette petite, la vie intenable que lui faisait supporter son grand-père, sa solitude, sans compter les maltraitances. Le soldat ne pouvait pas comprendre qu'un adulte, avec toute sa raison, puisse prendre une gamine de cinq ans pour une ennemie, sous prétexte que sa mère était allemande. Du coup, le jeune officier avait promis à Rose de l'emmener en "Zamérique" avec lui, (il adorait quand la gamine répétait Zzzzzamérique… avec son accent innocent). Quand il repartirait, il lui ferait visiter sa grande maison, ses écuries avec des chevaux, et serait un gentil papa. La petite fille attendait ce moment avec impatience. Elle s'était enfin trouvée un *Vati* (père) qui voulait lui donner de l'affection.

Le fait de le savoir tout proche chassait un peu les craintes, que le film de la mort de son petit camarade faisaient réapparaître régulièrement dans ses cauchemars. Le choc, provoqué par la vision du drame et de l'endroit où tout s'était passé, l'avait profondément bouleversée. Le moindre bruit d'avion ou de sonorité un peu trop forte la faisait sursauter et trembler comme un oisillon glacé.

Une autre fois, contente de n'avoir pas vu sa Oma deux jours durant, par-là même, heureuse d'éviter la corvée des pissenlits, (que la petite puce n'avait pas envie de faire, car le lourd panier lui faisait mal au dos), Rose fit une rencontre désastreuse…

Alors qu'elle s'amusait à ramasser des cailloux blancs sur le trottoir de la caserne, elle se sentit, soudain, soulevée par les cheveux. C'était son *Opa*, qui la remuait dans tous les sens en lui hurlant d'aller ramasser des mégots. Il n'avait plus rien à fumer ! Elle devait se dépêcher, si elle ne voulait pas aller rôtir en enfer. La fillette qui détestait cet homme méchant et espérait vivement que son *Onkel William* allait la protéger, hurla de sa petite voix aiguë :

- Va les ramasser tout seul ! Moi je ne veux pas…!

De rage, le grand-père, en la tenant toujours en l'air par les cheveux, la frappa si violemment pendant plusieurs secondes, qu'elle en vit trente-six milles chandelles. De frayeur ou de douleur, la petite Rose, sans pouvoir se retenir, urina involontairement. En voyant cette source jaunâtre se déverser sur son pantalon, le grand-père lui envoya une volée de coups encore plus retentissants de hargne. La douleur était si forte pour le petit corps fragile de l'enfant, qu'elle lui coupa la respiration. Soudain, elle ressentit comme une brûlure le long de sa gorge, avec l'horrible sensation d'être tenaillée par une impression d'étouffement. Enfin, elle réussit à expulser le vomi qui la gênait. Quand il vit ses vêtements se souiller de cette mixture, qui laissait exhaler des effluves malodorants, le grand-père projeta la gamine trois mètres plus loin, contre un mur de la caserne. Attiré par les hurlements de l'enfant, des soldats, dont l'Onkel William, accoururent. Après avoir soulevé la fillette, dont un bras pendait lamentablement, et contre qui son grand-père vociférait toujours, le jeune officier mit l'enfant en larmes dans les bras de l'un de ses compagnons. Puis, il s'approcha de l'homme colérique, l'empoigna par la chemise, et l'attira à lui avec force, tout en lui hurlant un chapelet d'injures. Le vieil homme, surpris mais enfin calmé, s'éloigna sans un regard pour la petite fille.

Rose-Marie décrocha la tanche qui gigotait au bout de sa ligne et la rejeta aussitôt à l'eau. Son plaisir n'était pas dans la capture, mais dans cette solitude feutrée, au cœur de la nature. Elle remit un appât au bout de l'hameçon, et le sifflement de sa ligne fendit l'air avec grâce et légèreté, tout en accompagnant le bruissement du feuillage. Quelques instants plus tard, le regard sur le bouchon, ses divagations l'entraînèrent à nouveau dans cette époque noire.

Elle se revit cette fois, dans la grande voiture de la Croix Rouge américaine, encadrée par deux dames inconnues, vêtues de tenues militaires. Ses sanglots violents d'enfant apeuré, n'avaient en rien dérangé les bavardages incessants des deux femmes. De toute façon, pas plus la fillette que ces dames ne pouvaient se comprendre. Rose ne voulait qu'une seule chose, *"Sein Onkel William"* pour aller en *"Zamérique"* et manger du *"Schokolade"*.

- *Ich will meinen lieben Onkel* ! (Je veux mon gentil oncle ! répétait-elle sans s'arrêter).

C'était le seul qui lui donnait des bisous et jouait avec elle. Puis, comme si la tonne d'oppression, qui pesait sur ses épaules, était insurmontable, par intermittence la petite fille appelait :

- *Mutti ! Mutti ! Ich will auch wie Eric sterben ! Ich will nicht fortgehen* ! (Maman ! Maman ! je veux aussi mourir comme Eric ! je ne veux pas partir !) .

Les larmes creusaient des sillons noirâtres sur les joues rouges, que l'enfant essuyait sans interruption avec ses petites mains sales. Son chagrin semblait inconsolable. Des sanglots violents soulevaient le corps frêle à un rythme soutenu. Rien ne semblait vouloir arrêter sa souffrance…

La lourde porte de l'hospice Saint-Nicolas à Metz, venait de se refermer sur Rose. Le claquement sembla lui percer les oreilles, alors que celles-ci étaient déjà pourtant bien endolories et abîmées par les nombreux coups qu'elle avait reçus.

Elle ne voulait pas dormir ici, et préférait retourner dans sa *Kaninchenkasten* (cage à lapins). Son *Onkel* William allait venir la chercher là-bas, il le lui avait promis.

La petite Rose ne savait pas encore, que son *Onkel* bien-aimé avait préféré la confier à la Croix-Rouge, plutôt que de la laisser entre les mains de son ignoble grand-père. Il avait fait une demande de placement aux Services Sociaux. D'ailleurs, plusieurs personnes de la Cité avaient appuyé l'action du soldat américain, tant elles étaient horrifiées par le calvaire que le vieil homme aigri avait fait vivre à cet enfant. Avec la meilleure volonté, William ne pouvait pas l'emmener, son régiment était muté ailleurs. Cette solution lui déchirait le cœur, mais il n'en connaissait pas d'autre. Si la chance lui permettait de sortir vivant de ce bourbier, il essaierait de revenir plus tard…

Par politesse, il avait prévenu la grand-mère de l'enfant de son intention, celle-ci lui avait répondu :

- A force de recevoir des coups, de couper des pissenlits, de traîner les lourds paniers, d'arracher de l'herbe à quatre pattes, de ramasser des pommes de terre et des mégots, la petite a déjà une scoliose. Il ne la laisse même pas rentrer dans la maison :

- *Sein Buckel ist krumm* ! (Son dos est cagneux !) avait-elle rajouté.

La vieille femme préférait également la savoir ailleurs. Elle n'arrêtait pas de réfléchir, à la terrible journée où son mari avait eu comme une crise de folie. Ce matin-là, il lui avait ordonné d'une voix sèche :

- La petite chienne vient avec nous au champ aujourd'hui ! Elle ramassera les patates. Elle peut bien travailler pour le croûton de pain que tu lui donnes...

Il n'acceptait l'enfant à proximité que lorsqu'il y avait du travail à faire. Alors la grand-mère s'empressait d'appeler la fillette pour qu'elle les accompagne. Mais la petite Rose avait tellement peur de son Opa, dont la main leste s'abattait sur sa tête ou son dos, même quand sa besogne était accomplie, qu'elle avait préféré se camoufler au village.

La rage qui avait pris le vieil homme, fut sans commune mesure... Tout en tempêtant, gesticulant et levant les poings, le visage déformé par la haine, il s'était lancé à la poursuite de l'enfant et trois fois de suite, avait traversé toute la cité, sous le regard ahuri des habitants. Ceux-ci avaient baissé la tête en voyant l'homme qu'il était devenu. Ce n'était plus un être humain, mais une bête que la guerre avait transformée en monstre haineux. Il s'épuisait à courir, mais rien ne devait l'empêcher d'attraper la sale petite Boche, pour lui faire payer sa désobéissance. Il tenta de la rejoindre, avec la pioche levée, prêt à frapper, mais la gamine avait des ailes tant la terreur la tenaillait et la poursuite dura de longues minutes.

Soudain, à bout de force, Rose s'écroula après avoir butté dans un caillou. L'ombre menaçante s'abattit sur elle, avant qu'elle ne puisse lever la main pour se protéger.

L'une des dents de la pioche lui fendit cruellement la lèvre jusqu'au nez. Une douleur brusque explosa dans sa tête comme un coup de poignard. Le sang coulait à flot, sur sa joue et ses vêtements, ce qui n'empêcha pas son Opa, fou de colère, de la saisir par le dos et de continuer à la molester très brutalement. Rose-Marie hurlait de souffrance et de frayeur en tremblant de la tête aux pieds. Soudain sa vessie se relâcha et elle sentit un liquide chaud couler entre ses jambes. Bien sûr, les menaces de son grand-père avaient augmenté de plus belle, en sentant l'urine qui l'éclaboussait. Avec le manche de la pioche, il continua à lui taper les fesses et le bas du dos comme un fou.

La grand-mère, attirée par les cris, s'était empressée de le raisonner, et pour lui arracher l'outil des mains, s'était accrochée au manche.

- Tu as perdu la raison ! avait-elle hurlé. Tu vas la tuer comme ça ! Non sans avoir évité les coups, elle réussit enfin à lui faire lâcher prise.

Aussitôt, elle avait entraîné la petite en la prenant par la main, pour la mettre hors de ses griffes. Ensuite, elle s'était contentée de rincer la bouche sanguinolente de l'enfant, avec un peu d'eau de pluie, qu'elle avait prise dans un tonneau, au creux de sa main. Puis, elle s'était emparée d'un torchon qui séchait sur le fil à linge et avait marmonné :

- Tiens ça sur ta bouche pour que le sang arrête de couler ! Et la prochaine fois, fais ce qu'il te demande !

Sans la moindre compassion, elle avait tiré la gamine, qui gémissait de douleur, jusqu'au champ de pommes de terre. Un jour, le vieux ira trop loin, tellement il est plein de haine, bougonnait-elle tout en marchand ; qu'attend le fiston pour nous donner de ses nouvelles ?

Le soir venu, la fillette retourna dormir dans sa cage, comme si de rien n'était. Le lendemain, sa bouche avait doublé de volume. Son visage était méconnaissable. La voisine, Madame Dareville, en l'apercevant, poussa un cri horrifié ! Aussitôt, elle s'empressa d'aller voir la grand-mère en lui disant :

- Il faut l'emmener immédiatement à l'hôpital pour la faire recoudre.

- Si je fais ça ! *Dann schlägt er mich tot* ! (Il va me tuer !).

Comme tout le monde craignait cet homme irascible, personne ne fit rien. La blessure gonflée mit de longs mois à se remettre, en laissant une cicatrice indélébile".

Tous ces souvenirs qui repassaient devant ses yeux à vitesse grand V, avaient décidé la grand-mère à autoriser l'Américain à placer l'enfant. Il semblait bien que leur fils ne revienne plus. On ne savait pas ce qu'il était devenu depuis que la Gestapo l'avait arrêté au cimetière. L'espoir devenait de jour en jour plus mince. Ce n'était pas ça qui allait calmer la folie qui prenait son homme dès qu'il voyait la *Ratze*.

Les souvenirs des quatre mois qui suivirent son arrivée à l'hospice, avaient marqué son enfance comme s'ils s'étaient produits la veille.

L'arrivée dans ce vieux bâtiment gris et insalubre, dont la forte odeur d'humidité prenait les narines, n'aidait en rien pour qu'une enfant se sente à l'aise. Complètement affolée à l'idée de se retrouver dans un endroit inconnu, Rose avait crié et s'était débattue à perdre haleine. La nonne la tenait par la main. Elle fut rapidement agacée par les piaillements de cette petite peste qui se débattait comme un beau diable. Comme l'enfant lui donnait des coups de pieds, la sœur l'attrapa par le haut du bras et la tira brusquement dans le sombre couloir. Rose fut donc entraînée de force et au pas de course, par un méchant fantôme, dont la longue robe et le drôle de chapeau (cornette) l'effrayaient. La femme au visage méchant, la tirait sans ménagement, avec des enjambées tellement grandes, que la fillette devait courir afin de la suivre. Ses pieds décollaient du sol tous les quelques pas. La nonne stoppa brusquement et interrogea la gamine d'un ton sec :

- Comment t'appelles-tu, vilaine fille ? Arrête donc de pleurer et mouche-toi ! Tu es vraiment dégoûtante.

Mais Rose continuait à s'essuyer le nez, les yeux, avec ses petites mains barbouillées. De toute façon, elle ne comprenait pas un mot de ce que cette femme, aux méchants yeux noirs, racontait. Elle pleurnicha donc de plus belle...

- Tu vas t'arrêter et me répondre ! s'écria la nonne en la secouant comme un prunier. Je veux ton nom ! ton nom !

La petite rose qui venait enfin d'entendre un mot qui lui était presque familier, *Name* (nom), gargouilla entre deux sanglots :

- *Rose Boche*...

Une claque violente l'expédia aussitôt jusque sur le sol en béton glacé, sans que la fillette ne comprenne ce qu'elle avait dit ou fait de travers...

- Je vais t'apprendre à me traiter de grosse *Boche* hurlait la nonne, dont le teint cireux avait viré au rouge. Ah ! c'est comme ça ! Je vais t'éduquer de manière à ce que tu saches respecter les servantes du Seigneur.

Un coup de pied dans les reins de la gamine vint compléter sa virulente diatribe. Rose, dont les cris de douleur avaient ameuté tout l'étage, resta couchée sur le sol, la tête entre les bras. Son petit corps était pris de tremblements qu'elle ne pouvait pas arrêter. Des crampes douloureuses lui faisaient mal au ventre, elle avait envie de vomir.

Au même instant, la nonne la souleva par les bras, et le jet acide, des carottes crues que la gamine avait mangées le matin, vint s'écraser sur la "robe de bure immaculée". Toute surprise et choquée par ce qu'elle venait de faire, la fillette regardait, hypnotisée, la longue coulée rosâtre qui semblait s'étaler de plus en plus loin. Tremblante, la petite Rose murmura :

- *Verzeihung* ! (pardon)

- Que le Seigneur nous pardonne ! s'exclama la nonne. Voilà que nous avons une Boche dans nos murs... Ton nom ! Redis-moi ton nom ? redemanda-t-elle à la fillette en s'énervant.

- Le *Rose Boche* parvint nettement aux oreilles de tous ceux qui étaient venus voir la cause de ces hurlements.

Les remarques méchantes mitraillèrent aussi vite de tous les côtés :

- Nous ne voulons pas de cela ici ! intervint une voix

- Une *Schleu* ! il ne manquait plus que ça... précisa une autre !

- Elle va nous égorger pendant la nuit ! Foutez donc ça dehors, s'écria une troisième !

Rose ne comprenait absolument rien de ce que ces gens disaient, mais ils lui semblaient tous très en colère. Boche était le seul nom dont elle se souvenait, d'ailleurs son *Opa* et de nombreux voisins disaient : C'est la petite Boche. Seuls, son *Onkel* William, le petit Eric, sa *Mutti*, quelquefois sa *Oma* et "le monsieur" dont le visage avait presque disparu de sa mémoire, l'avaient appelée Rose. Elle pleura de plus belle. La peur provoquait des spasmes qui, par moments, l'empêchaient de respirer.

- *Onkel* William ! hurla-t-elle à nouveau, entre deux sanglots. *Onkel* William *! Helf mir* ? (aide-moi ?)

- Ça suffit ! ordonna la sœur, tout en regardant les vieillards ainsi que les quelques blessés qui les encerclaient. La Croix Rouge a placé cette gosse ici en attendant de lui trouver un autre endroit, nous n'avons donc pas le choix. De toute façon, ce n'est pas une si petite gamine qui va vous couper le cou quand vous dormirez. Allez ! Retournez dans vos dortoirs !

- On ne sait jamais ! marmonna un autre grand-père.

Poussée par la religieuse, Rose se retrouva dans une des cellules, où des personnes âgées cohabitaient et étaient entassées comme des sardines. L'endroit sentait l'urine à plein nez. La petite fille, complètement affolée, se tenait le nez tant l'odeur était forte. La panique au ventre, elle regardait autour d'elle pour tenter de fuir. Des nattes étaient posées à même le sol, avec sur plusieurs d'entre elles, des vieillards grabataires qui gémissaient. Rose poussa des cris perçants lorsqu'une bête se faufila entre ses jambes.

La nonne l'installa sur la couchette du fond, dans un endroit à peine éclairé, en lui ordonnant :

- Tiens-toi tranquille ! si tu veux que tout aille bien…

De toute façon, c'était du chinois pour la fillette qui ne comprenait pas le français, la sœur n'attendit donc aucune réponse, et s'éloigna rapidement.

Pour baluchon, Rose n'avait que ce qu'elle portait :

- Sa culotte agrémentée d'une chemise de corps toute trouée.

- Un châle tricoté, que sa grand-mère avait détaché de son propre cou au moment de partir, pour le lui glisser autour des épaules,

- Sa robe en toile de sac,

- Un vieux tablier gris complètement effiloché, qui avait appartenu à la tante Madeleine quand elle était petite. On voyait au travers du tissu tant la trame était usée.

- Des chaussures tellement béantes que sa *Oma* les avait rafistolées avec de la ficelle.

Dans l'angle, près de sa couchette, des mouches voletaient autour d'une saleté qui était sur le sol. Comme cette chose dégageait une vilaine odeur, la fillette la poussa plus loin avec le pied.

- Regardez voir ! la petite Boche m'envoie "sa merde" ! la rabroua un vieux monsieur, au visage ridé, en la bousculant.

Rose qui n'osait plus bouger, se recroquevilla sur sa paillasse jusqu'à l'heure du souper. Elle retint longuement une envie de pipi, puis, sentit brusquement une chaleur humide couler le long de ses jambes, jusque dans ses godillots.

Le soir, quand la nonne apporta le souper, la petite comprit qu'elle grondait une grand-mère qui avait fait "caca" dans sa "coulote", (culotte). C'était vrai ! Il fallait se pincer les narines… tant l'odeur de latrines écorchait l'odorat.

- Venez manger ! dit-elle aux autres après avoir placé le pot avec le panier à pain sur le sol.

Rose essaya tant bien que mal d'attraper son quignon, mais les grands l'insultaient, la poussaient en l'écrasant volontairement. Quand elle réussit enfin à approcher le panier, il était vide, de plus, c'est en larmes qu'elle constata que son écuelle avait été délestée de la petite louche qu'elle contenait. Le premier soir, elle s'endormit donc le ventre vide. Au milieu de la nuit, les plaintes, puis les pleurs d'une vieille dame réveillèrent la fillette, de nouveau elle se mit à trembler. L'angoisse accouplée à la faim, la firent gémir de terreur. Elle venait de faire pipi dans sa "coulote" et ses habits étaient trempés. Elle grelottait de froid, son ventre se tordait tant elle était affamée.

Durant de longues heures, elle resta prostrée, en écoutant tous les bruits. Une douleur aiguë lui transperça la cheville, aussitôt, elle sentit le frôlement rapide de la bête qui s'éloignait. C'était un rat qui l'avait mordue. Un petit filet de sang tiède s'écoulait doucement le long de la chair tendre. Ces sales bestioles pullulaient dans tout le bâtiment.

Toute la nuit, la mémé n'avait cessé de gémir à côté de la petite fille. La vieille femme était restée dans son *"Dreck"* (merde ou saleté) et c'est une autre dame aussi âgée qu'elle, qui l'avait changée au petit jour, parce que les sœurs ne voulaient rien savoir.

- Elle a fait dans sa culotte, alors qu'elle y reste, disaient-elles.

Le lendemain matin, Rose ne réussit pas plus que la veille à s'approcher du panier à pain. Elle dut se contenter d'un verre d'eau. De tous les côtés, la fillette trouvaient des mains pour la bousculer, la pincer ou l'empêcher de passer. Ils étaient tous méchants avec elle, et les larmes se remirent à couler sans qu'elle ne puisse les retenir.

Dans la matinée, une autre sœur jeta des seaux d'eau entre les paillasses à même le sol, sans relever les petits vieux grabataires. Les plus valides, à l'aide d'un balai, tirèrent l'eau stagnante vers le couloir. Quand la méchante nonne vit que Rose avait pissé au lit, elle l'agrippa par les cheveux et la traîna de force jusqu'aux toilettes. Là, elle lui poussa la tête au-dessus du trou du vieux W-C en bois, et lâcha la fillette dans cette position.

Au repas de midi, comme la faim la tenaillait toujours, la fillette s'accroupit, se faufila carrément entre les jambes d'un *Opa* (grand-père) pour réussir enfin à saisir son morceau de pain. Celui-ci dut se retenir à ses voisins pour ne pas tomber, ce qui permit à la fillette d'emporter son butin. La sœur qui leur servait le repas semblait gentille, souriante et elle lui versa elle-même une louche de soupe dans sa gamelle. Heureusement ! ce n'était pas la méchante. La mélasse qu'elle avait dans son assiette ressemblait plus à de l'eau chaude qu'à du potage, son pain était sec, mais en trois temps, deux mouvements, le tout fut avalé. Durant les trois mois qu'elle passa dans cet hospice, Rose dut se battre au quotidien pour sa maigre pitance, sans apercevoir la couleur d'un morceau de viande. Quand elle passait à côté des adultes, la fillette avait pris l'habitude de lever le bras pour éviter les coups et se faisait toute petite au passage des nonnes. Elles avaient toujours quelque chose à lui reprocher et les claques tombaient comme la pluie.

Un autre jour, c'est un coup de balai dans le bas des reins qui la fit valdinguer sur le sol.

- Tu vas fermer tes lacets ! hurla en même temps la voix de la méchante nonne, tu fais mal aux oreilles du Bon Dieu en traînant tes savates comme ça.

Mais bien sûr, la petite n'avait rien compris et continuait à "traîner ses savates..."

La fillette se réveilla un matin couverte de pustules et de croûtes de la tête aux pieds. Son corps la démangeait, en la faisant souffrir cruellement. Lorsque la sœur qui amenait le déjeuner la vit, elle poussa un cri de stupeur, avant de l'entraîner dans une cellule pour la soigner. Rose en ressortit la tête complètement rasée et couverte d'un produit qui lui brûlait tout le corps. Elle se tortillait en gémissant, tant c'était douloureux. La seule chose qu'elle avait comprise, c'était qu'elle avait la “cale”(gale). Toutes les nuits qui suivirent, elle souffrit d'affreuses démangeaisons. Les sœurs continuèrent à la tondre pour lui appliquer leur mixture puante, mais sans le moindre résultat. Une autre des nonnes, ne supportait pas de la voir marcher avec son dos courbé comme une grand-mère et lui ordonnait à chaque fois :

- Redresse-toi ! en lui tirant les épaules en arrière.

Rose poussait un cri de douleur, mais son dos se voûtait aussi vite. Un matin, deux nonnes l'attrapèrent par les bras pour la coucher à plat ventre sur le sol. Puis, pour la redresser, lui glissèrent un large bâton sous les omoplates, en le faisant ressortir de chaque côté de ses bras. Ensuite, à l'aide de lanière et de ficelle, elles le lui attachèrent autour des épaules et du buste et la laissèrent là après l'avoir ficelée comme un saucisson…

Quand Rose essaya de se relever, la douleur fut si violente qu'elle en eut le souffle coupé. Son pauvre dos voûté qui venait d'être redressé d'un seul coup la fit souffrir le martyre pendant des semaines. Pas plus ses plaintes que ses gémissements ne touchèrent aucune de ses tortionnaires. Puisqu'elle n'était pas capable de se redresser toute seule, elles l'avaient fait à leur manière…

Si l'une d'elle voyait la fillette se pencher en avant, pour se soulager, elle la tirait aussitôt en arrière en la faisant hurler de douleur. Les jours s'éternisaient, sans que Rose ne parla avec qui que ce soit. Entre les démangeaisons infernales, l'horrible bâton qui l'empêchait de dormir, les autres pensionnaires, qui lui crachaient dessus, mais ne la touchaient plus à cause de la gale, les coups de balai des sœurs, sa lutte au quotidien pour son quignon de pain, la fillette ressemblait, de plus en plus, à un sac d'os. Pour survivre, elle ne devait compter que sur elle-même pour arracher sa pitance.

Au bout de quatre mois de tourmentes continuelles, les services sociaux, qui étaient venus faire un contrôle sanitaire, horrifiés par l'état de la petite fille, décidèrent de l'emmener immédiatement, après lui avoir retiré le bâton qui devait la redresser. Ils se rendirent compte, mais tardivement, que ce n'était pas un endroit pour un enfant.

Les yeux fermés, heureuse de partir de là, Rose ne chercha même pas à savoir où les deux personnes la conduisaient. Elle ne pleura pas… Elle avait compris depuis longtemps que ça ne servirait à rien…

Etonnamment, son dos était presque devenu droit, mais il était toujours aussi douloureux. Ses croûtes la démangeaient toujours autant ; la peur de l'avenir lui serrait la gorge.

D'ailleurs, elle avait toujours peur, peur de parler, peur de se lever, peur de s'asseoir, peur de manger, peur de marcher…

Alors que la voiture traversait différents quartiers de Metz, Rose tremblait sans pouvoir s'en empêcher. L'assistante sociale qui était assise à côté d'elle, s'en rendit compte et lui prit la main en disant :

- N'aie pas peur ! petite, nous allons à Plappeville, ce n'est pas très loin. C'est une maison pour les filles mères, les mamans qui ont des difficultés et leurs enfants. Là, tu auras d'autres gamins de ton âge, pour t'amuser.

Pas plus rassurée qu'avant, elle ferma les yeux pendant le reste du déplacement, pour éviter de penser à ce qu'elle allait trouver.

L'endroit paraissait plus agréable que l'hospice Saint-Nicolas. Il était surtout moins impressionnant. Le premier regard de la fillette se posa sur l'immense bâtisse, puis, sur le jardin et les arbres. C'était également tenu par des nonnes. L'une d'elles, sœur Barbara, les reçut à leur arrivée.

- Elle sent mauvais, cette petite, annonça-t-elle aussitôt. Nous allons commencer par lui faire une toilette complète. Elle appela quelqu'un dans le couloir et en attendant, parcourut le dossier de l'enfant.

- Bon ! le temps que tu seras ici, tu t'appelleras Colette. Nous changeons toujours les noms des personnes qui viennent d'arriver, pour éviter toute recherche.

Quelques secondes plus tard, une autre sœur arrivait.

- Emmenez Colette ! ordonna-t-elle. Lavez-la et changez-la de la tête aux pieds. Elle dégage l'odeur de nos poubelles au milieu de l'été, mes narines délicates ne le supportent pas.

Aussitôt, la fillette fut entraînée au pas de course, dans les dédales du bâtiment. Elle regardait autour d'elle en se demandant :

- C'est qui, cette Colette ? Moi, je ne la connais pas. Où est-elle ? (Ce prénom, qui venait de lui tomber dessus comme un cheveu sur la soupe, ne lui plaisait pas).

Une heure plus tard, elle se retrouva, brillante comme un sou neuf, les cheveux complètement rasés, revêtue d'habits déjà portés. Pour terminer, la sœur lui avait appliqué sur la tête, un produit qui sentait encore plus mauvais "que son ancienne odeur de poubelle" et sur le reste du corps une pommade pour soigner la "cale".

Avec un fichu pour camoufler son crâne, la nonne, en la tenant par la main, la conduisit dans un dortoir où une dizaine d'enfants jouaient.

- Voici Colette ! Faites-lui visiter les lieux ! ordonna-t-elle en s'en allant aussitôt.

Ceux-ci lui dirent bonjour de loin, mais refusèrent de l'approcher tant l'odeur qu'elle dégageait était insupportable.

- Avec son esprit de contradiction, la fillette décida de les informer dans les quelques mots de français qu'elle connaissait, que ce prénom n'était pas le sien :

- Moi pas Colette, moi Rose ! leur annonça-t-elle..

Cinq minutes plus tard, alors que la sœur Barbara pénétrait dans la salle, pour constater l'installation de la gamine, quelques délateurs bien intentionnés, s'empressèrent de répéter les paroles de la nouvelle venue :

Nonna ! nonna ! Elle a dit qu'elle ne voulait pas s'appeler Colette, mais Rose.

Une claque rebondissante atterrit aussitôt sur la joue de Colette, en la lui marquant de cinq traces de doigts bien rouges.

- Petite ! tu apprendras que quand on te donne un ordre ici, tu n'as qu'un seul droit, c'est celui d'obéir. Comment t'appelles-tu ?

- Colette ! Madame.

- Pas madame ! C'est ma sœur ou nonna Barbara.

Dans ma tête, je serai toujours Rose, se disait la fillette, c'est plus joli que Colette. Butée, elle resta dans son coin sans bouger, en attendant de voir ce que faisaient ces *ratcheurs* (dénonciateurs). Quand ils se rendirent au réfectoire, elle les suivit, impressionnée en voyant l'immense table, entourée de chaises. Une fois tout le monde attablé, il ne lui resta plus qu'une petite place, au bout. Elle s'y installa.

Quand l'unique plat de haricots blancs à la tomate arriva, les adultes servirent d'abord leurs propres enfants, avant de se remplir l'assiette. Finalement, Colette ne reçut en tout et pour tout que deux cuillerées de fayots qui étaient si durs, qu'elle eut du mal à les avaler.

Après le repas, il fallait aider à ranger et débarrasser. Du plus petit au plus grand, chacun mettait la main à la pâte. Vers quatorze heures, tout le monde s'installait dans le séjour pour du travail collectif. Les unes cousaient, les autres tricotaient et, pour la première fois, Colette apprit à se servir d'aiguilles à tricoter, cinq à la fois. La sœur lui montra une seule fois comment faire, avant de rajouter :

- Continue toute seule maintenant.

La première rangée ne se passa pas trop mal, mais bien sûr, à la vitesse d'un escargot qui a une panne. Pour la seconde, ses petits doigts laissèrent malencontreusement tomber une maille en même temps que l'aiguille. Tant de choses dans la main en même temps, c'était trop lui demander. Quand elle appela la sœur en disant :

- M'dame ! C'est tout cassé… !

- Fais attention à ton travail, au lieu d'être dans la lune ! s'écria la religieuse, en lui tapant avec le *Teppich Klopfer* (tapette à tapis) sur la tête. On ne laisse pas tomber ses mailles, quand on tricote des chaussettes pour les malades ou les blessés !

En quelques minutes, Rose venait de comprendre qu'ici la tendresse n'était pas plus de mise qu'à l'endroit précédent.

Dès le lendemain, comme elle ne savait pas lacer ses chaussures toute seule, une autre gamine eut la corvée de le lui apprendre. Les enfants étaient méchants entre eux. Les remarques sur son allure avec un foulard sur la tête, les méchancetés sur une sale fille qui avait la gale fusaient à volonté.

Très rapidement, son esprit de rébellion revint au grand galop, elle apprit rapidement à rendre les coups pour chaque méchanceté faite. Quand les sœurs la forçaient à laver du linge ou un autre travail qu'elle n'aimait pas, elle refusait d'obéir. Elle avait si bien appris à se dominer pour cacher sa détresse, qu'elle ne pleurait jamais quand elle se faisait frapper. Au contraire, Colette crachait à la figure de celle qui la punissait, en se débattant comme une petite furie.

Le matin, on leur servait de la chicorée avec une tranche de pain sec, qu'il fallait bien laisser tremper dans sa tasse pour qu'elle soit mangeable. Le dimanche, ils avaient droit à du chocolat en poudre dans de l'eau chaude. La nourriture quotidienne, toujours cuite à l'eau, était infecte. Ils recevaient, soit du bouillon avec deux carottes et surtout beaucoup de chou, soit de la bouillie ou de la semoule qui ressemblait plus à un amas de mortier qu'à autre chose. Et chaque soir, des flocons d'avoine dont rien que la vue lui donnait la nausée. Au bout de quelques jours, Colette avait appris toutes les astuces pour se remplir le ventre.

Elle savait que toutes les semaines, une livraison de marchandises, dont du chocolat, des gâteaux secs et du pain arrivait le jeudi matin. Maligne comme tout, elle avait proposé son aide pour décharger les cartons et s'arrangeait toujours pour chaparder quelque chose, sans en parler aux autres. Il n'y avait pas de raison, pour que les sœurs se régalent toutes seules avec les bonnes choses, alors que ses propres intestins jouaient de l'accordéon, en criant famine. Les sœurs mangeaient dans une autre pièce, mais "la carte" était, bien sûr, différente de celle du menu fretin. Alors, Colette avait trouvé le truc infaillible pour ne manquer de rien. Il suffisait de se proposer pour débarrasser leur table ; ainsi la voie était libre pour chaparder un peu d'extra. De plus, pour une fois, la nonna l'avait félicitée devant tout le monde, pour son aide volontaire. Mais Heureusement, elle n'avait pas compris que la fillette ne l'aidait pas pour ses beaux yeux, "tout ridés", mais pour remplir son ventre...

Deux des nonnes étaient très gentilles, sœur Clarisse, et la Supérieure. Deux fois par semaine, les enfants avaient droit à une tartine de confiture. C'était un vrai bonheur.... Mais il y avait une condition à cela ; il fallait être un enfant bien sage. La directrice tenait à jour une liste des méchants et des gentils dans son bureau. Comme Colette était rarement notée du bon côté, sœur Clarisse qui parlait un peu le patois, donnait souvent en cachette à l'enfant, le délicieux goûter spécial. C'était bien la seule personne avec qui la petite fille pouvait parler de ses souvenirs de la mort de son petit copain, pendant le bombardement. Alors, la douce sœur la prenait sur ses genoux et elles faisaient toutes les deux une prière pour Eric.

A d'autres repas, par contre, Colette n'était pas du tout à la fête. Elle éprouvait une réelle répulsion pour le chou rouge, et l'une des sœurs l'obligeait toujours à vider l'assiette. La fillette avait bien essayé d'en avaler un peu mais dégoûtée, elle avait tout recraché. La nonne s'était mise dans une telle colère, qu'elle lui en avait remis de force dans la bouche. Ecœurée, Colette avait tout vomi. Alors que son estomac se révulsait encore, elle avait été soulevée de sa chaise et un instant plus tard, ses fesses avaient changé de couleur. Pour ne pas se faire mal à la main, comme d'habitude, sœur Josepha, que la petite fille avait baptisée le "pingouin", avait pris la tapette pour la claquer. Trois jours durant, la sœur était venue surveiller elle-même, qu'on lui remette bien son écuelle en ferraille, remplie de cette mixture infâme devant le nez :

- Colette n'aura rien d'autre, tant qu'elle n'aura pas vidé son assiette de chou !

Malgré son ventre vide, l'enfant n'avait rien mangé. Durant des heures interminables, ses intestins avaient grouillé de faim, ses yeux pleuré de désespoir. La nonne avait tourné autour d'elle comme une puce, mais la petite fille n'avait pas cédé... La deuxième nuit quand le nuage cotonneux du sommeil l'avait enfin emporté dans ses bras, sans s'en rendre compte, elle avait fait pipi au lit. De nouveau, à son réveil, les claques avaient valsé. Le troisième jour, affamée, elle s'était faufilée dans le réfectoire, avant l'heure des repas, pour voler du pain dans les paniers. La nuit suivante, comme son matelas et sa couverture étaient mouillés, c'est à même le sol qu'elle avait dormi, avec sa seule veste pour se couvrir.

Il y avait également ce nouveau prénom auquel elle n'arrivait pas à se faire. Les nonnes pouvaient hurler autant qu'elles voulaient Colette dans le couloir, elle ne répondait jamais. D'ailleurs, ce n'était pas elle qu'on appelait, mais certainement son ombre. Elle voulait s'appeler Rose, un point c'est tout.

Chaque fois qu'elle était mise au coin, pour quelque chose qu'elle avait mal fait ou bien refusé de faire, elle poussait, jusqu'à en devenir toute rouge, pour que le caca sorte dans sa culotte. C'était l'odeur qui planait dans la pièce, qui stoppait immédiatement la punition.

- File te laver et te changer ! sale cochonne, lui criait-on…

Et la petite demoiselle, alias Colette était heureuse ; elle avait réussi à les embêter.

Elle s'était fait une petite amie, et toutes les deux avaient trouvé un jeu différent, encore plus amusant. En arrivant par derrière, elles arrachaient les cornettes des nonnes, pour voir si elles avaient des cheveux ou si elles étaient chauves. Certaines avaient la tête rasée, et c'était plutôt amusant. Elles ouvraient également les nœuds du tablier du pingouin, tout en sachant que la punition serait inévitable. Cette religieuse-là ne pardonnait rien, pas comme d'autres qui parfois prenaient la plaisanterie en souriant. Mais Colette n'en pouvait rien. Elle avait le diable dans le corps. Autant elle pouvait être douce et gentille avec ceux qu'elle aimait bien, autant elle pouvait être peste avec les méchants.

Mais sœur Régine avait trouvé un autre moyen de faire céder la petite terrible. Celle-ci ne voulait pas prier à voix haute, comme le faisaient les autres enfants ; la religieuse l'obligeait donc à se mettre à genoux sur la pierre froide du réfectoire et ne lui permettait de se relever que quand elle cédait et priait assez fort pour que chacun l'entende.

Pour se venger, Colette, en faisant semblant de ramasser une bobine de fil, pendant le travail collectif, lui avait attaché ses lacets à un barreau transversal de sa chaise. Comme elle n'était pas douée pour faire les flots, elle avait fait huit nœuds en serrant très fort. Elle s'était arrêtée, parce que les lacets étaient trop courts pour en faire plus. En se relevant, sœur Régine s'était affalée le nez en premier sur la table et avait poussé un cri de rage, en voyant que quelqu'un lui avait noué les lacets aux pieds de la chaise. Devant tous les enfants présents, la nonne s'était agenouillée, pour que l'une de ses collègues puisse la détacher et avait patienté dans cette position inconfortable plus de dix minutes avant d'être libérée. Colette jubilait intérieurement. Surtout qu'il n'était pas question de donner un coup de ciseaux pour aller plus vite, ce genre de matériel était rare en fin de guerre.

Heureusement, la "coupable" avait commis son méfait avec assez de discrétion pour ne jamais être retrouvée.

Les jours filèrent, Colette apprenait à survivre dans une jungle, où seul le plus malin s'en sortait... La vie s'était déjà chargée de lui apprendre que le pain quotidien ne tombait jamais tout cuit dans son assiette et qu'il ne fallait se fier qu'à soi-même.

Un matin, une assistante sociale se présenta au grand bureau, pour retirer Colette afin de la placer définitivement à l'orphelinat Saint-Joseph.

De nouveau, la voiture traversa tout Metz, avec une dame qui lui expliqua comme les fois précédentes, qu'elle ne devait pas s'inquiéter... Que l'endroit où elle la conduisait serait encore mieux que le précédent...

- Je veux le voir pour le croire, pensait la fillette dans son for intérieur, sans en croire un seul mot.

Mais là, à sa grande surprise, pour la première fois, elle fut reçue avec beaucoup de sympathie. La Mère Supérieure semblait douce et après avoir salué l'assistante sociale, elle prit la fillette par la main. Tout en lui parlant gentiment, elle la conduisit dans une grande salle, dans laquelle des enfants jouaient. C'était la première fois que Colette voyait des jouets. Tout de suite, la religieuse qui était de surveillance, pour la mettre à l'aise, lui mit une poupée dans les mains. La fillette émerveillée regardait la chose précieuse, qu'elle tenait entre ses menottes, qui avait des nattes, des yeux bleus et une robe en dentelle.

Les autres enfants vinrent immédiatement jouer avec elle puis, pour la première fois depuis longtemps, pendant le goûter, elle reçut du pain beurré avec une barre de chocolat. Aussitôt, les larmes montèrent à ses yeux et Colette murmura :

- *Onkel William ! Onkel Schokolade...* (Oncle William ! Oncle chocolat...).

Sans crier gare, les souvenirs passés affluèrent dans les pensées de la fillette, en larmes...

Après l'avoir consolée, pour ce que les sœurs prenaient comme de l'appréhension envers un nouvel environnement, on lui apprit à faire des rondes avec les autres, en écoutant de la musique. Enfin, elle se sentit libérée... Ici, personne ne voulait lui faire de mal. Chaque soir, tout ce petit monde se regroupait à la chapelle pour apprendre à prier et chanter des cantiques en chœur. Colette adorait cela…

C'était si agréable de se laisser vivre, sans la crainte que des coups ne lui tombent sur la tête sans prévenir. Au contraire, avant de les mettre au lit, sœur Marie les prenait sur ses genoux pour leur dire bonne nuit, en distribuant à chacune de la tendresse sans compter.

La nourriture était très bonne et son corps squelettique perdait son allure d'épouvantail affamé. Pendant la journée, les enfants sortaient dans la cour pour jouer au ballon, sauter à la corde, faire de la gymnastique. Avec les bons traitements, tout doucement, la petite fille rachitique reprenait une apparence humaine…

Rapidement, elle se retrouva avec d'autres gamines de son âge dans une salle de classe et, sans aucun effort, apprit à écrire les lettres de l'alphabet et son prénom.

Les choses se passèrent si bien que neuf mois passèrent comme un rêve.

Jusqu'au jour où la Mère Supérieure reçut dans son bureau, un couple qui venait à l'orphelinat, dans l'espoir d'adopter une petite fille. Sœur Marie, présente à ce moment-là et qui aimait beaucoup Colette, avait aussitôt proposé à sa responsable :

- Si vous m'en donnez la permission, ma Mère, j'aimerais aller chercher la petite Colette au réfectoire. C'est une adorable petite fille qui ne demande qu'un peu de gentillesse et d'attention. Je voudrais lui parler seule, pour qu'elle comprenne bien ce qu'on lui propose !

- La Mère Supérieure acquiesça en lui accordant un petit moment, tout en demandant au couple présent, de bien vouloir patienter dans une pièce annexe.

En entendant parler d'adoption, Colette se mit d'abord à pleurer. Elle ne tenait plus à partir de cet endroit où on était si gentil avec elle. Ici, il y avait sœur Marie qui l'aimait beaucoup.

- Je veux rester avec vous ! Je ne veux pas partir ! criait-elle.

- Sèche tes larmes et écoute-moi ! Tu es une petite fille intelligente et si tu te calmes un peu, tu comprendras que je te propose quelque chose de formidable ! lui expliqua la religieuse.

C'est un monsieur et une dame mariés, très aimables, qui malheureusement, ne peuvent pas avoir d'enfant. Ils désirent adopter une petite fille et comme j'étais dans le bureau de la Mère Supérieure, j'ai tout de suite pensé à toi. Tu sais faire beaucoup de choses et tu ne demandes qu'à être aimée. Et là, c'est un papa et une maman, qui veulent donner beaucoup d'amour et de tendresse à une petite fille. Tu vois que ce n'est pas une punition, c'est une récompense. D'ailleurs, t'ai-je déjà punie ? Si tu acceptes de partir avec eux, tu pourras dire que tu n'es plus une orpheline, mais une petite fille qui a une famille.

- Tu ne veux plus de moi parce que je suis trop vilaine ! Pourquoi me chasses-tu ? questionna la fillette.

- Mais non Colette ! Je suis sœur Marie, qui t'aime beaucoup et je ne t'ai jamais menti jusqu'à ce jour. Fais-moi confiance… Je ne te chasse pas, tu pourras toujours, en n'importe quelle circonstance, revenir me voir. Tes parents ne t'empêcheront jamais de venir me saluer. Je t'ai aussi servi un peu de maman ici, mais moi je ne peux pas t'offrir ce qu'ils te proposent. Chez nous, tu n'auras aucun avenir, alors qu'avec eux tu pourras faire des études. Alors ! On y va ?

- Oui ! On y va répondit Colette avec appréhension.

La petite main dans la grande, la fillette et la nonne se rendirent chez la Mère Supérieure.

- Colette est d'accord ! ma Mère. Vous pouvez faire le nécessaire pour sa sortie.

Aussitôt, la religieuse fit entrer dans son bureau le couple qui patientait dans la pièce voisine.

- Voilà, leur dit-elle, je vous présente Colette, qui accepte d'être votre fille adoptive. Et pour toi ma petite, ce sera ton papa et ta maman !

La fillette regarda les visages souriants du monsieur et de la dame et sourit à son tour. Après tout, ce serait toujours mieux d'avoir une vraie famille, plutôt que de vivre ici. Peut-être trouverait-elle enfin la sécurité avec de l'amour durable ?

Alors que Colette était plongée dans ses rêveries, la Mère Supérieure parla avec le couple et leur expliqua en tendant des papiers :

- Quand les enfants arrivent ici, pour respecter l'anonymat, nous changeons leur prénom. Colette n'est donc pas son prénom réel. Le dossier que nous vous remettons et qui servira plus tard, quand elle aura quatorze ans, pour son adoption légale, est établi au prénom de Marie-Rose. C'est comme cela qu'elle s'appelle.

- As-tu entendu Colette ? répéta-t-elle en levant la voix. Tu t'appelleras Marie-Rose maintenant !

- Mais je m'appelais Rose ! nonna, quand j'étais petite.

- Tu es toujours petite, Marie-Rose, mais le prénom de tes papiers est Marie-Rose. Rose était certainement le diminutif que l'on t'avait donné.

- Le dimu quoi ?

- Ne cherche pas à comprendre ! Tu te prénommes Marie-Rose un point c'est tout.

C'était à n'y rien comprendre... mais il fallait faire avec.

Le monsieur lui prit la main et lui dit :

Je suis ton papa Lucien et ma femme, ta maman Emmie. Pour nous tu seras notre petite "Rose", Marie-Rose. La plus belle fleur de notre jardin. Tu sais, nous avons toujours espéré avoir une jolie petite fille comme toi.

Aussitôt un sourire éclatant se posa sur les lèvres de la fillette.

Une heure plus tard, Marie-Rose tournait le dos à l'orphelinat Saint-Joseph pour prendre la route de l'espoir et continuer sa quête d'amour....

Et, donnant la main à ces nouveaux parents qui venaient de lui tomber du ciel, Marie-Rose se dirigea avec eux vers le side-car qui était stationné sur la place, devant l'église Sainte-Ségolène où la fillette avait l'habitude de se rendre à la messe, le dimanche, avec les religieuses. Elle ouvrit grand les yeux en voyant cette énorme moto, avec un "baquet" sur roulettes à côté.

La dame s'installa et le monsieur souleva la fillette pour l'installer devant elle. Puis, il enfila son bonnet en cuir avec des oreillettes et des grosses lunettes par-dessus. Il avait une drôle d'allure avec ça. Il mit la moto en marche, dans un bruit assourdissant, qui fit sursauter et effraya Marie-Rose. La dame, tout en tenant son chapeau pour qu'il ne s'envole pas, la serra contre elle, en lui disant gentiment en patois :

- *Keine Angst ! mein Kleines* (N'aie pas peur ! ma petite).

Ils roulèrent un long moment en direction de Saverne où le monsieur s'arrêta quelques minutes chez un grossiste. Il devait faire quelques courses pour son épicerie ! expliqua-t-il à la petite fille, avant de reprendre la route.

Après de nombreux virages dans la forêt, ils stoppèrent vers midi sur une grande place, marchèrent un petit peu, pour aller déjeuner dans une auberge forestière. Ils pénétrèrent à l'intérieur. La dame aida la fillette à retirer son manteau et se mit elle-même à l'aise en enlevant également son joli chapeau noir avec une voilette.

Les yeux de Marie-Rose furetaient partout et restaient de longues minutes accrochés aux têtes de cerfs, de sangliers et de fouines empaillées qui ornaient les murs. Des casseroles en cuivre brillaient de mille feux par-ci, par-là. Le plafond était rempli de grosses poutres. Ils commandèrent le repas et le serveur leur apporta une escalope forestière, (la petite fille joua longuement avec les champignons au bord de son assiette, en se demandant comment ils avaient pu pousser là-dedans ?) Il y avait également des frites, du fromage et de la salade de fruits. La fillette mangeait pour la première fois tous ces mets étranges.

Au moins dix fois de suite, la petite fille se leva, pour aller voir de plus près, les choses étranges qui étaient suspendues dans la pièce. Les animaux couraient dans la nature d'habitude, que faisaient-ils sur ce mur ? A chaque fois, elle se faisait reprendre par la dame ou le monsieur, qui lui disaient :

- Mange, ton repas va refroidir ! D'ailleurs, on ne se lève pas avant d'avoir terminé.

Avant de partir, le monsieur sortit des papiers pour donner au serveur et celui-ci, lui rendit des rondelles brillantes.

- C'est quoi ça ? demanda la fillette en s'amusant avec.

- Ce sont des sous Marie-Rose ! Lui dit-il, on ne joue pas avec ça, maintenant nous allons faire quelques pas dans la forêt, pour digérer un peu. Tu peux même courir, mais ne va pas trop loin, pour que nous puissions toujours te voir.

Heureuse, la fillette sautilla le long de l'allée forestière. Quand elle apercevait une fleur, elle la cueillait.

Elle marcha également la tête levée vers le ciel pour voir le sommet de ces grands arbres. Tout était si beau ! C'était la première fois qu'elle pénétrait dans une forêt aussi immense.

Au bout d'un moment, son nouveau papa et sa nouvelle maman, l'appelèrent :

- Marie-Rose ! Marie-Rose ! Viens, nous partons à la maison.

En quittant Saverne, après avoir longé la Zorn, ils traversèrent Lutzelbourg, prirent la direction de Neustadmühl puis grimpèrent la route à lacets qui menait à Haselbourg.

En arrivant à destination, la fillette resta un long moment ébahie devant la grande maison rose ("rose" comme dans son prénom Marie-Rose). Elle semblait ouvrir largement ses ailes, comme si elle voulait la serrer dans ses bras pour l'embrasser. Les fenêtres étaient toutes garnies de géraniums et sur le toit, à côté de la grande cheminée, un énorme nid trônait.

- C'est un nid de cigognes ! lui dit le monsieur. La maman n'est pas là, elle a dû partir chercher de la nourriture pour ses oisillons. Mais tu la verras demain matin.

Une "chigone" ! Marie-Rose se demandait à quoi pouvait ressemblait cet oiseau. Elle commençait seulement à comprendre le français, et de nombreux mots lui étaient encore inconnus ou difficiles à répéter. Son nouveau papa lui traduisait dans les deux langues ceux qu'elle ne connaissaient pas. Quant à maman Emmie, elle s'exprimait dans un patois alsacien, qui était très différent de celui dont Marie-Rose avait le souvenir et certains mots n'étaient pas du tout pareils.

La dame ou plutôt maman Emmie, puisque c'est comme cela qu'elle devait l'appeler, lui pris le bras pour l'entraîner vers l'intérieur :

- Viens petite, lui dit-elle. Pendant que papa Lucien décharge ton trousseau, qui est dans les sacoches de la Harley Davidson, nous allons visiter ta nouvelle demeure.

Rose-Marie fut impressionnée par l'immense couloir, qui ressemblait à un gouffre sans fond. Elles passèrent devant une première porte sur la droite.

- Là, c'est notre magasin ! annonça maman Emmie, en l'entraînant plus loin. Tu n'as pas le droit d'y aller toute seule. Ton papa te le montrera demain.

Elles en dépassèrent d'autres, puis elle entrouvrit une porte sur la gauche.

- Là, c'est la grange et dans le fond, c'est la porcherie. Maintenant je dois me changer, après nous irons traire les vaches.

Sa nouvelle maman l'entraîna vers une porte sur la droite, presque au fond du couloir, non sans lui avoir montré l'escalier du doigt et dit en passant :

- Les chambres sont à l'étage, nous les visiterons après le souper.

C'est ensemble, qu'elles pénétrèrent dans ce qui était la cuisine. La première chose qui attira le regard de la fillette, ce fut une boule de poils blancs installée dans une corbeille, sous la chaise, à côté du poêle. Aussitôt, Marie-Rose s'en approcha et maman Emmie lui dit :

- C'est Minette ! notre chatte. Tu peux la caresser, elle est très gentille.

Le cri de joie poussé par Rose-Marie fit sursauter sa mère adoptive, qui esquissa un léger sourire. Celui-ci surprit la fillette, car c'était bien la première fois. La dame semblait gentille, mais ne souriait pas beaucoup. Aussitôt, la fillette s'accroupit devant le petit animal qui avait une truffe toute brune et humide, et des beaux yeux vert eau immenses. Le bout de ses pattes, la pointe de sa queue et l'intérieur de ses oreilles étaient brun clair. La chatte ne leva même pas la tête, quand la petite main enfantine la caressa à rebrousse-poil. Au contraire, elle ronronna de plus belle.

- Nous allons boire une bonne tasse de chocolat chaud avec une tartine de miel ! Ensuite, nous irons à l'écurie, lui dit maman Emmie.

Quelques minutes plus tard, elles étaient toutes les deux attablées devant des tartines de pain blanc recouvertes de beurre et de miel. Marie-Rose ne regrettait plus d'avoir abandonné la chatte blanche, car ce qu'elle mangeait était tellement délicieux, qu'elle n'arrivait plus à s'arrêter. Sa bedaine était déjà plus que remplie et elle en redemandait toujours. Elle n'avait plus goûté de pain blanc depuis que son *Onkel William* était reparti en "Zamérique" sans la prendre avec lui. A l'orphelinat, les enfants n'avaient droit qu'à une tranche de pain noir qui devait dater de plusieurs jours. Pour le ramollir un peu, la fillette avait pris l'habitude de le plonger dans son verre d'eau.

Après avoir léché ses doigts pour récupérer quelques restes de confiture, tellement c'était bon, la fillette sursauta quand sa nouvelle maman lui expliqua :

- On ne se lèche pas les doigts de cette façon ! Marie-Rose. La prochaine fois, tu iras directement te laver les mains à l'évier !

La fillette s'empressa d'obéir avant de retourner jouer avec Minette. Mais le plaisir fut de courte durée :

- Viens Marie-Rose, nous allons vite fourrager les deux vaches, les cochons, les poules et les lapins. Ils n'ont rien reçu depuis ce matin. C'est pour ça qu'ils font autant de bruit. Minette ne va pas se sauver, tu la retrouveras tout à l'heure. D'ailleurs, quand nous reviendrons, le souper sera prêt. La potée mijote doucement au coin du feu.

En quelques minutes, maman Emmie avait revêtu un large tablier gris. Elle tenait deux grands seaux dans une main, et entrouvrait la porte du couloir avec l'autre.

D'abord décontenancée de s'entendre appeler par ce prénom auquel elle n'était pas habituée, la fillette, bien qu'un peu déçue de laisser la jolie chatte blanche, la suivit. Mais les flammes qui pétillaient dans son regard quelques instants auparavant s'étaient envolées en chimères. C'était la première fois qu'elle avait un petit animal pour jouer et elle n'en avait profité que quelques instants.

Maman Emmie, l'entraîna vers le bout du couloir, puis ouvrit largement la porte qui donnait sur une terrasse.

- Si tu as besoin d'aller aux toilettes, ils sont dans la cour.

En effet, la fillette aperçut une cabane en bois, mais son regard fut surtout attiré par tous ces champs qui semblaient s'étaler loin derrière la maison. La terrasse surplombait un grand jardin. Il suffisait de descendre un escalier et l'on se retrouvait au milieu d'une allée qui séparait le jardin potager en deux. D'un côté, les rangs de carottes côtoyaient les rangées de haricots, de petits pois, de salades, de choux et d'autres légumes divers. Il y avait aussi des fraisiers, des groseilliers, des framboisiers et de l'autre côté ce n'était que des pommes de terre. Au centre du jardin, la roseraie semblait attendre ses invités, avec une table et des chaises pour qu'ils puissent s'y installer. Il était entouré de rosiers grimpants aux fleurs odorantes. De chaque côté, des bordures se prolongeaient jusqu'au bout du jardin, avec des glaïeuls, des myosotis, des pétunias, des géraniums, des reines-marguerites, des bleuets. Des fleurs de toutes les couleurs qui se mariaient pour le plaisir des yeux. Marie-Rose regardait avec les yeux écarquillés toutes ces belles choses et posait son nez à droite à gauche pour en humer leur parfum. Elle n'avait jamais vu autant de fleurs en même temps, et maman Emmie lui cita le nom de chacune d'elle, en lui précisant qu'elle allait les chercher à la Roseraie à Saverne. Puis, elles arrivèrent près d'une remise en bois.

- C'est là que papa Lucien range tous ses outils dit-elle. Il n'aime pas voir ses affaires traîner. Souviens-t'en ! Il faudra veiller à toujours tout remettre à sa place.

Puis un autre escalier conduisait directement dans le verger. Celui-ci semblait s'étaler en pente légère jusqu'au bout du monde. De nouveau, maman Emmie lui énuméra les différents fruits dont elle pourrait se régaler au fil des saisons : poires williams, pommes reinettes ou autres, quetsches, mirabelles, cerises, prunelles et des noms plus compliqués encore, mais la liste était trop longue pour qu'une petite fille les mémorise tous.

- Tout ça, c'est à nous ! lui annonça maman Emmie en faisant une courbe du bras pour montrer ce cadre magnifique. Plus loin nous avons encore un champ de betteraves et des champs de blé pour nourrir les bêtes. Nous irons les voir une autre fois. De toute façon, tu ne pourras pas tout voir aujourd'hui. La nuit va tomber. Allons, ma petite Marie-Rose, nous devons nous presser maintenant. Tu n'entends pas tout le chahut que font les cochons ? Tout à l'heure ils vont nous grignoter la porte, tellement ils sont affamés. Dépêchons-nous !

- Oui madame !

- Maman Emmie ! pas madame.

Elles refirent le chemin inverse et entrèrent directement dans une grange qui ressemblait à un immense hangar. Maman Emmie ouvrit la porte du fond, qui donnait sur la porcherie.

Dans l'un des compartiments, la bouche grande ouverte de surprise, Marie-Rose observa une truie couchée sur le flanc et tous les petits gorets qui essayaient désespérément d'attraper une mamelle. La petite fille devait se mettre sur la pointe des pieds pour mieux les voir. Il y en avait tellement, qu'elle n'arrivait pas à les compter "un, deux, toi, quatre, cinq, sept, hit, quinze". Ses petits yeux ne savaient plus où regarder. L'un des porcelets, prenait le ventre de sa mère pour une montagne à gravir. Il remontait quelques centimètres, pour retomber aussitôt en arrière. Il semblait ne jamais se lasser de ce petit jeu. Une autre boule rose, dont le ventre était noir de crasse, se roulait dans la gadoue avec un plaisir évident. Deux autres se donnaient des coups de tête pour prendre la meilleure place. Ils poussaient des petits cris stridents. C'était à celui qui avait le plus de force.

Maman Emmie partagea équitablement son seau d'épluchures cuites dans chacune des auges et les cochons se calmèrent aussitôt.

- Allons, Marie-Rose, nous devons continuer notre travail. Les autres bêtes attendent toujours leur nourriture. Tu auras tout ton temps pour les regarder demain dans la journée.

Maman Emmie enfourna l'herbe que papa Lucien avait fauchée la veille dans chaque cage à lapins, en précisant à la fillette qu'il fallait toujours bien refermer les portes pour que ces coquins ne prennent pas la poudre d'escampette.

Marie-Rose ne comprenait pas bien, comment les lapins pouvaient prendre la poudre "de gambette...", ils étaient si petits... Pourtant craintivement, elle se tint assez loin des cages car les années de terreur passées avec ces rongeurs la tourmentaient toujours.

Ensuite, maman Emmie lui confia la digne charge de porter aux poules une casserole de graines. Mais l'arrivée d'une toute nouvelle tête dans la basse-cour, ne sembla absolument pas convenir au vieux coq. A la vitesse d'une flèche, il sauta sur l'épaule de Marie-Rose et se mit à lui piquer l'oreille. De surprise, la fillette cria si fort, que le pauvre animal en retomba tout paf sur le sol. Les oies à leur tour, entourèrent Marie-Rose, en lui pinçant ses vêtements. C'est le cri de guerre de maman Emmie qui la sauva de l'attaque furieuse de toutes ces bêtes sauvages : tuii tuii tuii ! Et aussitôt, ils la suivirent.

- Jette-leur vite tes graines maintenant, ils sont affamés ! c'est pour cela qu'ils te bousculent un peu.

Quelques instants plus tard, les mêmes furies picoraient tranquillement les petits trésors qu'ils cherchaient sur le sol, en se donnant juste de temps en temps un petit coup de bec, quand l'une voulait chaparder le butin de l'autre. Du coup, elles ne prêtaient plus aucune attention à la nouvelle venue. Un peu remuée, Marie-Rose en tremblait encore...

A leur tour, les deux vaches eurent droit à un peu de foin. Puis, maman Emmie se saisit d'un tabouret et d'un seau, et après avoir tapé sur le flanc de Blanchette, elle lui nettoya le pis pour la traire.

- Regarde comment je fais ! dit-elle à la fillette, quand tu seras plus grande, tu pourras m'aider. A notre grand regret, nous n'avons jamais pu avoir d'enfant. C'est pourquoi nous avons décidé d'adopter une petite fille, qui héritera du magasin plus tard... Tu as beaucoup de chance, puisque le sort t'a désignée. Alors si tu es très gentille, nous ferons les papiers nécessaires pour te garder définitivement. Mais il faudra toujours nous aider à faire le travail et être bien sage. Nous ne voulons pas d'une petite fille méchante...

Les oreilles et les yeux grands ouverts, la petite orpheline venait d'entendre le mot magique : "adopter". Mais en même temps, une autre voix dans sa tête répétait en sourdine : il faudra être très sage !

Ce serait plus difficile, on lui avait déjà tant répété qu'elle était vilaine ! Mais, elle allait tout faire pour que ses parents l'aiment, tous les deux...

Déjà, maman Emmie changeait son tabouret de place, pour s'occuper de la deuxième vache, dont les mamelles étaient si lourdes, qu'elles touchaient presque le sol. Mais avant de commencer à la traire, elle se saisit d'un petit pichet qui était posé sur une étagère, le remplit de lait en le plongeant dans son seau et le tendit à l'enfant :

- Tiens petite ! vide tout, ça te donnera des forces et tu grandiras plus vite ! lui dit-elle.

Marie-Rose s'empressa d'avaler jusqu'à la dernière goutte le liquide mousseux, savoureux, encore légèrement tiède. Hum ! Que c'était bon...

Une fois la traite terminée, Marie-Rose suivit maman Emmie jusque dans une pièce au sous-sol. Elle y déposa ses deux seaux de lait et après les avoir couvert de torchons blancs, expliqua à la fillette :

- Demain, je te montrerai comment nous préparons le beurre dans la baratte. Pour le moment nous allons monter mettre la table, car papa Lucien va bientôt venir pour souper.

- Mais où est papa Lucien ? interrogea Marie-Rose, curieuse. Nous ne l'avons plus vu depuis que nous sommes arrivés.

- Ton papa a rouvert l'épicerie dès que nous sommes rentrés. De nombreux clients passent le soir après leur travail pour faire des achats. Il ferme le magasin vers dix-neuf heures trente. Certains clients viennent même frapper à la porte très tard, quand le magasin est déjà fermé.

Dans la cuisine, elle lui montra où étaient rangés les couverts, les assiettes, les verres et lui tendit une serviette qu'elle venait de sortir d'un placard du vaisselier en disant :

- Dorénavant, ce sera ton travail de mettre la table et cette serviette sera la tienne ! Tu trouveras un anneau dans le tiroir de la table. Tu devras la plier avant de la glisser à l'intérieur après chaque repas. Je veux que tu prennes tout de suite l'habitude de manger proprement. Surtout, n'oublie pas de te laver les mains avant de passer à table.

Marie-Rose finissait de mettre le couvert, et maman Emmie avait déposé la marmite avec les légumes, sur la planche carrelée, qu'elle avait pris le soin de déposer auparavant, au centre de la table, en précisant :

- Tu ne dois jamais oublier de mettre cette protection avant de poser une casserole bouillante sur cette table cirée. Elle est en chêne et serait irrémédiablement abîmée par la chaleur.

- Je ferai bien attention ! maman Emmie, répondit l'enfant, le regard posé sur le bois brillant.

Le bruit de la clenche lui fit lever les yeux, lorsque la porte de la cuisine s'ouvrit sur la mine joviale de papa Lucien. Son sourire tendre fit battre plus fort le cœur de la fillette, qui était heureuse de le revoir. C'était son "papa Lucien" ! Dans la douceur des yeux bruns, la fillette sentait qu'il l'aimait beaucoup. Elle s'avança aussitôt vers lui pour glisser sa main dans la sienne, avec cette douce impression d'avoir enfin trouvé son paradis.

- Alors, ça va ma petite Rose. Maman t'a déjà montré beaucoup de choses ?

- Oh oui ! "On n'a monté au grenier, voir les vaches dans la cave et le lait à *spritzé* (éclaboussé) tout dehors".

Avec un éclat de rire plutôt sonore, le brave homme ébouriffa les cheveux de la fillette en lui disant :

- Je crois que tu tournes le lait en fromage avant de traire la vache et que tu mélanges un peu les choses, mais tu comprendras beaucoup mieux demain. Viens, la soupe nous attend sur la table. Allons nous laver les mains.

Il riait, riait toujours.

Il la conduisit vers le lavabo. Là, ensemble, à l'aide de la pompe à eau, ils glissèrent leurs mains sous l'eau fraîche, en se faisant glisser de l'un à l'autre, le savon qui semblait toujours vouloir se sauver ailleurs en faisant des bonds dans tous les sens. De plaisanterie en chamaillerie, ils finirent par se laver les mains puis se disputèrent le même morceau de serviette, avec des éclats de rire qui résonnèrent dans toute la maison, en y répandant la douce chaleur du bonheur.

- Maintenant ça suffit ! gronda la voix énervée de maman Emmie. Ce n'est pas l'heure de jouer quand j'attends avec le *NachtEssen* (repas du soir).

Le regard brillant de malice et de complicité, l'homme et la fillette se regardèrent, puis obéirent en silence, mais en gardant toujours le sourire au coin des lèvres. Rapidement, ils s'installèrent à table, sans prononcer la moindre parole. Maman récita le "Bénédicité" et rajouta :

- *Guten Appetit !* (Bon appétit !)

- On répond *Danke* ! (merci) maman, lui dit papa Lucien.

Et aussitôt Marie-Rose répéta comme un petit perroquet :

- *Danke* ! maman.

Puis ce fut le silence le plus total. Seul le bruit des couverts contre les assiettes tintait gaiement dans la pièce. D'ailleurs, la potée était si savoureuse, qu'aucun d'eux n'avait envie de parler. De plus, le pain croustillant fondait dans la bouche comme une gourmandise. Soudain, la voix de maman Emmie claqua comme un boulet de canon :

- Il faut bien te tenir à table, Marie-Rose ! Tu ne dois pas t'appuyer sur ton coude de cette façon ! Tout en regardant son mari, elle se leva, fit le tour de la table et montra à la fillette comment se tenir. Tu dois mettre ta serviette autour du cou, te tenir droite, garder les bras près du corps. Seules tes mains doivent être sur la table pour soulever tes couverts. Nous voulons une petite fille bien élevée.

Marie-Rose ne demandait pas mieux que d'être une petite fille bien élevée. Mais personne ne lui avait appris les bonnes manières dans sa cage à lapins.

Papa Lucien lui expliqua en allemand ce qu'elle avait mal compris et le souper se passa ensuite tranquillement jusqu'au dessert. Là, sa maman lui mit dans la main, une drôle de chose jaune, en forme de croissant de lune. Marie-Rose la retourna dans tous les sens en se demandant ce que ça pouvait bien être. De quel côté fallait-il mordre pour manger ce machin bizarre ? Courageusement, elle enfonça ses dents dans le bout qui était un peu noir. La première impression lui parut étrange. La croûte semblait dure et c'était fondant à l'intérieur. Mais, en entendant le rire saccadé de son papa, elle s'arrêta aussitôt de mastiquer, pour lever son regard confiant vers lui.

- Tu dois d'abord enlever la peau ma fille ! lui dit-il en riant toujours autant. Ça s'épluche une banane ! N'en as-tu jamais vue jusqu'à aujourd'hui ? demandèrent-ils, tous les deux, en chœur.

- Non, jamais !

Le regard étonné de la petite fille se porta aussitôt sur sa maman, comme pour lui demander si la bêtise n'était pas trop grave ? Elle ne voulait pas être vilaine ! Elle ne voulait surtout pas qu'on la renvoie à l'orphelinat. Mais sa mère lui souriait. Heureusement…

Son papa lui prit le fruit des mains, lui montra comment le peler, en la regardant d'un regard plein de tendresse. Rassurée, Marie-Rose mordit hardiment dans la chair moelleuse. C'était délicieux…

Déjà, maman Emmie récitait le "Gracias Dominé" et se relevait. Elle lui fit comprendre, d'un signe de la main, qu'elle devait faire la même chose. Ensemble, elles débarrassèrent la table en silence et partirent dans la petite pièce à l'arrière pour laver la vaisselle.

Quand elles revinrent, papa Lucien s'était installé dans son fauteuil pour écouter la radio. La fillette attrapa la chatte et quelques secondes plus tard, elle était blottie sur les genoux de son papa. Tout naturellement, celui-ci avait tendu les bras et l'avait installée comme un petit pacha, en faisant bien attention à ne pas faire de mal à Minette.

Les informations que déversaient la radio n'empêchèrent ni la chatte ni l'enfant de ronronner en silence. Un moment, il les souleva toutes les deux pour les reposer au sol. Il se dirigea vers l'armoire de la salle à manger, l'ouvrit et en sortit une plaque de chocolat et quelque chose emballé dans du papier journal. Il tendit d'abord la barre de chocolat à la fillette puis reprit sa place. Ensuite, il réinstalla la fillette et son chat sur ses genoux. Là, sans parler, il lui mit dans la main l'étrange paquet. Marie-Rose le regarda d'abord avec des yeux écarquillés et souleva délicatement la feuille de journal. Emerveillée, elle découvrit une magnifique poupée de chiffon. Les larmes aux yeux, elle la serra de toute ses forces contre elle. C'était son premier cadeau…

- Comment vas-tu l'appeler ? lui demanda son papa.

- Emilie ! murmura-t-elle…

Elle embrassa aussitôt son papa et celui-ci lui dit :

- C'est maman Emmie qui l'a faite elle-même ! La trouves-tu jolie ?

- Oh oui ! très jolie.

En tenant la chatte et la poupée, Marie-Rose s'empressa d'aller passer les bras autour du cou de maman Emmie, pour la remercier, en lui faisant un gros bisou qui claque sur la joue. Puis, elle retourna aussitôt s'installer sur les genoux douillets de son papa chéri pour admirer son précieux trésor.

C'était une belle princesse avec des yeux brodés en bleu ciel, une robe bleu émeraude, un petit tablier en dentelle blanche, assorti à un chapeau, et des chaussons en tricot. Blottie dans les bras de son papa, la fillette berçait doucement la poupée en même temps que le chat, qui ronronnait de plus belle.

Seul le regard de maman Emmie semblait déçu en voyant le tableau idyllique. Elle se sentait un peu perdue dans son coin, avec ce maillon rapporté qui semblait vouloir lui ravir sa place. Pourtant tout était si calme, tout était si bien…

Vers 21h30 la voix de sa maman, les fit tressaillir :

- Allez ! maintenant il est tard. Nous allons faire nos prières avant de monter dans la chambre. Il est l'heure d'aller dormir.

Le soupir de déception que poussa la gamine, déchira l'ambiance calme de la pièce. Mais, déjà maman Emmie récitait les prières du soir, que père et fille répétèrent en même temps. A la fin son papa rajouta :

- Remercie également le Bon Dieu pour t'avoir donné une famille, pour cette belle journée et pour qu'il protège tous ceux que tu aimes ! ma petite Rose.

- Oui papa ! répondit-elle en se relevant. C'est mon papa et ma maman que j'aime !

Sans lâcher sa poupée, Marie-Rose dit bonne nuit à son papa, déposa à contrecœur la petite touffe de poils dans son panier, pour suivre sa mère. Celle-ci pinçait légèrement la bouche, comme si quelque chose semblait l'ennuyer. La fillette glissa sa main dans la sienne et sa maman la lui serra légèrement. Toute heureuse de ce contact, la fillette la serra encore plus fort. Elles gravirent les douze marches qui menaient à l'étage. A la dernière, la fillette aperçut, sur le palier, une coiffeuse avec un plateau en marbre, surmonté d'un miroir qui se refermait. Sur le meuble trônaient une cuvette et une cruche en porcelaine. La petite suivit sa maman vers la droite, en écoutant bien toutes les explications qu'elle lui donnait :

- Là, c'est la porte qui donne sur le grenier. A côté, c'est notre chambre, à papa Lucien et à moi. Tout au fond du couloir, c'est la chambre d'amis et ta chambre est à gauche.

Puis vite, elle l'entraîna et pénétra dans la pièce où elle alluma la lumière…

La première chose que remarqua la fillette, fut le haut lit lorrain et la grande armoire sculptée avec des dessins ciselés qui lui faisait face. Ils semblaient occuper la moitié de la pièce. Maman Emmie ouvrit le tiroir du chevet assorti, pour y prendre une lampe de poche qu'elle tendit à la petite fille :

- Tiens ! je t'ai mis un seau de toilette dans le coin. Si tu as besoin de faire pipi pendant la nuit, tu t'en serviras. Tu n'auras pas besoin de te lever dans le noir pour allumer la grande lumière.

Et pour faire un essai, la maman éteignit la lampe. Instinctivement, Marie-Rose cliqua sur le poussoir de la lampe de poche, et suivit le rond de la lumière dans toute la pièce. Ses traits s'étaient transformés comme si le bonheur était au creux de sa main. Elle avait trouvé son petit coin de lumière. La femme observait chaque geste de l'enfant avec un sourire mi-figue, mi-raisin. Elle ne savait toujours pas s'ils avaient bien fait de prendre cette gamine. C'est que quand son Lucien avait quelque chose dans la tête, il ne l'avait pas ailleurs. Elle semblait adorable…

Marie-Rose continua à faire courir le petit rond lumineux sur chaque détail de son nouveau nid : la commode basse, le crucifix accroché au mur, le prie-Dieu installé juste devant le tableau de la Sainte Vierge, le cadre avec Sainte-Thérèse et l'enfant Jésus, puis, posé sur le chevet, un chapelet à côté d'un livre de prières.

Au milieu du lit, une chemise de nuit en coton blanc, avec de belles bordures en dentelles, semblait lui tendre les bras.

- Viens, ma fille ! Avant de te déshabiller, je vais te montrer les autres chambres, pour que tu puisses me trouver en cas de besoin.

Elles ressortirent donc de la pièce et pénétrèrent dans la chambre d'amis. La pièce était meublée de façon presque identique : le crucifix, une chaise, une table en demi-lune recouverte d'une nappe et d'un bouquet de fleurs qui était posée contre le mur du fond, une armoire et pour finir un lit qui semblait bien plus grand que le sien.

Elles retraversèrent le couloir pour se rendre dans la chambre des parents. Celle-ci avait deux fenêtres. Le grand lit était recouvert d'un couvre-lit en dentelle blanche. Là aussi, une immense armoire lorraine prenait tout un pan de mur. Il y avait également une commode, deux chevets, des tableaux avec des images pieuses et des tapis. Marie-Rose parlait déjà bien le français depuis son passage à l'orphelinat Saint Joseph et ses premiers cours. Elle comprenait mieux papa Lucien qui connaissait les deux langues, que maman Emmie qui parlait beaucoup trop vite, en baragouinant dans un patois alsacien. Cela rendait la discussion plus compliquée.

De retour dans sa chambre, elle devina qu'elle devait enfiler sa chemise de nuit. Déjà, sa maman soulevait la couverture pour qu'elle se couche. Brusquement, la fillette comprit qu'elle devait dormir toute seule dans cette grande chambre et elle se mit à trembler avec des larmes dans les yeux :

- *Angst ! Angst ! Mama.* (Peur ! Peur ! maman)

Mais sa maman lui fit signe de grimper sur le lit, la borda, lui donna un petit bisou sur le front avant de lui expliquer :

- Si quelque chose ne va pas, tu peux m'appeler. A ton âge, les enfants doivent faire dodo tout de suite. Quand ils ne veulent pas dormir, la grosse lune dans le ciel vient chercher ceux qui pleurent, pour les emporter.

- Elle est grosse comment la lune ? interrogea la petite plutôt surprise.

- Viens ! je vais te montrer.

La fillette sauta aussitôt de son lit pour se diriger directement vers la fenêtre qui lui faisait face. Là, elle se tordit le cou pour tenter d'apercevoir quelque chose au travers de la vitre mais c'était tout noir… Heureusement, Maman Emmie vint à son secours. Elle écarta largement les deux battants des volets et lui indiqua du doigt, une lune resplendissante qui brillait au-dessus des arbres du jardin.

- Qu'elle est belle ! s'exclama l'enfant.

- Si tu ne pleures pas, elle veillera toute la nuit sur ton sommeil. Alors il faut bien dormir. Si tu veux rester dans cette maison, il ne faudra pas pleurnicher pour rien…

- Alors referme tout, maman, s'il te plaît. Pour qu'elle ne puisse pas rentrer.

En souriant, sa maman referma les volets, puis sortit de la pièce en prenant soin d'éteindre la lumière et la lampe de poche. Mais elle avait laissé la porte grande ouverte… Pendant plus d'une heure, Marie-Rose se retint de verser la moindre larme dans le grand lit froid. Elle se disait que sa maman devait l'aimer un petit peu, puisqu'elle lui avait fait une si jolie poupée.

La petite fille était heureuse d'avoir trouvé un papa et une maman. Surtout son papa Lucien qui l'aimait beaucoup. Et puis, ce n'était pas le noir qui lui faisait peur, elle en avait l'habitude à l'orphelinat. Au contraire, elle se disait que, quand il faisait noir, elle ne pouvait pas voir ce qui était vilain. Mais la solitude l'effrayait…

Enfin, elle s'envola pour le pays des rêves… Deux heures plus tard, des bruits de voix la réveillèrent. Affolée, ne reconnaissant pas l'endroit où elle était, Marie-Rose se mit à appeler…

Déjà, maman Emmie arrivait près de son lit en lui demandant :

- *Was ist* ? (qu'est ce qu'il y a) Marie-Rose.

- J'ai entendu la porte craquer ! j'ai peur...

- Nous sommes dans la *Zimmer* (chambre) à côté, tu dois dormir maintenant.

Elle repartit comme elle était venue. Pendant un moment qui lui parut interminable, Marie-Rose serra sa poupée contre elle pour tenter de calmer ses angoisses, mais les bruits lui parvenaient de plus en plus fortement. Les grattements semblaient venir du plafond. Elle entendait des craquements de tous les côtés de la maison.

Des sons étranges venaient l'agresser de chaque coin de la pièce. Au fur et à mesure que les secondes passaient, les bruits augmentaient dans ses oreilles en s'amplifiant de plus en plus. Au bout d'un moment, elle ne tint plus ! En agrippant toujours sa poupée, elle empoigna sa lampe de poche, l'alluma et sauta en bas de son lit. Puis elle se dirigea rapidement vers la porte de la chambre de ses parents :

- Papa ! maman ! Il y a des bruits au grenier, j'ai peur…

Papa Lucien lui fit pscheeeett… avec le doigt, pour qu'elle se taise et deux secondes après, il la prenait dans ses bras pour la ramener dans son lit.

- Viens ma puce ! lui dit-il, ce n'est rien.

Il la déposa dans son lit, la recouvrit, puis, après avoir éteint la lampe de poche, il s'allongea près d'elle en disant :

- Ecoute maintenant ! Dans les vieilles maisons, les murs craquent toujours un peu. Et ce que tu entends au grenier, ce sont des souris qui grignotent, dansent ou s'amusent. Pendant qu'il lui expliquait ainsi chaque petit bruit. Elle s'endormit dans ses bras…

Le lendemain matin, vers 7h30, maman Emmie arriva pour la réveiller.

- Dépêche-toi, lui dit-elle, nous avons beaucoup de travail. Je vais t'apprendre à te laver toute seule avec un gant de toilette et du savon. Mais d'abord, fais ta prière du matin.

Ensuite, elle versa un peu d'eau dans le broc et avec le gant, elle lui débarbouilla la frimousse en lui montrant dans les détails comment faire sa toilette. Elle lui sortit une jupe à carreaux avec des bretelles et un chemisier de l'armoire puis l'aida à s'habiller. Prestement, elle ouvrit la fenêtre, écarta les deux battants des volets et aéra le lit avant d'entraîner la fillette dans les escaliers. Ils prirent tous les trois leur petit déjeuner ensemble. Marie-Rose buvait sa dernière goutte de lait, lorsque papa Lucien lui demanda :

- Veux-tu venir avec moi jusqu'au pré ? Je vais faucher de l'herbe fraîche pour les lapins avant l'ouverture du magasin.

Déjà la fillette l'avait attrapé par la main et sautillait de joie. Dans le grand parc derrière la maison, pendant que son papa fauchait l'herbe, elle l'aida du mieux qu'elle put à la tirer en la rassemblant avec le râteau. Pour finir, elle la ramassa en déplaçant le panier.

- Nous en avons assez, maintenant il faut rentrer ! C'est l'heure d'ouvrir le magasin.

- Déjà ! Papa Lucien, je peux juste cueillir un petit bouquet de fleurs pour maman Emmie. Ça lui fera plaisir…

- Oui ! tu peux, mais tu ne m'appelles plus papa Lucien, mais juste papa. Tu diras également maman.

Quelques instants plus tard, ils rentraient tous les deux à la maison. Marie-Rose fila dans la cuisine où sa maman épluchait des légumes et lui tendit le bouquet de fleurs en disant :

- Tiens, *für dich* (pour toi) maman ! Papa m'a dit de t'appeler toujours maman !

- C'est très bien, merci ma fille, lui répondit-elle en l'embrassant pour la remercier.

Elle sortit aussitôt un vase du placard, ajouta un peu d'eau avant d'y rajouter le bouquet. Le cœur joyeux, la fillette l'observa poser ses marguerites au centre de la table. Sa maman était contente, donc, elle n'était pas vilaine…

Déjà papa lui donnait un bisou sur le front avant de s'éloigner :

- A tout à l'heure ! ma petite Rose…

- Je veux venir avec toi, papa ? quémanda la fillette avant qu'il ne referme la porte derrière lui.

Son papa tourna les yeux vers sa maman, comme pour l'interroger, mais celle-ci hocha négativement de la tête. Avant même qu'une réponse ne lui soit donnée, Marie-Rose avait compris et la déception se lut sur sa figure, comme dans un livre ouvert. Sa maman, observant son visage dépité, lui expliqua :

- Papa est obligé d'aller ouvrir le magasin. Tu ne peux pas rester avec lui. Nous avons de nombreuses clientes qui n'aimeraient pas qu'une gamine traîne dans leurs jambes quand elles font leurs achats. Je te ferai visiter l'épicerie tout à l'heure et après nous irons nous occuper des bêtes.

Marie-Rose trépignait presque d'impatience à l'idée d'aller dans l'épicerie. Elle en avait même oublié de dire bonjour à Minette qui se frottait entre ses jambes en miaulant désespérément pour réclamer un petit câlin. Mais ce n'était pas le moment, elle voulait d'abord aller voir son papa. De plus, maman semblait retarder exprès le moment tant attendu. Elle nettoyait des seaux, rangeait mille choses par-ci, par-là, ouvrait des tiroirs, les refermait. Enfin ! elle se décida…

Dans le couloir, elles passèrent devant un petit fourneau rond en faïence, juste avant de pénétrer dans le magasin. Marie-Rose eut l'impression d'entrer dans la caverne d'Ali-Baba tant l'endroit regorgeait de bonnes et belles choses. Tous les rayonnages étaient remplis de boîtes multicolores. Ailleurs, il y avait des habits, des chaussures, des gants et des bonnets. L'alimentation côtoyait la mercerie et la quincaillerie. Une brouette était à l'abri sous un parapluie ouvert. Le pain était allongé dans un grand casier, juste à côté de toutes sortes de boissons qui étaient rangées dans des caisses. C'était la petite épicerie de village où le client trouvait tout ce qui pouvait être nécessaire à son quotidien.

Papa se tenait derrière son comptoir, au fond du magasin, debout près du tiroir-caisse. Il servait les trois clientes qui étaient présentes. L'une d'elles tenait une petite fille, de l'âge de Marie-Rose, par la main. Il accueillit les deux arrivantes avec un large sourire tout en s'exclamant à voix haute :

- Mesdames ! Voilà ma fille Marie-Rose. C'est l'enfant que nous sommes allés chercher, mon épouse et moi-même, à l'orphelinat pour l'adopter.

Puis, en s'adressant à sa fille, il lui dit :

- Dis bonjour à ces dames ! Regarde, voici une petite camarade de ton âge avec qui tu iras bientôt à l'école.

Le regard de Marie-Rose était plutôt fixé sur les bocaux remplis de bonbons de toutes sortes. Il y en avait au réglisse, à l'anis, au caramel, des souris en chocolat, des boules de "ching-gom". Ses yeux n'arrivaient pas à lâcher les boîtes transparentes pleines de bonnes choses dont la fillette ne connaissait même pas le nom. Elles trônaient toutes sur le comptoir. Elle n'avait jamais rien vu de pareil. Son papa prit l'un de ces bocaux, l'ouvrit, et le tendit vers les deux fillettes :

- Allez ! mesdemoiselles, choisissez-en deux chacune.

Et les petits doigts timides s'engouffrèrent dans le bocal aux délices.

Merci papa ! merci monsieur ! s'exclamèrent en chœur, les deux petites filles, avec un large sourire qui lui faisait comprendre le plaisir qu'elles éprouvaient.

- Maintenant, emmène-la ! Emmie. Je n'ai pas le temps de m'occuper d'elle.

- Allez, viens Marie-Rose ! Nous allons traire les vaches et nourrir les bêtes. Le travail nous attend.

Maman lui fit enlever son beau chemisier blanc pour un tablier gris à manches longues, avant de revêtir elle-même le sien. Après avoir noué ses cheveux sous un fichu, elle se saisit des seaux qui étaient sur l'évier et en tendit un à la petite avant de sortir...

Elles pénétrèrent dans l'étable où tous les animaux faisaient un tintamarre épouvantable. Marie-Rose eut un sursaut de frayeur et en lâcha son seau quand une vache beugla dans son oreille, juste au moment de leur passage. Sa peur fut telle devant cet énorme animal qui semblait lui en vouloir, qu'elle s'enfuit dans le couloir.

- *Keine Angst* ! (N'aie pas peur !) Reviens, s'écria sa maman, qui retourna la chercher tout en riant joyeusement. La vache ne veut pas te faire de mal, elle veut juste te dire qu'elle a faim. Assieds-toi sur le tabouret et regarde ce que je fais !

La fillette la vit d'abord nourrir les porcelets, les lapins, les poules, puis ce fut au tour des vaches. Elle la vit attacher la queue de la première à un poteau (pour qu'elle ne la lui lance pas dans la figure, réussit-elle à comprendre). Elle l'observa laver les pis soigneusement, les uns après les autres, avant de rapprocher un tabouret. Une fois assise, sa maman glissa un seau entre ses jambes, mit sa tête contre le ventre de la vache, et presque aussitôt, la fillette vit le lait jaillir dès qu'elle se mit à tirer sur les mamelles… Ensuite ce fut au tour de la suivante et ainsi de suite. Après avoir rempli presque deux seaux de lait, maman Emmie se tourna vers Marie-Rose et lui proposa :

- En veux-tu, ma fille ?

Tout en finissant de parler, sans même attendre sa réponse, elle remplit le pichet de liquide crémeux et le lui tendit.

Marie-Rose vida la boisson tiède d'un trait, en oubliant presque de prendre sa respiration. C'était tellement bon ! Elle avait tant manqué de tout, qu'elle restait toujours sur cette impression que son ventre ne pourrait jamais être plein.

- *Ist das gut* ? lui demanda sa mère. (C'est bon ça ?)

- *Oh ja* ! (Oh oui !)

Pour une fois la fillette vit sa maman rire de bon cœur en *klatchant* (tapant) dans les mains. La fillette éclata de rire avec elle... Aussi vite, sa maman reprit son ouvrage.

D'abord, elle déposa les deux seaux dans le couloir, en prenant soin d'y mettre le couvercle, pour que les mouches n'aillent pas y prendre leur bain. Après, elle se saisit d'un balai en paille, balaya la rigole avec l'urine et la bouse, étala de la paille fraîche avec la fourche, rajouta également du foin dans chaque râtelier.

Dans un autre seau, la veille, elle avait mis à tremper des betteraves écrasées avec du son et chacune des vaches eut droit à sa ration. Pour finir, à l'aide d'une grosse brosse, elle gratta vigoureusement les grosses croûtes que les ruminants avaient sur l'arrière-train.

Quand la *Stall* (écurie) fut propre, elle détacha la queue des vaches et les fit sortir jusque dans le parc.

- Viens ma petite ! lui dit sa maman, maintenant nous allons à la cave voir le lait que nous y avons mis, hier, à cailler.

Là, Marie-Rose l'écouta parler de la *Butterfass* (baratte) pour faire le beurre.

Premièrement, il fallait écumer la crème épaisse et la mettre directement dans des pots en plastique, pour que papa puisse les vendre au magasin.

Deuxièmement, elle mettait l'autre partie de la crème, qui allait servir à faire le beurre, dans l'écrémeuse, puis dans la baratte dont il fallait juste tourner la manivelle au même rythme, pendant un long moment, pour que la motte se forme.

Pour terminer, sur une table, maman n'avait plus qu'à faire des petits ronds ou des rectangles de 250 ou 500gr, qu'elle emballait dans du papier blanc.

Il y avait également une armoire avec une moustiquaire, dans laquelle elle déposait le lait écrémé pour en faire du lait caillé ou du fromage blanc destinés à la vente.

- Je t'apprendrai à faire du beurre lui dit sa maman. Maintenant nous allons remonter faire le repas de midi. L'heure file vite quand on a du travail. Après avoir enlevé sabots, fichu et tablier sale, elle précisa encore :

- Maintenant, je vais éplucher les pommes de terre. Tu es bien trop petite pour travailler avec un *Messer* (couteau). Installe-toi sur le canapé et joue avec la chatte ou ta poupée.

- Oui ! maman, j'aime bien jouer avec la chatte.

Assise au salon, à la place de son papa, avec Minette qui ronronnait sur ses genoux, Marie-Rose se mit à observer un peu tout ce qu'il y avait autour d'elle. La radio était allumée, mais la fillette ne comprenait pas grand chose de ce qu'elle entendait. En face d'elle, il y avait un immense vaisselier tout sculpté. Au centre de la pièce, la grande table en chêne était entourée de chaises recouvertes de tissu. Un grand fourneau occupait beaucoup d'espace tout près d'elle. Au bout de quelques minutes, la fillette commença déjà à s'ennuyer. Tout en se dandinant sur son coussin elle demanda :

- Maman ! je peux aller jouer chez papa.

- Non ! Il fait ses comptes à cette heure-ci et il ne faut pas le déranger. Ecoute la musique. Il faut que tu apprennes à avoir un peu plus de patience. Papa va bientôt venir. D'ici dix minutes, tu vas pouvoir mettre la table pour que tout soit prêt quand il arrivera.

Heureuse de se sentir utile, Marie-Rose commença aussitôt à tout mettre en place. Dix fois de suite, elle changeait un couvert de place, bougeait une assiette, remettait la cruche d'eau ailleurs, pour être sûre que tout soit parfait. Et à chaque fois elle demandait :

- C'est bien comme ça maman ?

- Très bien ma fille !

Lorsque papa entra dans la cuisine, le sourire de la fillette s'éclaira comme un rayon de soleil… A nouveau, le lavage des mains se passa avec des fous rire, plus discrets cette fois-ci. Maman Emmie risquait de rouspéter. (Elle n'arrivait pas facilement à dire maman, alors que papa : ça coulait de source). Le repas se passa cette fois-ci, sans problème. Les pommes de terre et l'omelette étaient délicieuses. Pour dessert, elle dégusta une barre de chocolat sur les genoux de papa, en écoutant la radio.

L'après-midi, alors que son père ouvrait le magasin, Marie-Rose et sa maman continuèrent à retourner l'herbe que papa avait fauchée tôt le matin. Il se levait toujours à l'aube, sauf le dimanche qui était sacré, ce jour là, il allait à la messe : un rituel incontournable et obligatoire. On respectait le jour du Seigneur.

Après avoir retourné l'herbe, la fillette et sa mère visitèrent le verger. Comme un petit elfe gracieux, la fillette courait de surprise en surprise.

- Qu'est que c'est que ça, maman demandait-elle en montrant du doigt de drôles de petites choses rouges qui poussaient sur un arbre.

- Des cerises ! Tu peux les goûter, elles sont mûres. Tout en parlant, elle attrapa une branche et en cueillit quelques-unes, qu'elle tendit à l'enfant.

Aussitôt Marie-Rose en mit une dans sa bouche. Le jus onctueux coulait, comme un nectar magique. Elle avala rapidement le fruit pour vite en manger un autre, et faillit s'étrangler avec une petite chose dure qui resta coincée au fond de sa gorge. Une quinte de toux violente la fit s'étrangler. Aussitôt maman lui tapa dans le dos, et en même temps, la petite fille expulsa ce caillou dur qui la gênait.

- Il faut enlever le noyau avant d'avaler une cerise "petite sotte", dit en plaisantant sa maman. Et sois moins gourmande la prochaine fois. Il faut toujours manger doucement !

Ce petit incident ne l'empêcha pas de goûter à tout ce qui était comestible dans le jardin. A un bâton de rhubarbe, aux fraises, aux radis arrachés directement du jardin et lavés sous la pompe. Tant et si bien, que le soir même, elle avait une diarrhée qui se prolongea presque toute la nuit. Et de nouveau papa vint lui tenir la main pour la calmer.

Chaque jour, elle apprenait un peu plus, s'exprimait de mieux en mieux, grâce à son papa qui lui parlait dans les deux langues. Tout l'intéressait et elle adorait cette vie de patachon avec un papa qui la cajolait. Maman était un peu moins douce, mais elle lui donnait toujours un bisou le soir avant d'aller au lit.

La seule chose qui l'ennuyait, c'était de ne pouvoir aller au magasin à sa guise, pour rester avec son papa. Un jour qu'elle avait réussi à s'y faufiler et que son père était occupé à l'extérieur avec un client, elle essaya de grimper sur le comptoir pour prendre un chewing-gum rouge dans le bocal. Sa tête arrivait tout juste au niveau du meuble et en s'aidant de ses mains et ses pieds, elle se hissa avec beaucoup de difficultés. Son derrière était presque assis sur le rebord, quand elle se sentit glisser vers le sol. Tant bien que mal, elle s'agrippa aux bocaux qui étaient devant elle, mais quelques secondes plus tard, dans un patatras étourdissant, elle se retrouva noyée sous une multitude de friandises multicolores. Quand son papa, attiré par le vacarme, constata les dégâts, il lui donna une fessée avant de la renvoyer dans la cuisine. Ses cris de colère, plus que de douleur, attirèrent presque tout le quartier. La fillette était vexée jusqu'au fond de l'âme que son papa ait osé la frapper.

Mais ce qui la calma au quart de tour, ce fut la phrase sèche annoncée par maman :

- Comme tu ne veux pas obéir, demain nous te ramènerons à l'orphelinat. Nous prendrons une petite fille qui écoute ce que nous lui disons, sans essayer de voler son papa et sa maman !

- Oh non ! Je ne recommencerai plus jamais. Je veux rester ici, je ne veux pas aller à l'orphelinat.

- Il fallait y penser avant….

Jusqu'au retour de son père, pour le souper, la fillette resta inconsolable. Au milieu du repas, alors que Marie-Rose n'avait pas avalé la moindre bouchée, sa maman revint à l'attaque en disant :

- Demain nous la ramenons à l'orphelinat ! Elle est trop vilaine. Tu prépares la moto.

- Non ! Je ne veux pas retourner là-bas. Je veux rester avec vous. Je ne recommencerai plus jamais ! implora la fillette.

Mais ses larmes ne servirent à rien et ce soir-là, son papa ne la prit pas sur ses genoux pour écouter la radio, et maman la mit sèchement au lit, sans même l'embrasser, tout en lui rappelant que le lendemain elle repartait. Ses sanglots violents se prolongèrent jusqu'à l'aube. Elle ne comprenait pas pourquoi son papa n'avait rien dit. Il avait juste regardé maman et l'avait laissé faire. Dans sa petite tête, elle réfléchissait en cherchant un endroit où elle pourrait se sauver pour ne plus jamais retourner dans un orphelinat. Dire qu'elle était tellement bien ici, dans sa famille. Elle voulait juste prendre une boule rouge, pas tout casser…

Le lendemain matin, à son réveil, elle n'osa pas sortir de son lit comme elle le faisait d'habitude. Elle était tétanisée, rien qu'à l'idée de quitter sa maison. Son ventre lui faisait mal. Elle avait envie de vomir…

Je ne vais pas descendre maintenant ! pensa-t-elle. Plus tard je me lèverai, et plus tard nous partirons. Mais maman vint la tirer du lit en lui disant avec sévérité :

- Dépêche-toi de faire ta toilette et descend déjeuner !

- Oui maman, j'arrive, murmura-t-elle d'une petite voix aphone. Quels habits je dois mettre pour partir ?

- Tu mets ceux que tu avais hier ! Tu veux t'habiller comme une princesse ou quoi ?

Quelques minutes plus tard, après avoir dévalé les escaliers quatre à quatre, elle s'asseyait à table en gardant la tête baissée et en murmurant un tout petit :

- Bonjour papa ! bonjour maman ! Je me suis lavée et habillée toute seule.

- Tu n'as plus besoin de nous embrasser pour dire bonjour ? demanda son papa.

Surprise, Marie-Rose s'empressa d'aller les embrasser tous les deux avant de déjeuner. Puis, elle attendit pendant des heures, avec sa peur tapie au fond du cœur, le moment fatidique du départ. Où l'assistante sociale allait-elle la conduire aujourd'hui ? Si jamais elle ne la remettait pas à l'orphelinat Saint-Joseph, près de Sœur Marie ? Qu'allait-elle devenir ?

L'heure du dîner passa. L'après-midi, elle aida sa maman à préparer du fromage blanc. Le souper fila de la même façon, sans que sa mère ne dise un mot. Comme à l'accoutumée, son papa s'installa pour écouter la radio, et Marie-Rose qui n'osait pas l'approcher, s'assit à même le sol avec les mains sur les genoux. Minette tournait autour d'elle en miaulant, mais la fillette ne tendit pas le bras. De toute façon, cela ne servait à rien d'aimer ce petit chat, puisqu'elle devait repartir. Tout à coup, la voix de son papa retentit :

- Tu ne viens pas me tenir compagnie avec Minette ce soir, je m'ennuie un peu tout seul. J'aime bien vous avoir sur mes genoux pour me réchauffer.

Il n'eut même pas le temps de finir sa phrase, que les "deux oiseaux" volaient à leur place habituelle. Papa regarda sa femme et dit :

- Je crois qu'elle ne désobéira plus maintenant. Et je sais qu'elle nous aime tous les deux.

- Oh oui ! papa je vous aime beaucoup et je ne ferai plus de bêtises. Je ne veux plus retourner à l'orphelinat. J'ai une famille maintenant…

Arriva l'été et la chaude époque de la fenaison. Les prés descendaient loin derrière la maison. Avant que la pluie n'arrive, il fallait rentrer la nourriture des vaches dans la grange. Papa retournait, soulevait le foin et une fois celui-ci sec, maman tenait les grands sacs de jute ouverts, pour qu'on puisse l'enfourner dedans. Quand ils étaient pleins, il fallait les nouer et, en les portant sur l'épaule, papa et maman les rentraient dans la grange.

Marie-Rose qui voulait toujours les aider, quémandait sans arrêt pour faire la même chose qu'eux, mais sa maman refusait toujours, de peur qu'elle se fasse mal à son dos, qui n'était pas très bien remis. Alors papa lui en remplissait un au quart, et la fillette le mettait sur sa tête pour le porter. Plusieurs fois de suite, elle tombait et se retrouvait les quatre fers en l'air, avec du foin sur le nez et dans les cheveux. A chaque fois, elle recommençait jusqu'à ce qu'elle avance de quelques mètres. Elle était heureuse, riait de bon cœur. C'était le bonheur complet.

Tous les quinze jours, maman prenait l'autobus pour faire ses gros achats à Sarrebourg. Ce jour-là, son papa lui permettait de rester assise au magasin, à condition de ne rien toucher. Pendant plusieurs semaines, les choses se passèrent sans problème. Marie-Rose observait, saluait toujours les clients poliment. Puis, un jour, alors que papa Lucien coupait du fromage, une cliente qui était pressée, demanda des pinces à linge. La fillette qui connaissait chaque marchandise du magasin à force d'observer, demanda à voix haute :

- Attends papa, je te les ramène !

Il la regarda faire et elle les ramena à la cliente en lui en indiquant le prix à voix haute. Tout surpris son papa lui demanda : Mais comment en connais-tu le tarif ? Tu ne sais pas encore lire !

- Je t'ai entendu le dire à une autre cliente.

- C'est bien ma chérie, lui dit-il admiratif. Je suis certain qu'elle saura se débrouiller dans la vie, rajouta-t-il à la cliente, qui remercia gentiment la fillette.

De plus en plus souvent, son papa la laissa servir les articles faciles. Malheureusement ! la vie était trop belle. Une autre fois, alors qu'elle venait de déposer une dizaine d'articles pour une cliente sur le comptoir, celle-ci lui demanda un bocal de pêche. Marie-Rose tenta bien d'attraper celui qui était au-dessus, mais du haut de ses six ans, elle n'arriva même pas à le toucher. Alors elle tira en dessous, ce n'était pas un simple bocal qui allait lui résister. Arriva ce qui devait arriver… La petite fille regarda, stupéfaite, le haut de la pile s'écrouler, avec un bruit de verre cassé qui fit trembler les vitres du magasin. Toute éberluée par ce qui venait de se passer, elle se mit à ânonner :

- Je ne veux pas aller à l'orphelinat ! Non papa ! je ne veux pas aller à l'orphelinat ! J'ai pas fait exprès…

Son papa en la prenant par l'épaule l'aida à se relever, alors que le jus des pêches dégoulinait le long de ses habits.

- Mais ma petite Rose, pourquoi voudrais-tu que je te renvoie à l'orphelinat ? lui demanda-t-il. Aujourd'hui tu as fait une bêtise en travaillant, ce n'est pas grave. Alors que la dernière fois, tu essayais de voler une friandise, sans avoir l'autorisation d'entrer dans le magasin. Tu sais, il m'arrive aussi de faire tomber des choses. Hier après-midi, j'ai renversé tout le bidon de lait de la voisine. J'ai dû me mettre à quatre pattes pour tout éponger. Viens, maintenant nous allons ramasser tout cela avant que maman ne revienne, comme cela elle n'en saura rien…

La cliente rajouta gentiment : moi, je n'ai rien vu. D'ailleurs je crois bien que je ne suis même pas venue au magasin aujourd'hui.

Une fois la dame servie, nos deux larrons s'empressèrent de débarrasser. Pour les catastrophes suivantes, ce fut : les boites à sel qui roulèrent jusqu'à l'autre bout du magasin, puis les paquets de tabac qui s'étalèrent tout autour du comptoir, jusqu'aux pieds des personnes présentes, une bouteille d'huile qui transforma le magasin en patinoire peu pratique...

Marie-Rose avait aussi une vilaine habitude. Quand son père était occupé dans les rayons, la fillette aimait jouer avec le tiroir-caisse. Chaque fois qu'elle tournait la manivelle qui était sur le côté, un kling – kling – kling retentissait avec une musicalité drôlement agréable. La première fois, son papa ne disait rien, mais gare à la seconde. Pourtant Marie-Rose savait que c'était interdit, mais c'était tellement rigolo. Alors, rien que pour se faire plaisir, elle en remettait un petit tour :

- Kling – kling – kling

- Tu vas arrêter ce tintamarre ou gare à la fessée ! bougonnait-il.

Obéissante, la fillette se contentait de la tourner à moitié pour que la caisse ne fasse plus sonner ses clochettes ; mais au bout de la dixième fois, alors qu'elle balançait la manivelle de droite à gauche, celle-ci, qui avait un peu trop d'élan, faisait un tour entier :

Kling – kling – kling

La sonnerie n'avait même pas le temps de finir,

qu'elle se sentait soulever et deux magistrales tapes claquaient sur ses fesses.

Sans dire un seul mot, elle partait s'installer sur sa chaise d'observation. Après cela, elle restait sage comme une image, jusqu'au retour de sa maman.

Au bout de quelques semaines, elle arrivait à saluer les clientes par leurs noms :

- Bonjour Mme Chenesse ou Richard - Huber - Wolf - Spannagel - Brunner - Anstett. Pour ceux que son papa tutoyait, comme lui, elle disait salut Hélène - Marguerite - Elfriede - Suzanne.

Il y avait bien un boulanger dans le village, mais maman faisait son propre pain, tous les deux trois jours, puisque Papa ne voulait plus l'acheter chez lui, car il ne s'entendait pas très bien tous les deux :

- Je ne vais pas lui laisser un sou, disait-il, il serait bien trop content.

Alors, quand maman n'avait pas le temps de faire sa fournée, papa prenait le side-car pour aller en chercher. Marie-Rose toute heureuse, sautillait comme un cabri avant de s'installer à côté de lui. Ensemble, ils se rendaient à Hellert, le village voisin, pour acheter deux pains blancs. Elle adorait ça et avait l'impression de s'envoler dans le ciel. C'était si agréable quand le vent soufflait dans les cheveux.

La fillette attendait le dimanche et le lundi avec impatience. Le magasin était fermé, mais ça n'empêchait pas quelques clientes de venir sonner. Cependant, elle profitait de son papa au maximum. Il passait presque tout son temps libre avec elle. Ensemble, ils faisaient le tour de la propriété et papa lui montrait toutes les terres qui leur appartenaient. Il l'emmenait également dans le jardin pour piocher les allées. C'est ainsi qu'une fois, Marie-Rose avait rempli un seau plein de beaux fruits verts qu'elle lui avait ramenés en disant :

- J'ai cueilli toutes les grosses pommes.

- Ce sont des tomates, nous allons vite les mettre à mûrir sur le mur avant que maman ne les voie ! expliqua son papa en éclatant de rire. Les pommes poussent sur des arbres.

Ils s'asseyaient souvent devant la porte, sur le banc en bois. Pendant que papa fumait la pipe, elle se blottissait contre lui. Alors que sa mère prenait une chaise et faisait du crochet ou alors elle lisait tout en les observant. De temps en temps, elle pinçait les lèvres. Quand la fillette croisait le regard de sa mère, comme si elle y lisait de la réprobation, Marie-Rose disait :

- C'est mon papa chéri !

- Personne ne veut te le prendre, lui répliquait sa mère.

Et son papa riait de voir ses deux petites femmes jalouses.

Quelquefois des voisines, Oma Ramm qui habitait en face, ou encore madame Louise Wolf, venait discuter avec maman Emmie. Pendant ce temps, la fillette jouait avec la petite fille de la première, et Jean-Paul, le petit fils de madame Wolf, s'empressait de les rejoindre dès qu'il le pouvait. Marie-Rose adorait la compagnie de ce petit copain qui cédait à presque tous ses caprices.

Les adultes palabraient avec beaucoup de gestes, dans un dialecte alsacien que Marie-Rose arrivait de mieux en mieux à comprendre. D'ailleurs, il lui fallait toujours mettre son petit grain de sel et se mêler de la conversation.

- J'ai enlevé tous les *Ungeziefer* (puces et pucerons) disait-elle, alors qu'elle voulait dire *Unkraut*, pour les mauvaises herbes. Elle mélangeait légèrement les mots, tout en sachant que ça faisait rire son public ; même sa maman riait de bon cœur.

Son papa l'emmenait aussi dans les champs, au verger, dans les prés, soit pour cueillir les groseilles, les cassis ou récolter la nourriture des bêtes et réparer la clôture du parc à vaches. Chaque soir, elle finissait la soirée sur ses genoux. Ce n'était pas qu'elle ne voulait pas du tout aller sur ceux de sa maman, mais elle avait l'impression que papa serait mécontent s'il n'avait pas sa petite poupée sur les siens.

Les jours passaient vite. La fillette arrivait à s'exprimer de mieux en mieux. Elle attendait le mercredi soir avec impatience. Ce soir-là, papa Lucien fermait le magasin plus tôt, alors que Marie-Rose et maman Emmie préparaient le souper pour 19 heures. Elles s'empressaient de débarrasser la table, pour rejoindre plus rapidement papa à côté de la radio. Le mercredi était presque aussi important que le dimanche pour la fillette. C'était l'émission de radio préférée de la famille : *L'Elsesserabend*, ce qui voulait dire "Soirée Alsacienne avec la

Schnockeloch Kapell". Pendant deux heures, ils écoutaient des musiques entraînantes typiquement alsaciennes. Au bout de quelques instants, papa Lucien se levait pour faire danser Marie-Rose. Les rires en cascade coulaient dans la maison comme un ruisseau de pierres précieuses. Seule maman, restait sur sa chaise. Elle écoutait mais ne disait rien…

Les dimanches, ils faisaient souvent le tour de la propriété. Papa lui apprenait à écouter les oiseaux, regarder les arbres, respecter la nature. Alors qu'avec maman, il fallait sortir les "patates", arracher les mauvaises herbes, tirer les betteraves du sol, faire la chasse aux doryphores, s'occuper des bêtes. C'était moins amusant…

Les semaines se succédaient… À la maison, les danses du mercredi soir devenaient de plus en plus endiablées. Il arrivait de temps en temps, lorsque papa n'était pas trop fatigué, qu'ils s'installent tous les trois autour de la table ronde, pour faire une partie de jeu de l'oie. Son petit papa essayait toujours de la faire gagner en trichant un peu, alors que maman faisait tout pour la faire perdre. Mais ils riaient bien tous les trois, même maman semblait heureuse. Ses parents ne se parlaient pas beaucoup tous les deux, alors que la fillette ne se taisait jamais et mettait de l'ambiance dans la maison.

Elle les connaissait déjà mieux maintenant et avait compris que si elle voulait quelque chose, il ne fallait pas le demander devant sa mère. En face de chez eux, la petite fille de Oma Ramm avait un chien, et Marie-Rose rêvait d'avoir le même. Elle profita d'un après-midi où maman était partie faire ses courses habituelles en ville, pour souffler discrètement à son papa :

- Oh ! je serais plus heureuse si j'avais aussi un petit chien comme Bernadette. Enfin, je sais qu'il faut être raisonnable, je suis déjà une petite fille gâtée, puisque j'ai un papa et une maman.

- C'est vrai ma fille, lui avait-il répondu.

Le samedi suivant, il partit faire des courses sans l'emmener. Les larmes un peu exagérées de la fillette n'eurent aucun effet. Elle le regarda s'éloigner sur la moto bien tristement. C'était un vilain papa, qui ne voulait pas emmener sa petite fille chérie avec lui.

Trois heures plus tard, à son retour, elle le bouda un peu en restant dans son coin avec sa poupée dans les bras.

- Viens voir ! l'appela-t-il, j'ai un carton qui bouge…

- Ça ne bouge pas un carton ! Tu me racontes encore une fois des blagues.

Au même instant, le carton poussa un son étrange puis avança de quelques centimètres. En un quart de seconde, Marie-Rose s'approcha du paquet bruyant qui poussait maintenant des cris plaintifs et l'ouvrit :

- *Oh ! mein lieber Vati* (cher papa), c'est un petit chien.

Et, en même temps, le chiot était soulevé dans les airs par la fillette qui dansait de joie.

- On n'avait pas besoin de ça à la maison, Lucien ! intervint au même moment sa femme. Nous avons déjà assez de travail.

- Marie-Rose s'en occupera elle-même et si elle ne le sort pas régulièrement, je le ramènerai aux gens à qui je l'ai acheté. Ils sont d'accord pour le reprendre. Ils en ont une demi-douzaine comme celui-là…

- Je le sortirai plusieurs fois par jour maman, tu verras, je lui donnerai à manger, je le laverai et je lui apprendrai à obéir.

- *Ja* ! on verra cela…

Il ressemblait à un épagneul, mais noir et blanc, que la fillette baptisa aussitôt Tigre, parce que sa frimousse était plutôt marrante. Sur le bout du museau, il avait la truffe toute noire.

- Il faut lui donner du lait, maman. Je peux aller en chercher ?

- Tu vas patienter un peu ma fille. Tout à l'heure, nous irons traire les vaches et je lui en laisserai un peu dans un seau. Tu peux jouer avec lui en attendant.

Plus tard, dans l'écurie, ce gros pataud, au lieu de boire tranquillement son lait, eut la bonne idée de mettre sa patte dans l'écuelle. Bien sûr, la moitié du récipient s'étala sur le sol. Marie-Rose se mit à le gronder, mais ce lourdaud, pour lui montrer qu'il s'en moquait, se roula dedans. Mais ne voulant pas se faire disputer, la fillette épongea avec précaution le sol, puis lava le chien dans un baquet. Apparemment, il aimait l'eau, puisqu'il s'amusa à éclabousser sa petite maîtresse avec une joie évidente.

Avant le souper, son papa lui dit encore :

- Ferme bien la porte du jardin, Marie-Rose, pour

qu'il ne puisse pas se sauver. Il va lui falloir quelque jours pour s'habituer à sa nouvelle maison. Il est comme toi quand tu es arrivée le premier jour. Il va avoir un peu peur cette nuit.

Les jours qui suivirent, elle les passa à apprendre les bonnes manières à son chien. Il dormait dans sa caisse et savait qu'il devait attendre qu'elle lui ouvre la porte de la grange le matin, pour aller faire ses besoins. Elle le promenait chaque jour, pendant un long moment dans le jardin, jouait avec lui dès qu'elle avait terminé d'aider sa maman. La fillette était folle de joie d'avoir un petit chien à aimer. Et le chiot le lui rendait bien. Il n'arrêtait pas de lui lécher le bout du nez.

Entretemps, elle avait fait connaissance avec l'abbé Wilhelm, qui était passé un soir à la maison. Il fumait beaucoup et la fillette le regarda boire plusieurs verres de schnaps. Il avait le visage plutôt rouge… Maladroitement, deux fois de suite, sa main tremblante renversa un peu d'alcool sur la table. Ce n'est pas juste, se dit la petite fille, lui ne se fait pas gronder. On ne lui dit pas : "Tu retourneras à l'orphelinat si tu renverses quelque chose".

Le prêtre lui demanda :

- *Kleine Marie-Rose*, (petite Marie-Rose) l'école va bientôt commencer, tu viendras avec moi au catéchisme pour préparer ta communion. Tu sais déjà faire tes prières ?

- Oui ! les sœurs nous faisaient prier à l'orphelinat et maman m'en apprend d'autres.

- C'est bien ! c'est bien !

D'un coup de bras, à nouveau, il vida tout le liquide transparent qui était dans son verre. Mais apparemment, il n'en avait encore pas assez, puisqu'il reprit immédiatement la bouteille pour s'en servir un autre et posa le goulot sur le rebord du verre, car la bouteille semblait lourde. En une fraction de seconde, le verre se renversa avec la bouteille. Son papa s'empressa de les relever, mais la moitié du liquide était déjà sur la table. Une odeur affreuse baignait dans toute la pièce.

- Je suis bien maladroit ! s'écria le brave homme

- Hou ! là ! là ! Vous ne me l'auriez pas dit, je ne l'aurais pas su, mon cher ami, plaisanta le papa de Marie-Rose. Ma bonne Emmie va nous éponger tout ce gaspillage.

- A qui le dites-vous ! répondit l'abbé Wilhelm. Le Seigneur doit se retourner dans son lit devant tant "de perte". Elle serait mieux dans ma bedaine. Soudain, ni une ni deux, sous le regard ahuri de toute la famille, il se baissa et se mit à lécher le nectar précieux.

- Il lape comme tigre ! s'écria Marie-Rose

- J'ai dû être un chien dans une autre vie, dit le prêtre en lui chatouillant le bout du nez.

Tout le monde fut obligé de rire….

En dehors de la Soirée Alsacienne, papa Lucien tout comme maman Emmie, jouaient de l'harmonica. Lui un Hohner chromatique, elle un Hohner simple. Pour les accompagner, ils avaient offert un instrument à Marie-Rose. A tour de rôle, chacun lui apprenait à jouer un morceau. Il l'avait également inscrite au cours de solfège que donnait l'abbé Wilhelm à l'église. Sur le piano, le prêtre leur faisait répéter "Tristesse de Chopin". La fillette adorait cela.

Un samedi matin, alors qu'il pleuvait des cordes, son papa lui dit d'enfiler ses bottes et de mettre son imperméable pour aller à la "chasse à l'escargot". La fillette qui n'avait jamais entendu ce mot, se demandait combien de pattes pouvaient avoir cet animal et pourquoi il fallait le chasser sous la pluie. Quelle drôle d'idée… A sa plus grande surprise, pendant plus de trois heures, ils se baissèrent dans toutes les prairies, les haies, les talus avoisinants pour ramasser des petites bêtes qui rampaient au sol sur un seul pied et qui étaient toutes gluantes. Ils en remplirent deux seaux. Mais il fallait sans cesse veiller à ce qu'elles ne s'échappent pas, car inlassablement, elles essayaient de remonter pour sortir. De retour à la maison, papa les mit dans un tonneau en bois et y posa un couvercle.

Le lendemain à leur grande surprise, ils trouvèrent le tonneau complètement vide.

- Où sont les escargots ? questionna Marie-Rose

- Ils ont pris la clef des champs ma fille ! j'ai oublié la force de ces petites bestioles. Elles ont soulevé le couvercle. J'aurais dû poser un gros caillou, bien lourd, au-dessus. Nous avons travaillé plusieurs heures pour rien. Notre récolte s'est envolée en fumée. Nous sommes quittes à y retourner une autre fois.

- C'est quelle clef, la clef des champs, papa ? Je ne la vois pas… et où est la fumée ?

- C'est juste une expression ! lui répondit-il. C'est pour dire que les escargots se sont tous sauvés. Mais tu as bien vu qu'ils ne volent pas.

Le soir au souper, maman rit aux éclats quand papa lui raconta les remarques de leur petite Rose.

Un autre dimanche, ils firent une excursion à Bâle avec l'abbé Wilhelm, en partant très tôt le matin. La journée fut mémorable et l'Abbé qui était un peu gai au retour, les fit beaucoup rire dans l'autocar.

Puis quelques jours plus tard, elle croisa pour la première fois le maire d'Haselbourg. Comme l'unique cabine téléphonique du village se trouvait devant le magasin de son papa, tous les habitants connaissaient ses parents et les saluaient en venant s'en servir. C'était un homme qui avait les traits sévères, mais comme il était souriant, la fillette l'aimait bien...

Mi-septembre, ce fut la rentrée des classes. Elle parlait correctement l'alsacien tout comme le français maintenant. La maîtresse des filles, s'appelait Mme Sybille Marthe, quant à l'instituteur des garçons, c'était Monsieur Rouschmeyer. Tout de suite, elle se sentit comme un poisson dans l'eau dans sa classe. Sa maman lui avait préparé un beau petit sac avec une ardoise et une éponge, une trousse pleine de crayons de couleur en bois, un porte-plumes, des cahiers et des buvards. Elle connaissait déjà plusieurs des enfants qu'elle voyait régulièrement à la boutique de son papa. Il y avait Suzanne, Jean-Paul, Bernadette et Gabrielle. Le premier jour, quand l'intitutrice leur demanda de se mettre en rang, la petite fille resta dans son coin, en faisant grise mine. Lorsque la maîtresse vint la chercher pour l'obliger à rejoindre les autres, Marie-Rose lui dit :

- Je ne veux pas me mettre en rang, comme les pauvres petits enfants à l'orphelinat ! J'ai un papa et une maman maintenant et je ne suis pas méchante.

- Ici ce n'est pas pareil. On rentre en rang et on se donne la main pour ne perdre personne. Tu vas voir qu'à l'école, on travaille peut-être un peu, mais on s'amuse aussi beaucoup. On chante, on raconte des histoires, on fait des rondes. Nous ne sommes jamais méchants avec les enfants.

La maîtresse pour lui confirmer ses explications, sans la forcer à se mettre dans le rang, elle la fit entrer dans la classe en lui donnant la main. La maman adoptive de la petite lui avait expliqué lors de l'inscription, qu'elle venait de l'orphelinat. Avec une petite enfance aussi chaotique, et tout ce qu'elle avait déjà vécu, elle comprenait que la fillette puisse appréhender cette nouvelle expérience. Dans la classe, Marie-Rose fit connaissance des autres petites filles, qu'elle avait déjà aperçues, mais dont elle ne connaissait pas encore les prénoms. Elles s'appelaient Jacqueline, Astrid, Jeannette, Marie-Thérèse, et bien d'autres encore. Après avoir marqué le prénom de chacune, sur son ardoise, la maîtresse leur demanda de le recopier, puis leur expliqua l'emploi du temps qui serait respecté toute l'année. A l'heure de la récréation, croyant que l'école était finie, Marie-Rose avait ramassé son sac, rangé ses affaires, traversé la cour et tranquillement, tout en chantonnant, s'était éloignée de l'école pour rentrer à la maison, rejoindre son papa et sa maman.

- Madame ! Madame ! Marie-Rose s'en va ! s'était écrié Jean-Paul qui la surveillait toujours d'un œil…

L'institutrice s'élança aussitôt à sa poursuite, pour ne la rattraper qu'une centaine de mètres plus loin :

- Marie-Rose ! Marie-Rose ! l'école n'est pas encore terminée. Viens, maintenant tu vas manger ton goûter et t'amuser dans la cour.

C'était l'un des meilleurs moments qui avait marqué sa mémoire de petite fille. Pour la première fois, elle avait joué à la marelle, appris à sauter à la corde sur deux pieds puis sur un. Même à l'orphelinat Saint-Joseph, elle ne s'était pas autant amusée. Pendant la récréation, ses rires fusèrent de tous les côtés de la cour.

Des bêtises ! comme tous les enfants, elle en avait faites des mémorables. Elle n'était à l'école que depuis un an, quand un jeudi après-midi, presque tout le groupe d'amis de son âge, dont son petit amoureux qui lui donnait des bisous sur la joue et elle-même, décidèrent d'aller se promener sur le petit chemin qui descendait vers Schaeferhof, en traversant la forêt. Là, dans une clairière, l'un des garçons annonça qu'il avait envie de faire pipi.

- Oh ! J'ai vu ton zizi ! ricana une des petites filles…

- Tu peux toujours te moquer ! tu n'es pas capable de montrer ta "zezette".

De moquerie en moquerie, ils se retrouvèrent tous alignés les uns à côté des autres avec la culotte descendue et chacun avait frôlé du bout des doigts, le zizi ou la "zezette" de l'autre, puis avait fait pipi pour voir la différence entre les filles et les garçons.

Ce qui n'était pas prévu, c'est que l'une des petites filles aille le raconter à l'institutrice, le lendemain, en précisant innocemment, que les garçons faisaient pipi avec un zizi et que les filles n'en avaient pas. En colère, la maîtresse leur avait baissé la culotte à chacun, et devant tout le monde leur avait tapé sur le cul, sans omettre bien sûr de prévenir les parents.

Après lui avoir également, donné une bonne fessée et fait subir un long sermon, comme quoi les petites filles ne devaient pas traficoter avec les garçons, (discours auquel elle n'avait rien compris d'ailleurs) son papa lui infligea comme punition, l'interdiction de venir, près de lui, dans le magasin pendant plus de quinze jours.

Quant à maman, elle l'obligea à prier, tous les soirs, trois fois plus longtemps que d'habitude. L'abbé, à qui bien sûr, les parents avaient tout raconté, leur donna, à tous, une punition à écrire cent fois :

- Je ne dois pas faire de péché, ou alors le diable me punira !

Marie-Rose et ses amis ne comprenaient pas bien ce qu'ils avaient fait comme péché ? Ils n'avaient aucune idée de ce que c'était. Ils avaient juste voulu regarder à quoi ressemblait une fille et comment était fait un garçon… ?

Apparemment, c'était un grand secret…

Les semaines suivantes défilèrent sans problème majeur. Elle adorait apprendre des récitations et ses parents devaient l'écouter plusieurs fois par jour quand elle décidait de leur réciter quelques vers. Elle était très appliquée et, par contre, elle n'aimait pas obéir à l'école.

Quand la maîtresse lui demandait :

- Chante, Marie-Rose !

- Non ! J'ai déjà chanté la dernière fois.

- Essuie le tableau, Marie-Rose !

- Non ! Ce n'est pas à moi de le faire !

Quand la maîtresse demandait un volontaire, elle était la première à lever le doigt. Mais si l'institutrice essayait de lui imposer quelque chose, elle renversait l'encrier, faisait volontairement des ratures ou répliquait.

- Notre Marie-Rose nous fait de nouveau des petits pâtés, lui disait l'enseignante. Tu deviens une vraie artiste. Alors, fais ce que tu veux !

Du coup, comme elle pouvait faire son ouvrage en toute liberté, elle faisait son travail comme les autres. Elle ne voulait faire que ce qui lui plaisait, ou du moins, ne pas être prise à rebrousse-poil. Alors, la fillette s'appliquait.

Dans la cour de récréation, c'était pareil. Si un des gamins de sa classe voulait lui imposer un jeu, elle se révoltait. Un matin, alors qu'un gamin venait de décider :

- On joue à cache-cache !

Il se retrouva, en une fraction de seconde, le nez dans la poussière, avec une poignée de cheveux en moins, parce que la petite demoiselle n'était pas du même avis.

- Ce n'est pas toi qui commande ici ! lui cria-elle. Je préfère faire des rondes en chantant.

Après avoir supporté tant de choses, elle éprouvait cet étrange besoin de faire subir aux autres, les misères qu'on lui avait faites dans sa petite enfance. Elle voulait être le chef, même si une punition devait se profiler à l'horizon.

De plus, elle devenait aussi rebelle à la maison. Mais son papa, avait la main leste pour lui donner des fessées. Il suffisait que l'un ou l'autre de ses parents lui ordonne de faire quelque chose, au lieu de le lui demander gentiment pour qu'elle fasse preuve d'esprit de contestation.

- Vas te laver les mains, Marie-Rose !

- Je les ai déjà lavées hier.

Et hop, papa se levait et elle avait droit à la fessée. Jamais une plainte ne s'échappait de sa bouche. Cinq minutes après, elle continuait son petit train-train comme si rien ne s'était passé.

- Fais tes prières, Marie-Rose ! ordonnait sa mère.

- Faites-les pour moi ! Je n'ai pas envie…

- Tu vas venir faire cette prière. Autrement, tu vas être punie et le diable te tirera par les pieds cette nuit. Veux-tu retourner à l'orphelinat ?

- Faisant contre mauvaise fortune bon cœur, elle rejoignait ses parents mais marmonnait entre ses dents au lieu de prier.

Maman essayait toujours de l'avoir avec le chantage. Marie-Rose sentait cette grande épée de Damoclès continuellement suspendue au-dessus de sa tête et essayait de se dominer. Maintenant qu'elle avait enfin une famille qui l'aimait, elle ne voulait plus retourner à l'orphelinat. Ils sont si gentils avec moi, se disait-elle, que je dois être une petite fille parfaite. Mais impulsivement des réponses lui sortaient de la bouche, sans qu'elle ne puisse les retenir.

Quand ils étaient tous à l'extérieur, elle se cachait joyeusement avec son chien. Blotti derrière un arbre, elle laissait son papa l'appeler trois, quatre fois sans répondre. Mais quand papa sifflait, le chien sautait de ses bras et filait rejoindre celui qu'il prenait pour son maître. Bien sûr, une fois qu'elle était découverte, elle avait droit à sa petite tape sur les fesses.

Marie-Rose avait compris que son papa le faisait pour jouer. Il aurait pu siffler Tigre tout de suite, mais le plaisir n'aurait plus été le même.

Une autre fois, maman l'avait énervée en l'obligeant à ramasser les "patates", alors qu'elle n'avait pas envie de le faire ce jour-là. Pour se venger, à la place de mettre les tubercules abîmés dans un seau, exprès, la petite demoiselle en colère, les avaient mis dans le sac prévu pour les belles pommes de terre. La surprise sera grande au moment de les éplucher, se disait la fillette en souriant dans son giron.

Si maman lui avait simplement dit : "Je cherche une petite fille qui voudrait bien m'aider", au lieu de lui ordonner : "ramasse les patates, ce n'est pas le moment de jouer !", elle serait venue l'aider de bon cœur. Son papa lui parlait toujours plus gentiment :

- J'aurais besoin de ma jolie poupée ! disait-il et la fillette accourait aussitôt.

Tel un pacha, elle s'était adaptée à sa vie familiale tranquille, tout en montrant toujours son insupportable caractère indépendant. Elle venait d'avoir huit ans et ses parents essayaient par tous les moyens possibles de lui faire passer la sale habitude de se ronger les ongles. Depuis plusieurs mois, elle leur faisait comprendre qu'elle aimerait bien avoir un vélo comme cadeau. Sa maman lui avait répondu :

- Tu auras un vélo dès que tu ne rongeras plus tes ongles.

Comme d'habitude, elle lui faisait du chantage. Le problème, c'était que Marie-Rose en avait vraiment envie de ce vélo. Alors, pour l'aider, sa mère lui avait enrobé les doigts, avec un mélange de moutarde forte et de poivre, puis les avaient recouverts de sparadrap. La mélasse piquante emportait tellement la bouche, qu'elle n'avait pas eu le choix. Le résultat s'était montré positif à vitesse foudroyante. Du jour au lendemain tout était fini. Mais son papa avait attendu un moment, pour être certain qu'elle ne recommencerait plus.

Un matin, il lui annonça :

- Vas voir dans la grange, ma petite Rose ! Il y a une surprise pour toi…

C'était une superbe bicyclette bleue, qu'il venait d'aller chercher à Lutzelbourg. Aussitôt elle l'enfourcha, mais ses débuts furent laborieux. Quelques minutes plus tard, elle se retrouva, le derrière sur la route et le vélo au-dessus d'elle. Son papa qui l'observait, lui proposa de la tenir un peu à l'arrière de la selle. Dix minutes plus tard, avec son chien à ses trousses, elle sillonnait fièrement, dans tous les sens, les rues d'Haselbourg. Peu de temps après, son amie Jacqueline la rejoignit ; c'est donc à deux qu'elles firent le tour d'honneur.

Tous les habitants du village l'avait déjà félicitée pour sa nouvelle acquisition. Sur son cycle "volant", elle se sentait tous les pouvoirs. Deux jours de suite, elle avait fait des randonnées avec ses amies et savait bien rouler maintenant. Un jour qu'elle était toute seule et s'ennuyait, elle décida de se rendre à Hellert. La côte à monter était plutôt raide et ses muscles en prenaient un coup.

Ne connaissant personne dans ce village, une fois arrivée à destination, il ne lui resta plus qu'à faire demi-tour pour rentrer à la maison. Descendre la côte était bien moins fatiguant que de la monter. Pour aller plus vite et couper le vent, elle s'aplatit sur son guidon. A folle allure, elle arriva au carrefour où elle devait tourner vers Haselbourg. Au même instant, une voiture qui arrivait de Lutzelbourg klaxonna si fort que, de frayeur, Marie-Rose en lâcha le guidon. L'envol qui suivit fut digne d'un film à haute sensation…

La tête comme un ribouldingue, avec l'impression d'être sur une autre planète, elle se releva pour regarder autour d'elle. Elle venait de survoler la route et la pelouse pour s'encastrer dans le mur du restaurant qui se trouvait là. Ses genoux étaient ensanglantés, ses habits ressemblaient à un tissu ajouré avec des lambeaux en guise de traîne. L'une de ses chaussures avait le pied qui ressortait à l'avant. La semelle était complètement décollée. Et ses coudes, n'en parlons pas !

L'une des roues du vélo zigzaguait de façon bizarre. L'autre se reposait toute seule, au milieu d'un massif d'œillets d'Inde. Le cadre ressemblait à un arc et l'un des pédaliers avait disparu. L'automobiliste l'avait bien sûr secourue, et Madame Yvonne Hubert, la restauratrice, avait aussitôt prévenu ses parents. Cette dame vivait avec sa grand-mère et c'est la vieille femme qui avait donné les premiers soins à la fillette. Lorsque son papa arriva, il s'inquiéta aussitôt des blessures de sa fille. Lorsqu'il la vit debout, en pleine discussion, et après avoir constaté l'état de la bicyclette, il annonça en plaisantant :

- Le vélo est bon pour la ferraille, mais j'ai l'impression que ma fille est une coriace….

Le lendemain, alors que tout son corps la faisait souffrir et que toutes les couleurs de l'arc-en-ciel s'y était installées, la petite fille dit :

- Papa ! maman ! *Jetzt, hab ich kein Fahrrad mehr* ! (Maintenant, je n'ai plus de vélo !).

- Demain, nous irons voir pour t'en acheter un autre ! Marie-Rose…

- Elle a failli se tuer ! Nous ferions mieux d'attendre, intervint maman. Je trouve qu'elle n'est pas assez raisonnable.

Comme à l'accoutumée, quand il s'agissait de sa petite Marie-Rose, son père céda à sa demande et, le lendemain, il revenait avec un autre vélo.

- Tiens ma puce ! Regarde comme il est beau. Il est aussi bleu que tes yeux.

- Oh merci ! mon gentil papa.

De nouveau, elle pédala à satiété dans les ruelles du village, mais cette fois-ci, un peu moins vite dans les descentes.

Les garçons et les filles de l'école se retrouvaient souvent sur le parvis de l'église pour jouer aux billes. Jusque-là, maman ne lui avait jamais donné la permission de se joindre à eux. Marie-Rose rêvait donc d'avoir quelques gros boulets multicolores et un sac de billes. Un après-midi, elle se faufila dans le magasin pendant que son papa rangeait de la marchandise et glissa dans sa poche un sac de boulets bleus avec des billes assorties. Puis, prétextant le besoin de faire courir son chien dans le pré, elle partit rejoindre ses camarades. Après avoir attaché Tigre à la clenche de la porte de l'église, pour qu'il n'ait pas l'idée de rentrer à la maison sans elle, Marie-Rose, pour la première fois, s'éclata en faisant une partie de billes.

Lorsque, soudain, elle se sentit soulever du sol comme une plume et se fit donner une fessée devant tous ses amis.

- Alors, c'est comme ça que l'on vole des billes dans le magasin de son papa ! Maintenant, tu vas voir de quel bois je me chauffe, ma fille.

Une dizaine de fois, la large main s'abattit sur son postérieur. La douleur était intenable. La fillette laissa échapper un petit gémissement, mais ne versa pas une seule larme. Elle était bien trop fière pour ça.

La correction terminée, son père lui ordonna :

- Maintenant, tu rentres immédiatement à la maison. On verra la suite après...

- Mais mon vélo et Tigre ?

- Il n'y a plus de vélo, plus de Tigre… !

Rouge de honte devant ses amis, elle s'enfuit en courant jusque dans sa chambre. Ce soir là, personne ne l'appela pour descendre souper, ni ne vint lui dire bonne nuit.

Le lendemain matin, son père lui annonça qu'elle n'aurait plus le droit de jouer avec son chien, ni de rouler avec son vélo jusqu'à ce qu'il juge qu'elle se soit enfin amendée.

- Nous pensions qu'après ta première punition, tu avais compris qu'on ne vole jamais ses parents. Mais comme ce n'est pas encore le cas, nous sommes obligés d'employer les grands moyens.

Pendant plus de trois mois, ils la firent travailler tous les jours après ses devoirs, sans lui donner la permission de sortir Tigre, ni de jouer avec ses amis.

Enfin, un jeudi après midi, alors que la veille, elle leur avait amené le meilleur bulletin de la classe, son papa l'autorisa à se rendre au foyer rural en rajoutant :

- Il faudra bien que tu apprennes que tu ne peux tout avoir quand tu le décides ! Nous te gâtons, tu ne manques de rien, mais lorsque nous jugeons que tu n'as pas encore l'âge de traîner dans les rues après l'école, c'est que nous avons nos raisons. Quand nous t'ordonnons quelque chose, tu dois obéir. Toute ta vie, tu auras des contraintes, il faudra bien que tu l'acceptes. Maintenant, tu peux prendre ton vélo pour y aller…

C'était un vrai bonheur… Elle embrassa ses parents pour les remercier; tout en leur demandant à nouveau pardon d'avoir été vilaine.

Ce jour-là, l'abbé Wilhelm projetait un film muet et, en même temps, pour animer la séance, faisait tourner la manivelle d'un vieux phonographe qui donnait, d'une voix nasillarde, les paroles du film.

Les semaines suivantes, elle se rendit également à la chorale, pour apprendre à chanter. Et le dimanche, elle faisait fièrement éclater sa voix à l'église. Avec ses camarades, ils préparaient également, une pièce de théâtre avec l'école pour les fêtes de fin d'année. Marie-Rose adorait cela. Elle était capable de se mettre dans la peau de n'importe quel personnage, avec un réel plaisir. Elle s'amusait même à s'entraîner à la maison, à la grande joie de ses parents, qui connaissaient ainsi chaque détail de la pièce par cœur.

Un soir, alors que le ciel était entre chien et loup, un violent orage éclata sur Haselbourg, situé aux pieds des Vosges. Son père l'emmena à l'extérieur admirer le spectacle. Le tonnerre craquait comme si le Bon Dieu jouait aux boules sur un parquet de bois ; les éclairs zébraient le ciel avec des claquements secs, qui les faisaient sursauter. Là, assis sur le banc, son papa lui expliquait, en entourant ses épaules fragiles de ses bras puissants :

- Qu'il ne fallait pas avoir peur de la foudre. Que c'était la nature qui provoquait cela. Qu'il fallait admirer la beauté des montagnes quand le ciel se mettait en colère. Mais qu'il fallait aussi sortir rapidement de la maison si la foudre tombait dessus, car elle pouvait prendre feu.

Puis, ils allèrent tous les deux calmer les vaches qui s'agitaient dans l'étable. "Ces peureuses vont faire tourner leur lait en fromage si elles continuent à s'agiter autant".

Maman n'appréciait pas beaucoup leur coalition un peu moqueuse. De temps en temps, des remarques en allemand, du genre :

- Ils sont de nouveau cul et chemise ces deux-là, fusaient en leur direction.

- Ce n'est rien, ma puce ! disait son père. Maman trouve que je te gâte de trop. Elle n'aime pas nous voir rire de cette façon. Elle doit certainement être un peu jalouse…

Etrangement, Marie-Rose était contente d'entendre ces paroles. Cela voulait dire que maman n'était pas contente que son papa lui préfère sa petite fille chérie. La fillette se complaisait à cette place de favorite…

L'horloge du temps entraînait ses aiguilles au rythme des saisons. Marie-Rose avait presque neuf ans déjà et l'arrivée de l'hiver était un vrai bonheur pour elle. Avec ses amies, elle dévalait dès fin novembre, en traîneau, les pentes neigeuses qui descendaient sur Haselbourg. Les prairies et les champs se prolongeaient sur de très grandes distances, avec des pistes vertigineuses. Alors qu'ils étaient une bande de jeunes, Marie-Rose percuta un énorme monticule de neige. Elle fit un vol plané qu'un cascadeur expérimenté aurait certainement eu du mal à reproduire, tant il fut spectaculaire. Après avoir fait plusieurs roulades, elle avait atterri sur le ventre, avec la tête dans la neige. Hou ! Qu'elle était froide.

Marie-Rose savait pourtant, que cet endroit était interdit, mais c'était la piste la plus rapide et elle adorait les sensations fortes. L'abbé qui était debout en retrait pour les regarder s'amuser, vint l'aider. Il releva quelque chose qui ressemblait à un bonhomme de neige, à moitié groggy, dont le bras gauche semblait avoir un problème. Il l'aida à se débarrasser de son fardeau blanc inutile qui s'était égaré jusque dans ses oreilles et ses narines. La fillette rechercha son traîneau en titubant et le brave homme lui conseilla :

- Tu devrais rentrer à la maison maintenant ! Ta maman regardera ton bras et pourra te le soigner.

En tirant le traîneau de son bras valide, non sans avoir jeté un dernier regard de tristesse à ses amis, elle rentra donc, la tête dans les étoiles et la douleur lui donnant des vertiges, jusque chez elle. Comme d'habitude, elle rangea sa luge dans la grange, se déchaussa d'une main et pénétra dans la cuisine.

Elle s'installa directement à côté du fourneau, en gardant son manteau sur le dos, les bras posés sur ses genoux, comme une petite fille bien sage. Ses yeux semblaient remplis de perles de rosée. Elle serrait les dents et ne prononça pas un seul mot pour parler de sa chute.

- Enlève donc ton manteau ! lui dit sa maman. On se croirait au Pôle Nord alors que tu es à côté du fourneau. Qu'as-tu donc fabriqué pour être aussi mouillée ?

La douleur était tellement prenante et les élancements dans son bras si vifs, qu'elle répondit d'une voix tremblante :

J'ai fait de la luge avec mes copines et Monsieur le Curé nous a regardées ! dit-elle d'une voix hachée. Sa maman passa derrière elle, en s'exclamant :

- Allez ! enlève ton manteau, tu vas prendre mal. Tu es trempée…

D'un geste décidé, elle saisit le col du vêtement et le tira en arrière pour l'enlever, mais stoppa son geste net, tant le hurlement de douleur que venait de pousser Marie-Rose, l'effraya.

Déjà, son père arrivait, en se demandant si le ciel venait de leur tomber sur la tête.

- Mais qu'as-tu ? demanda sa mère.

- Que se passe-t-il ici ? interrogeait déjà son père debout près de la porte.

- Je suis tombée sur le bras en jouant avec ma luge et tu m'as fait très mal en retirant mon manteau, articula-t-elle toute tremblante. Je n'arrive plus du tout à le bouger.

Sa maman lui fit aussitôt un bandage, après avoir appliqué dessus, du coton avec du vinaigre. En lui caressant la tête, elle lui murmura :

- Tu sais, je ne voulais pas te faire mal tout à l'heure, j'avais peur que tu ne prennes froid, c'est pourquoi j'ai voulu t'enlever ton manteau mouillé. Je ne pouvais pas deviner.

- Je le sais maman ! J'aurais dû te dire en rentrant que j'avais fait une chute et que je m'étais fait mal au bras. Je n'ai pas osé ! J'avais peur que tu veuilles me renvoyer à l'orphelinat parce que j'ai été faire de la luge dans la descente très dangereuse. Celle que vous m'aviez déconseillée.

- Ah ! c'est ça. Je vais te dire ma fille : une faute avouée est à moitié pardonnée. Tu sais, j'ai aussi désobéi quand j'étais petite et comme toi, j'ai testé la descente dangereuse, c'est bien pour cela que je peux te la déconseiller. J'ai reçu maintes punitions, comme tous les enfants d'ailleurs, mais ce qu'il ne faut pas, c'est recommencer.

Impulsivement, Marie-Rose se releva, mit son bras valide autour du cou de sa maman, et l'embrassa. C'était la première fois qu'elle lui faisait vraiment ressentir un peu de tendresse, en s'inquiétant d'elle. Que c'était bon...

Un sourire éclaira les lèvres de sa mère....

La nuit, Marie-Rose dormit très mal tant son bras la faisait souffrir et le lendemain, il avait doublé de volume. En voyant cela, son papa sortit immédiatement la moto, pour la conduire à l'hôpital de Phalsbourg. Son membre douloureux était bel et bien cassé, et elle revint avec un superbe plâtre à la maison.

A peine guérie, elle remit ça, dans une descente moins dangereuse. Elle avait compris la leçon. Dans cette région, les hivers étaient rudes et les couches de neige très épaisses. Toute fière, Marie-Rose avait enfilé le superbe pantalon chaud que maman Emmie venait de lui coudre. Après avoir rejoint sa descente favorite, elle avait enfourché la luge avec une de ses amies derrière elle. Malheureusement, à certains endroits, les passages fréquents des autres descendeurs avaient creusé des ornières. Le traîneau s'était littéralement retourné dans l'un de ces creux et les filles avaient terminé toute la descente sur le dos.

A l'arrivée, sa camarade avait le blouson déchiré, alors que son propre pantalon était ouvert sur toute la hauteur de la cuisse. Les voyant en larmes, l'abbé Wilhelm, qui avait toujours un œil sur les gamins, leur proposa, pour éviter la *Raus* (raclée), d'aller voir Jeanne, sa bonne, pour qu'elle essaie de réparer tant bien que mal les dégâts.

En rentrant à la maison, Marie-Rose s'empressa de monter dans sa chambre, pour enlever le pantalon rafistolé, et le plia sur le dos de la chaise. Au moment d'aller au lit, sa mère qui l'accompagnait, lui fit la remarque suivante :

- Tu as de nouveau très mal plié ton pantalon, ma fille, de plus, il est trempé. Tu aurais dû le mettre à laver…

Tout en parlant, elle s'en empara, et bien sûr, constata son état lamentable. Hou ! là ! là…

Klatsch… ! Aussitôt une claque sonore rebondit sur la figure de la fillette alors que la voix en colère de sa mère annonçait :

- *Jetzt ist es genug* ! (Maintenant c'est assez !) Je ne veux plus d'une menteuse. Je croyais que tu avais compris qu'il valait mieux nous dire la vérité. Je vois que nous ne pouvons toujours pas te faire confiance. Demain, je téléphone à l'orphelinat pour qu'il vienne te rechercher. Tu ne fais que des bêtises, alors, je ne veux plus de toi !

Le soir, elle entendit ses parents qui élevaient la voix, dans la chambre voisine, alors qu'habituellement, ça n'arrivait jamais, Marie-Rose se mit à trembler de la tête aux pieds, tellement la crainte du lendemain l'étreignait. Elle ne ferma pas l'œil de la nuit tant la décision qu'ils allaient prendre l'angoissait.

A son réveil, le déjeuner se passa normalement… Marie-Rose comprit aussitôt que son papa l'avait défendue. Son regard doux était posé sur elle constamment.

L'hiver tira vers le mois de mars. Un dimanche, en essayant la paire de skis de l'une de ses amies, elle réussit à faire une bêtise de plus. En glissant joyeusement pour la première fois sur les planches aux couleurs vives, ne trouva-t-elle pas le moyen de faire une embardée mémorable sur une malencontreuse bosse qui se trouvait sur son passage. Apparemment, le monstre hiver lui avait jeté un mauvais sort. Mais cette fois-ci, quand son amie la ramena à la maison, elle expliqua aussitôt à ses parents ce qui venait de lui arriver. Et inquiet en constatant l'état de sa cheville, rebelote, son père la conduisit à l'hôpital de

Phalsbourg. Elle était cassée… Sa mère la regarda sévèrement à son retour, puis hocha la tête, mais ne prononça pas un mot. Marie-Rose ressentait toujours une petite réticence chez sa maman. Elle avait l'impression que celle-ci ne l'aimait pas autant que papa. Elle ne l'embrassait pas spontanément comme son papa le faisait. Elle lui donnait bien un petit bisou pour lui dire bonne nuit, mais Marie-Rose aurait préféré des gros câlins. Avec elle, il fallait toujours travailler. Elle lui donnait plutôt des fessées et lui tirait les oreilles pour des bricoles. Mais jamais elle n'avait eu un geste méchant.

Les années passaient et Marie-Rose en avait un peu marre des menaces régulières de sa mère de la ramener à l'orphelinat pour la moindre babiole, en lui rajoutant qu'elle était vilaine. Ce n'était pas vrai ! Elle ne faisait jamais exprès de faire des bêtises.

Par crainte de l'avenir, elle se retourna encore plus vers son papa en recherchant sa présence. Elle ressentait, avec une étrange douleur, cette réserve que sa maman lui faisait toujours sentir. De plus, sa mère avait toujours ce même regard de jalousie posé sur elle, quand elle se blottissait contre son papa en écoutant la radio.

Peu de temps après, ses parents vendirent la vache Marguerite, puis l'autre. Avec le progrès, son père pouvait se faire livrer directement à la maison, les produits laitiers nécessaires pour la vente. Dorénavant, il se déplacerait beaucoup moins avec le side-car pour aller chercher du matériel. Pour eux c'était une importante économie de temps et de travail.

L'été de ses neuf ans, Marie-Rose vit arriver une inconnue pour elle. C'était tante Lucie, la jeune sœur de maman. Elle semblait avoir des problèmes familiaux et voulait passer quelques jours à la maison pour se changer les idées.

C'était une assez belle femme, plus grande que sa sœur et surtout très attirante. Elle avait des cheveux longs qui lui tombaient sur les épaules, des lèvres qui viraient au vermillon tant elles étaient maquillées et des jupes très courtes pour ne rien cacher de ses jambes. Ses robes avaient toujours de beaux décolletés ou ses chemisiers étaient largement ouverts. Sa poitrine voluptueuse avait de quoi rendre n'importe quelle femme jalouse. Durant sa présence, papa Lucien ne fut plus le même. Le soir, il ne prenait plus Marie-Rose sur ses genoux, avec Minette. Mais cette femme se mettait à côté de lui, plutôt tout contre lui. Elle se levait pour prendre des carreaux de chocolat et les lui glissait l'un après l'autre dans la bouche, en veillant à bien se baisser, pour qu'il ne manque rien de la vue de son large décolleté. Alors qu'elle était là depuis trois jours, après le souper, la tante proposa à son beau-frère :

- Dis, mon gentil Lucien ! Tu pourrais bien m'accorder une heure de ton temps et me faire visiter ton verger. Le jardin, je le connais par cœur et j'aimerais faire une balade ce soir, quand la chaleur est moins pesante qu'en plein jour.

- Je veux aller avec vous, s'était aussitôt exclamée Marie-Rose, que son papa emmenait partout avec lui en temps normal.

- Nous allons tous y aller, proposa Maman, la soirée est douce et ça fera du bien à tout le monde.

- Bien sûr ! s'était exclamé papa Lucien. Toute la famille va en profiter, même le chien, qui n'attend que cela.

- Non Lucien, avait insisté la tante, j'aimerais que nous y allions juste nous deux. J'aurais besoin de te demander quelques conseils avisés à propos de mes problèmes et pour cela je voudrais que nous soyons juste nous deux.

Surprise, maman avait levé la tête et regardé sa sœur d'une drôle de façon. Marie-Rose observa donc, l'âme en peine, son papa adoré s'éloigner avec cette femme.

Pour tuer le temps, la fillette s'installa sur le porche et joua avec Tigre. Ils ne revinrent que deux longues heures plus tard et quand elle les aperçut enfin, qui remontaient le sentier, il lui sembla qu'ils se tenaient par la main. En l'apercevant de loin, papa Lucien leva le bras en l'air pour lui faire signe et elle courut les rejoindre. Marie-Rose s'installa entre eux et s'empara de la main de son papa comme si on l'a lui avait volée.

Le lendemain, c'est du côté de la grande prairie, que le couple s'éloigna. Pour ne pas laisser maman toute seule, la fillette décida de lui tenir compagnie et elles s'installèrent toutes les deux, sur le canapé, pour écouter la radio. Alors que la musique était gaie et entraînante, Marie-Rose vit que sa mère avait les larmes aux yeux.

- Pourquoi pleures-tu maman ?

- Je ne pleure pas ma puce ! J'ai juste une poussière dans l'œil.

- Je n'aime pas te voir triste, maman. Viens, nous allons danser toutes les deux.

La brave femme lui donna un bisou sur le front. Puis, avec les yeux rouges et un sourire posé sur les lèvres, elle fit danser la fillette. C'est durant cette période que Marie-Rose se rendit compte que sa maman pouvait parfois être gentille et douce, mais qu'elle n'était pas très heureuse.

Le dimanche suivant, son papa et la tante Lucie partirent avec la moto pour visiter les alentours. Ils ne rentrèrent qu'à la nuit noire, alors que la fillette dormait déjà. La semaine suivante s'envola de la même façon. Alors que Marie-Rose n'avait pas le droit d'entrer dans le magasin, l'intruse y passait toutes ses journées. Le soir, ils avaient toujours une excuse pour s'éclipser. Ils ne cherchaient même pas à se cacher. L'après-midi où maman partait faire ses courses en ville, la fillette qui revenait d'une promenade en vélo avec ses amis, trouva le magasin fermé à clef.

- Papa ne part jamais sans prévenir, se dit-elle. Que se passe-t-il ?

Après avoir fait le tour extérieur de la maison, constaté que la Harley était parquée dans la grange, elle chercha à l'intérieur. En grimpant à l'étage, des éclats de rire l'attirèrent vers la chambre de ses parents. La porte était grande ouverte et Marie-Rose aperçut son papa et la tante Lucie. Ils étaient couchés sur le lit et s'embrassaient. La fillette avait remarqué que les fesses et les tétons de sa tante étaient tout nus. Troublée par ce spectacle, elle repartit aussi discrètement qu'elle était venue, dévala les escaliers plus vite que la musique, comme si un monstre avec mille tentacules devait la rattraper et fila jouer dehors, avec son chien. Elle ne comprenait pas bien pourquoi son papa se mettait dans le lit de maman, en plein après-midi, avec cette femme qui n'était pas gentille.

Vingt minutes plus tard, son papa revint ouvrir le magasin et, étonné de voir sa fille devant la porte, la questionna :

- Ça fait longtemps que tu es là, ma puce ? J'avais fermé le magasin une demi-heure pour faire mes papiers tranquillement.

- Non papa ! Je viens d'arriver, s'entendit-elle répondre, comme si dans sa tête, elle voulait occulter l'image du couple enlacé sur le lit de maman. Tout en se disant que son papa savait aussi mentir…

Durant tout l'été, sans la moindre gêne, à la vue de tout le village, ils défrayèrent la chronique.

Le dimanche 23 août, comme tous les ans, le jour de la fête du village, après la messe, ils se rendirent tous chez la voisine, Louise Wolf, pour boire l'apéritif. Marie-Rose était toute heureuse d'y retrouver Jean-Paul, qui venait les dimanches chez sa grand-mère. Quand ils arrivèrent, il était déjà là, avec ses parents. Ils saluèrent toute la tablée, mais la tante Lucie garda longuement dans sa main celle d'Emile, le papa de Jean-Paul. C'était un très bel homme et la présence de sa femme, qui était assise à sa droite, ne sembla absolument pas déranger l'arrivante. Celle-ci semblait scotchée au beau regard.

Papa Lucien la bouscula du coude en lui disant :

- Lucie ! il y a d'autres personnes à saluer dans la pièce.

Mais cet avertissement ne sembla pas la déranger outre-mesure, elle continua à papoter en battant des cils. Soudain, elle toucha l'épaule de Jean-Paul, en disant :

- Peux-tu t'asseoir ailleurs, petit, pour me laisser ta place ? J'aimerais parler à ton papa !

A sa grande déconvenue, Emile, le père de Jean-Paul intervint :

- Tu ne bouges pas de là mon garçon ! C'est Madame qui ira se mettre ailleurs. La place ne manque pas autour de la table.

- De toute façon, Monsieur n'est plus libre ! rajouta sèchement son épouse. Je sais bien que pour vous, le fait qu'un homme soit marié ne vous dérange pas, mais le mien, vous ne l'approcherez pas !

Le culot de cette femme, lui avait fait monter la moutarde au nez… Elle n'avait pas pu s'empêcher de dire ce qu'elle pensait.

- De toute façon, tu n'as rien à craindre ma chérie, lui murmura son mari à l'oreille. Cette aguicheuse ne t'arrive pas à la cheville…

De son côté, maman Emmie était partie dans la cuisine, pour discuter avec Oma Louise. Quant à papa Lucien, assis à côté de Marie-Rose, il était rouge comme une écrevisse, et semblait sur le point de suffoquer…

De retour à la maison, après une dispute retentissante avec son beau frère et amant, la tante Lucie était repartie avec armes et fracas, non sans avoir prié le menuisier du village de la reconduire en ville avec sa camionnette.

Pendant des années, on n'entendit plus parler d'elle.

Tous les ans, le dimanche de Pâques, avait lieu la fête du village de Schäeferhof, situé en bas de la colline de Haselbourg. Marie-Rose savait que ses amies d'Haselbourg y allaient. Elle cherchait désespérément le moyen de s'y rendre également. Quand elle en avait demandé la permission à ses parents, papa Lucien avait aussitôt répondu un non irrémédiable. Même maman Emmie tenta de le faire changer d'avis en intervenant pour sa fille :

- Elle pourrait peut-être y faire un tout petit tour, ses copains et ses copines y sont tous.

- Il n'en est pas question ! insista-t-il. Je n'aime pas qu'elle traîne, avec tous ces jeunes de son âge. On ne sait jamais quelles bêtises ils ont derrière la tête. C'est non ! Je veux qu'elle reste avec nous.

Comme l'envie d'aller y faire un tour était plus forte que l'interdiction, elle se mit d'accord avec ses camarades, pour qu'elles viennent la chercher, en prétendant que leurs parents ne les laissaient pas aller à la fête. Elles venaient juste voir si Marie-Rose était autorisée à faire une petite promenade jusqu'à l'église.

Papa Lucien accepta, à condition qu'elle soit de retour pour 17 heures. Avant de partir, elle eut droit aux recommandations habituelles : être polie, ne pas faire la "fofolle" pour se faire remarquer, ni tacher ses vêtements en s'asseyant dans l'herbe.

Toute heureuse d'avoir obtenu l'accord tant espéré pour s'échapper de la maison, elle promit tout ce qu'il voulait. Au pas de course, en moins de vingt minutes, ces trois demoiselles avaient dévalé la côte qui conduisait sur la place de la fête à Schaeferhof, et s'installaient sur le premier manège : le carrousel avec les chaises volantes, les bateaux balançoires qui ne s'envolaient dans les airs qu'avec la force de leurs pieds et de leurs jambes, en s'arc-boutant. Puis, elles se dirigèrent vers les autos tamponneuses. Ensuite, le stand de tir, la loterie, la confiserie et surtout le manège de chevaux de bois, qui avait sa préférence, eurent droit à leur passage. Heureusement, Marie-Rose avait pris la précaution de sortir un peu d'argent de sa tirelire et éprouvait une joie immense à monter, descendre et tourner avec une musique endiablée, sur son quadrupède en bois. Il glissait le long de la barre en acier, de bas en haut et vice versa, en tournant continuellement. Elle se tortillait dans tous les sens et se mettait debout sur les supports pour attraper le pompon. Un tour gratuit en était le but non négligeable. Pour elle, c'était une douce euphorie qu'elle appréciait pleinement, avec le plaisir de chanter à tue-tête pour accompagner tout ce brouhaha. Bref, elle s'amusait comme une petite "folle" et ne pensait à plus rien d'autre.

Soudainement, son regard glissa sur la foule et elle se rendit compte que la place des fêtes se vidait de son monde. Le clocher de l'église indiquait 18 h 15.

Bon sang de bois ! c'était la catastrophe… Mais où étaient les autres ?

C'est en courant qu'elle fit tout le tour de la place, mais ne retrouva aucune de ses amies. Elle n'eut donc d'autre choix que de rentrer toute seule.

Déjà l'appréhension de ce qui l'attendait à la maison commençait à lui tirailler les tripes, et surtout, elle allait devoir leur avouer qu'elle leur avait menti et utilisé un subterfuge.

Le bonheur avait été de courte durée. Sur le pas de la porte, papa Lucien, les coudes sur les hanches, l'attendait avec un regard noir de colère. Il la laissa rentrer dans la cuisine sans prononcer un mot et c'est maman qui se mit à la gronder en voyant dans quel état déplorable elle était. Le bas de sa jupe et ses chaussettes blanches étaient noirs, de la graisse des chevaux de bois. Son chemisier blanc ressemblait plutôt à un torchon de plancher et le nœud dans ses cheveux pendait lamentablement, comme s'il avait le mal de mer.

En les voyant tous les deux aussi furieux, Marie-Rose se mit à pleurer et avoua tout son périple. Mais ni l'un ni l'autre ne semblaient prêts à passer l'éponge. Papa n'avait pas dit un mot devant la porte, pour que les voisins n'entendent rien. "Le linge sale devait se laver chez soi, pas sur la place publique" mais à l'intérieur, il s'assit et lui ordonna :

- Viens ici !

Elle s'approcha de lui, toute penaude. Puis elle se sentit soulevée comme une balle de chiffon et en un tour de main, fut retournée sur le ventre et directement couchée sur les genoux de son père. La pluie de tapes qui rebondit sur ses fesses était si abondante, que ses jambes en tremblaient encore longtemps après, rien que d'y penser. Entre les mains de maman, le passage ne fut pas moins doux. Après lui avoir ordonné de se déshabiller, elle l'a poussa dans un baquet d'eau froide et c'est avec la brosse à main, en crin dur, qu'elle la lava. Elle frottait si fortement que Marie-Rose en gémissait.

- Tu te plains en plus, criait sa maman. Attends que je te montre comment on punit les petites menteuses.

Les claques tombaient sur sa tête avec le dos de la brosse en bois. Les sermons volaient en veux-tu, en voilà et les "demain tu retournes à l'orphelinat" tombaient comme les perles d'un chapelet.

Sa mère l'avait obligée à faire sa prière, en restant plus d'un quart d'heure à genoux sur le sol dur, afin de demander pardon au Bon Dieu ainsi qu'à ses parents, d'être si méchante. Ensuite, elle lui fit enfiler sa chemise de nuit et c'est illico presto, sans manger, qu'elle l'expédia au lit. Puis, après avoir fermé les volets et éteint la lumière, juste avant de fermer la porte, sa maman avait rajouté :

- Demain matin, je téléphone à ton tuteur pour qu'il vienne te rechercher. Nous ne voulons plus de toi parce que tu es désobéissante.

La porte claqua, se verrouilla, avant que les pas de sa mère ne s'éloignent. Voilà qu'elle se retrouvait de nouveau prisonnière de ses impulsions incontrôlées, qui lui faisaient faire tant de bêtises.

Marie-Rose pleura toutes les larmes de son corps. Quelle sottise n'avait-elle pas faite, rien que pour grimper sur des chevaux de bois. Elle regrettait ce qu'elle venait de faire, mais n'en pouvait rien si elle avait le diable en elle, qui la poussait toujours à faire ce qui ne fallait pas. De plus, ses fesses lui cuisaient comme si elles étaient installées dans le four pour se faire rôtir. Elle aimait de tout son cœur ses parents adoptifs et n'avait pas du tout envie de partir en laissant Tigre et ses amies. Ils n'allaient pas lui faire quitter ce paradis, pour la renvoyer à l'orphelinat où elle serait seule et malheureuse ! Elle n'avait jamais reçu autant d'amour que depuis qu'elle était chez eux. Non, elle ne voulait pas y croire et tout en versant des larmes de crocodile, elle finit par s'endormir.

Tard dans la nuit, elle fut réveillée par un bruit de clef qui tournait dans la serrure et un petit "psssst" lui fit lever la tête. Elle s'assit dans le lit et vit que c'était papa qui lui apportait une tartine avec du jambon fait maison, des cornichons et un verre de grenadine.

- Mange ! lui dit-il, dépêche toi, j'attends que tu aies terminé, mais surtout ne dis rien à maman, elle serait très fâchée.

La fillette mangea de bon cœur en remerciant son papa :

- Je sais que je ne mérite pas le plaisir que tu viens de me faire ! lui dit-elle. Je ne comprend pas pourquoi j'agis comme ça. Mais j'ai quelque chose en moi qui m'oblige toujours à faire ce qu'on veut m'interdire.

- Ne t'inquiète pas ! ma puce, nous avons tous fait des bêtises quand nous étions enfants. Mais notre devoir est de t'empêcher de recommencer.

Après lui avoir donné deux bisous, il s'éloigna dans le noir comme il était venu. Marie-Rose se sentait soulagée… Par ce geste, il venait de lui faire comprendre qu'il ne lui en voulait pas trop. N'empêche que son derrière était toujours aussi chaud que le fer à repasser quand elle le soulevait du fourneau.

Toujours inquiète, Marie-Rose se tournait et se retournait dans son lit en poussant des petits gémissements. Le sommeil semblait naviguer au-dessus d'elle, sans jamais trouver le port. Elle n'en pouvait plus de gesticuler dans tous les sens.

Peut-être une heure plus tard, elle entendit encore une fois la clef…

- C'est toi papa ? demanda-t-elle.

- Psssst ! Tais-toi…

- C'était maman qui lui apportait deux tartines de confiture avec une tasse de lait tiède.

- Merci maman ! murmura la fillette en lui passant les bras autour du cou pour l'embrasser.

- Psssst ! ce n'est rien ! Mais tu ne diras rien à papa ! rajouta-t-elle avant de sortir de la chambre, sans tourner la clef cette fois-ci.

Le lendemain, quand maman vint la réveiller en lui disant :

- Dépêche-toi ! c'est l'heure d'aller à l'école…

Le cœur de Marie-Rose bondit de joie et en déjeunant, elle leur promit "d'essayer" de ne plus être aussi désobéissante, tout en se dandinant dans tous les sens sur sa chaise. Ses fesses étaient toujours aussi douloureuses.

Et le temps passa…

Avec les beaux jours qui arrivaient, toute la famille montait le dimanche à la Chapelle Saint Léon à Dabo, d'où l'on pouvait admirer les "collines" du Donon et du ballon de Guebwiller, qui prenaient tous leur belle allure d'apparat. De très nombreux visiteurs faisaient la même chose. A cet endroit, la vue était tellement magnifique, qu'on pouvait même apercevoir Saverne et Strasbourg quand le ciel était clair.

Pour le spectacle de fin d'année, les élèves avaient préparé une pièce de théâtre en trois actes : "La petite marchande d'allumettes de Hans Christian Andersen".

C'était Marie-Rose qui tenait le rôle de la petite fille pauvre. Elle en était plus que fière. Ses répétitions incessantes avaient retenti pendant plus de deux mois dans tous les coins de la maison. Pendant l'entracte entre le deuxième et le troisième acte, l'abbé lui faisait chanter avec sa voix cristalline : "Les trois cloches d'Edith Piaf", alors qu'au fond de la scène, les cloches sonnaient avec le phonographe en sourdine. Les garçons faisaient les chœurs. Leur représentation avait eu un tel succès, qu'ils avaient récidivé à Dabo et à Sarrebourg. Trois fois de suite, le public les avait rappelés et Marie-Rose avait rechanté…

Au mois de juin suivant, alors qu'avec maman, elles étaient toutes les deux dans le pré, occupées à faucher du foin, la fillette fut catastrophée en voyant qu'elle saignait entre les jambes.

- Maman ! maman ! je me suis coupée.

- Je t'ai déjà dit de faire attention avec la faucille. Il t'en faut du temps pour comprendre. Où t'es-tu coupée ma fille, je ne vois rien sur tes doigts ? questionna-t-elle.

- Là ! maman Emmie…, pardon, là maman ! entre les jambes. (Le maman Emmie lui avait échappé, tellement elle était effrayée par le sang qui coulait le long de ses jambes).

- Oh ça, ce n'est rien, ma fille, lui dit-elle en lui donnant une petite claque sur la joue (la claque c'est pour te porter bonheur et chasser le mauvais sort, rajouta-t-elle). Tu as tes règles ! c'est tout simplement que tu es devenue une grande fille maintenant.

Le soir à table, maman raconta l'histoire à papa, qui rit de bon cœur. Marie-Rose ne comprit pas vraiment pourquoi ils lui expliquaient qu'elle ne devait pas avoir de rapport avec les garçons avant de se marier. Elle n'était qu'une petite fille de dix ans et elle ne voulait pas encore de mari.

Après cette journée, la fillette trouva que son papa ne l'aimait plus autant. Le soir quand elle voulait se blottir sur ses genoux avec Minette, il la repoussait en lui disant gentiment :

- Tu es grande maintenant pour rester tout le temps sur mes genoux. Tu peux jouer sur le parquet avec ta poupée ou le chat.

Marie-Rose se mettait dans un coin pour bouder un peu puis retournait près de lui, en faisant la petite coquette qui voulait juste lui donner un bisou et, bien sûr, quelques minutes plus tard, elle avait gain de cause et trônait de nouveau au creux des bras de papa.

Maman les regardait toujours en fronçant les sourcils. La fillette n'aimait pas quand elle avait ce regard-là et faisait exprès, pour l'embêter de mettre les bras autour du cou de son papa chéri.

Elle savait maintenant que sa maman était jalouse, depuis que papa le lui avait expliqué.

Un dimanche, en début d'après-midi, son père lui proposa de l'emmener voir un ami qui habitait dans la vallée.

- Y allons-nous en side-car ? interrogea maman ?

- Non ! lui répondit son mari, je vais y aller à pieds avec Marie-Rose, pour faire courir Tigre dans les prés.

Sous le regard froid de sa femme, il prit la fillette par la main et l'entraîna sur le chemin, qui longeait les prés, pour descendre vers la vallée, jusqu'à la Neustadtmühle, lieudit où coulait la Zorn. Le papa de Marie-Rose lui expliqua que dans cette rivière on pêchait de la truite et que l'on pouvait la traverser en été sans que l'eau ne dépasse les genoux d'un adulte. Il la souleva et la porta jusqu'à l'autre rive. Une fois qu'ils furent arrivés de l'autre côté, ils se rendirent chez l'ami de papa qui tenait une menuiserie. Juste à côté, un moulin déployait ses ailes dans le ciel, tel un immense oiseau. Marie-Rose observa, admirative, cette roue qui tournait sans jamais s'arrêter.

L'ami de son papa leur expliqua que c'était un ruisseau qui descendait des collines, qui la faisait tourner. Puis, l'heure de rentrer arriva et, bien que déçue, la fillette n'eut que le choix de reprendre le chemin du retour en donnant la main à son papa. Tigre, quant à lui, gambadait joyeusement, en essayant d'attraper les papillons.

- Nous reviendrons pour pêcher ! lui dit son papa.

Douces paroles qui firent revenir un sourire sur le visage boudeur de la fillette. Dans les prés, ils ramassèrent encore quelques champignons et cueillirent un gros bouquet de marguerites pour maman.

La semaine s'écoula comme une flèche..., jusqu'au dimanche suivant, où papa proposa à Marie-Rose :

- Si nous allions au bord de la Zorn, juste à côté de la menuiserie, je pourrais t'apprendre à nager ?

- Nous partons tout de suite, papa. Comme ça, je pourrai m'amuser plus longtemps.

Elle regarda son père farfouiller dans la grange jusqu'à ce qu'il trouve un grand bâton, auquel il fixa une corde et après y avoir rajouté une ceinture américaine, il annonça à sa fille :

- Ta bouée de sauvetage est prête, Marie-Rose !

Avec Tigre dans les pieds, ils repartirent tous les deux vers la menuiserie et, après avoir salué son ami, son papa l'entraîna au bord de la rivière, où ils s'installèrent.

- Enlève tous tes habits pour ne pas les mouiller. Je vais te mettre la ceinture autour de la taille !

Peu de temps après, Marie-Rose frétillait comme un gardon, dans l'eau pure et son papa la retenait avec sa perche de secours. Pendant plus d'une heure, elle s'amusa comme une petite folle, à faire des mouvements dans tous les sens. Quant à Tigre, il nageait d'une rive à l'autre, aussi bien qu'un poisson. A chaque fois, il revenait s'ébrouer à côté de papa, qui bien sûr, rouspétait après lui, parce qu'il lui avait éclaboussé ses vêtements.

Deux dimanches de suite, ils retournèrent ainsi au même endroit, quand soudain une voix les héla un peu plus loin, de l'autre rive :

- Dites donc, Monsieur, la pêche est interdite à cette période…

C'était le garde-pêche qui comme toujours se trouvait là où il ne fallait pas.

- Avant de rouspéter, intervint le papa de Marie-Rose en riant, venez donc voir ce que je pêche ?

- Je ne veux pas le savoir ! répondit l'homme, l'ouverture de la pêche n'est que dans un mois. Je vais vous faire un procès-verbal.

Marie-Rose qui écoutait cet échange de paroles, commença à avoir peur, lorsqu'elle vit ce Monsieur grognon, entre deux bouquets de roseaux, retirer ses chaussures et ses chaussettes, retrousser son treillis et traverser la Zorn pour les rejoindre. Déjà, il se rapprochait de plus en plus d'eux.

- Maintenant que vous êtes là, regardez voir ce que je pêche.

Le garde se pencha derrière les hautes herbes et aperçut la fillette qui barbotait, munie de tout l'attirail nécessaire pour la tenir à la surface.

- Ah bon ! c'est ce genre de brochet que vous essayez de ramener au bord ? dit-il éberlué, avant d'éclater de rire.

Le chien se rabrouait dans tous les sens à ses côtés et cherchait à se frotter contre les jambes de cet inconnu, en le mouillant de haut en bas.

- Bien ! Bien ! je vais continuer mon chemin, rajouta encore le garde, avant que votre chien ne me transforme en éponge.

Ils le regardèrent s'éloigner, tout penaud mais souriant…

Marie-Rose s'amusa dans l'eau avec son chien, jusqu'à ce que son papa vint la rejoindre en maillot de bain. Il lui montra les différents mouvements pour apprendre à nager. Le plaisir de patauger fit courir l'heure bien trop rapidement à l'avis de l'enfant. Déjà l'heure de rentrer était arrivée. Son papa l'a frictionna longuement avec la serviette, entre les jambes, le dos, le ventre. Soudain, il lui attrapa la main et la lui frotta sur son zizi au travers du slip en disant :

- Tu vois ! papa a bobo là… il a très mal... si on le caresse un petit peu, ça ira beaucoup mieux…

Effrayée d'avoir senti ce truc dur, la fillette recula d'un bond, en tirant sur son bras, mais son père retint ses doigts de force et frotta encore. Paniquée, Marie-Rose se mit à pleurer. Enfin, il la relâcha. Elle s'éloigna en sanglotant, mais il la rappela aussitôt :

- Habille-toi ! ma puce, c'est l'heure de rentrer.

Comme si la peur était à ses trousses, la fillette après

s'être habillée en quelques instants, sans l'attendre, s'avança directement vers le chemin, pressée de repartir.

- Attends-moi ! lui dit-il en la rejoignant. Tu ne diras pas à maman que j'ai mal au zizi.

- Pourquoi donc, papa ? je croyais qu'il fallait toujours dire la vérité…

- Parce qu'elle ne nous laissera plus venir nous baigner tous les deux.

Marie-Rose ne se sentait pas à l'aise. Maman lui avait bien précisé, que pour gagner sa confiance, il fallait tout lui avouer. Alors pourquoi papa disait-il le contraire maintenant ?

Pourtant, en arrivant à la maison, elle n'osa rien dire en sentant le regard de son père posé sur elle.

Quand arriva le jour du Seigneur suivant, elle appréhenda de plus en plus, cette sortie hebdomadaire qu'elle appréciait tant auparavant. Heureusement, son père ne vint pas la rejoindre dans l'eau. Ce fut suffisant pour que la fillette se sente, de nouveau, un peu plus rassurée. Elle ne percevait plus cet étrange malaise, comme si quelque chose d'anormal allait lui arriver. Les deux fois suivantes, il se mit dans l'eau pour la faire nager, mais ne lui fit pas toucher son "bobo". A chaque fois, il se contentait de lui essuyer longuement le corps quand elle ressortait de l'eau bien que Marie-Rose lui précise :

- Tu sais papa, je suis grande ! j'arrive à m'essuyer sans ton aide...

- Je le sais ma fille, c'est juste pour que tu ne prennes pas froid.

- Nous sommes en été papa ! Il fait chaud comme tout. Alors laisse-moi le faire toute seule, s'il te plaît.

Puis, arriva ce dimanche qui hante encore son esprit. Cette fois-là, il vint la rejoindre dans l'eau comme d'habitude, joua un long moment à la faire tomber dans l'onde bleutée, l'éclaboussa. Puis, il décida qu'il était temps qu'elle prenne sa leçon de natation. Marie-Rose n'appréciait pas quand son papa lui tripotait les fesses ou la poitrine pour la faire nager. D'ailleurs, elle n'éprouvait plus le plaisir du début. Il agissait bizarrement et elle n'aimait pas ce papa si différent. Son regard surtout avait changé. Elle n'y percevait plus la tendresse habituelle, mais une lueur qui lui faisait peur.

Quand ils ressortirent de l'eau, elle le vit retirer son slip mouillé, pour le jeter dans l'herbe. De nouveau, il vint lui prendre la main en disant :

- Touche voir papa ici ! Il a de nouveau mal, si tu le caresses un peu, ça ira mieux…

Il venait de lui mettre, au creux de la main, son "gros machin". Comme si un fer rouge venait de la brûler, Marie-Rose l'arracha brusquement. Elle s'éloigna à reculons, tout en regardant son papa avec des grands yeux de biche effrayée. Puis retourna, toujours toute nue, trois pas plus loin, se blottir à côté de Tigre. C'était comme si son chien pouvait la protéger de ce qu'elle ne comprenait pas. Des sanglots muets secouaient ses épaules et une cascade de larmes ruisselait sur ses joues.

Elle leva de nouveau la tête pour regarder son père. Il lui faisait peur maintenant… Elle regrettait de ne plus trouver dans ses yeux la douce tendresse qui lui réchauffait le cœur auparavant. Elle avait besoin de comprendre pourquoi son papa avait tellement changé. Là, il se tenait légèrement en biais et elle le vit jouer avec la "grosse chose" qui lui faisait mal. Elle n'avait vu, jusque-là, que les petits zizis de garçon, mais dans la scène qui se déroulait devant ses yeux, c'était effrayant... Elle l'observa bouger la main sur sa quéquette, de la même façon que maman s'y prenait pour tirer sur les mamelles des vaches, et vit soudain le lait sortir et éclabousser l'herbe.

Quand il leva la tête, ses yeux étaient exorbités. Il la regardait comme si elle était transparente. Son visage était tout rouge. Pour la première fois, elle eut une peur panique de "papa Lucien".

Tout le long du chemin du retour, il lui tint la main, tout en lui expliquant :

- Si tu racontes ce que j'ai fait à maman, demain elle te ramènera à l'orphelinat. Ce ne sera pas un mensonge, mais notre secret à tous les deux.

Marie-Rose les yeux noyés de pleurs, flottait dans un brouillard trouble… Elle n'arrivait même plus à réfléchir à ce qui s'était passé. En rentrant, elle se contenta de jouer avec Minette, en restant muette comme une carpe. À partir de ce jour-là, la petite fille espiègle devint une enfant triste et angoissée…

Par la suite, quand il lui proposa de retourner à la rivière, Marie-Rose refusa systématiquement de l'accompagner, tout en cherchant n'importe quelle excuse rocambolesque pour appuyer ses prétextes. Elle appréhendait les dimanches à venir, hésitait également depuis un moment, à tout avouer à sa maman. Le soir, elle ne s'asseyait plus à côté de son père, même quand il l'appelait gentiment. Marie-Rose se rendait bien compte du regard surpris de sa mère.

Le mercredi suivant, à l'heure de *L'Elssasserabend*, dès la première chanson, son père lui proposa de danser. Sans le regarder en face, la fillette lui répondit :

- Ce soir, j'aimerais bien danser avec maman.

- Tu n'aimes plus ton papa, ma puce ?

- Si ! bien sûr, mais j'aime aussi ma maman.

Le regard de maman se porta de l'un à l'autre, avant qu'elle ne se lève pour faire quelques pas de danse avec la fillette, dont les éclats de rire manquaient dans la grande maison, depuis quelques temps.

Marie-Rose n'arrivait plus à dormir, tant ce moment au bord de la Zorn venait la hanter. Les yeux gonflés de son papa, n'arrêtaient pas de passer et repasser devant elle. Ne sachant plus comment faire, mal à l'aise, même avec sa maman, elle décida d'en parler à l'abbé Wilhelm.

Avec beaucoup de difficulté, au confessionnal, la fillette lui expliqua son trouble, depuis le dernier après-midi au bord de la rivière.

- Tu dois en parler à ta maman, ma petite Marie-Rose. C'est un secret que tu ne peux pas garder pour toi. Ton papa a eu tort de faire ça. Il avait le diable dans le corps pour agir de cette façon… J'espère que le Bon Dieu lui pardonnera.

Le soir-même, alors que sa mère l'accompagnait dans sa chambre pour la coucher, elle lui dit :

- J'ai fait quelque chose de mal, maman. J'ai déjà tout avoué à l'abbé Wilhelm, qui m'a conseillé de t'en parler.

La fillette lui raconta que son papa la faisait nager en la touchant partout. Qu'il lui avait mit la main sur son machin qui lui faisait mal, qu'il avait fait bouger son zizi au bord de la rivière. J'ai vu du lait en sortir comme du pis de la vache et couler dans l'herbe. Après, papa était tout bizarre. Il me fait peur.

- Tu n'as rien fait de mal, ma pauvre petite puce. C'est ton papa qui a fait quelque chose de vilain ! Malheureusement ! les choses seront différentes maintenant... Dors, à présent.

Un peu plus tard, des éclats de voix la firent sursauter. Son papa et sa maman criaient tellement fort, qu'elle en tremblait. C'est à cause de moi, que tout va de travers se disait-elle. J'ai encore une fois été trop vilaine. Soudain, dans le noir, la voix de maman retentit encore plus fort :

- Tu n'avais pas le droit de la toucher, tu as tout gâché. Je sais que je n'ai jamais pu avoir d'enfant. Mais la petite, c'était la nôtre... Tu as tout détruit !

- Je ne lui ai rien fait de mal. J'ai juste posé sa main sur mon sexe. Je suis un homme, et comme nous ne faisons presque jamais l'amour, de toucher son petit corps qui est en train de se former, quand je lui apprenais à nager, m'a donné des envies. Mais je n'aurais jamais été plus loin.... Tu sais que je l'adore plus que tout.

- C'est cela qui n'est pas normal. On aime son enfant, on ne l'adore pas comme un Dieu païen. Maintenant nous ne pouvons plus la garder, puisque tu as des vues sur elle, autres que filiales, il vaut mieux qu'elle retourne à l'orphelinat. Je ne pourrai plus jamais te faire confiance. Chaque fois que tu voudras partir avec la petite, j'aurai peur pour elle. Tu lui as fait beaucoup de mal. Tu vois bien, qu'elle n'est plus la même.

- Non ! je ne recommencerai jamais plus. Tu sais bien, à quel point j'ai toujours désiré un enfant. Nous en aurions eu un nous-mêmes, qu'il n'aurait pas été mieux que Marie-Rose. Elle est travailleuse, ordonnée, intelligente. La renvoyer là-bas, ce serait lui retirer tout avenir. Elle n'a pas mérité cela…

- Je le sais bien que notre petite Marie-Rose n'a rien fait ! Mais toi, tu as beaucoup changé depuis qu'elle est arrivée chez nous ! Un enfant n'est pas un jouet ou une chose qui nous appartient, mais un être que l'on respecte.

- Je te promets de ne plus partir, avec la petite, sans toi. Nous irons partout tous les trois. Mais donne-moi encore une chance de me racheter avant de la renvoyer. Elle n'y peut rien. D'ailleurs, je crois que je l'ai blessée. Elle ne me regarde plus avec son adorable regard innocent. Je me rends compte qu'elle n'a plus confiance en moi.

- Ça t'étonne ? questionna-t-elle encore.

Le lendemain matin, quand Marie-Rose descendit déjeuner, avec la peur au ventre, ses parents étaient en grande discussion avec l'abbé Wilhelm et ils se turent quand elle pénétra dans la pièce.

On ne lui parla pas de la ramener à l'orphelinat, mais la fillette se rendait bien compte que les choses n'étaient plus comme avant. Sa maman surveillait chacun des pas de son mari. Pourtant, il n'emmenait plus la petite avec lui, si sa femme n'était pas avec eux. D'ailleurs, Marie-Rose n'en avait plus envie. D'elle-même, elle n'allait plus s'asseoir sur les genoux de son père. Son papa venait de la faire grandir beaucoup trop vite. C'était dommage ! la vie était si belle avant…

Maintenant quelque chose était cassé en elle comme dans sa famille…

Puis, ils recommencèrent tout doucement à vivre une vie de famille normale. Marie-Rose se rapprocha plus de sa maman. Elle grimpait de plus en plus souvent sur ses genoux à elle, avec Minette.

Ils retournèrent aussi au bord de la Zorn, mais cette fois-ci, alors que papa en maillot de bain, nageait un peu plus loin, c'est maman qui lui apprit à nager.

Ce jour-là, Marie-Rose s'amusait à jeter son chien dans l'eau, rien que pour le taquiner. Elle lui attrapait la queue, la lui mettait dans la gueule, pour qu'il se la morde tout seul ou elle lui soulevait les deux pattes avant pour qu'il se retrouve le derrière dans l'eau. Le pauvre chien qui devenait à moitié fou, grognait après elle. Comme elle n'arrêtait pas, celui-ci, en colère, lui planta ses dents dans la cuisse. Marie-Rose poussa un cri de surprise plus que de douleur et vit, après coup, qu'elle avait une superbe mâchoire dessinée sur la cuisse.

Après avoir donné une tape au chien, son papa le gronda pour qu'il ne recommence pas. Vexé, le pauvre malheureux se sauva, la queue entre les jambes. Quelques minutes plus tard, Tigre revint chez Marie-Rose, pour lui pousser le coude, l'air de dire avec son œil larmoyant :

Je te demande pardon ! maîtresse, mais tu as poussé le bouchon un peu trop loin…

Les deux pattes avant, sur elle, il se mit à lui lécher le visage en poussant des petits cris.

Son papa les regardait en souriant, avec son sourire d'avant. Celui en qui un enfant pouvait avoir confiance.

Pendant ce temps, maman nettoya la petite blessure sur la jambe de Marie-Rose. Et comme la morsure n'était pas bien grave, elle se moqua d'elle en lui disant :

- Qui aime taquiner récolte les ennuis. D'ailleurs, si j'avais été à la place de Tigre, je n'aurais pas attendu si longtemps pour te pincer les fesses.

Et elle rit de bon cœur…

Heureuse de revoir sa maman rire, alors qu'elle ne l'avait plus fait depuis longtemps, la fillette la prit par le cou et lui dit :

- On est si bien quand on est tous les trois ensemble…

Surprise, elle vit que ses parents avaient tous les deux des perles dans les yeux et la fillette leur fit un bisou sur la joue à chacun.

Avant de rentrer, ils s'arrêtèrent chez l'ami de papa et sa famille, pour boire un verre de cidre maison, puis, remontèrent les sentiers qui conduisaient à la maison, en se tenant par la main. Marie-Rose au milieu…

Début septembre, Marie-Rose rentra comme interne, en sixième classique au collège Erkmann Chatrian à Phalsbourg. Ce n'était pas de gaieté de cœur qu'elle partait de la maison, mais sa mère ne lui avait pas donné le choix. Un matin, peu de temps avant le grand jour, alors qu'elle dormait encore profondément, elle était venue la réveiller en lui disant :

- Ce matin, nous allons t'inscrire pour l'internat. Tu apprendras mieux qu'ici.

- Oh non ! maman, je préférerais aller à la même école que mes amies.

- Il n'en est pas question ! Je préfère t'envoyer chez les sœurs où les filles sont bien éduquées. Si tu veux avoir un bon métier plus tard, il te faut une bonne école.

- Alors, je vais demander à papa si je peux rester ici !

- Ah! C'est comme ça, alors demain, moi je téléphonerai à l'orphelinat pour leur dire que tu n'es pas une fille obéissante, si tu vas pleurnicher chez papa. Fais ce que je te dis ! C'est pour ton bien. Allez ! Presse-toi, un ami de ton père doit nous emmener jusqu'à ta future école, pour que je te présente à la Mère Supérieure.

En descendant, elle vit que son père discutait déjà devant la porte avec son ami. Sa mère la bouscula en lui disant :

- Dépêche-toi de déjeuner, ma fille, il faut manger quelque chose avant de partir.

- Je n'ai pas faim ! Dis maman, tu ne téléphoneras pas à l'orphelinat pour leur dire que je suis désobéissante. Je veux rester avec vous. (Une fois par an, l'assistante sociale leur rendait une visite, pour voir si tout se passait bien, et Marie-Rose craignait toujours qu'elle ne la ramène avec elle).

Sa mère, sans prêter la moindre attention à ses paroles, lui répéta :

- Allez ! mange. Tu ne peux pas partir avec le ventre vide. Il va se passer un long moment avant que nous ne puissions nous mettre une quelconque nourriture sous la dent. De toute façon, tu reviendras pour les vacances.

- Tiens, ma petite fille ! Prends cette tartine.

Et tout en parlant, elle lui tendit une tranche de pain recouverte de beurre et de confiture, qu'elle venait de lui préparer, avec une tasse de lait chaud.

Marie-Rose avait déjà compris que, comme d'habitude, maman lui faisait du chantage. Soit elle obéissait, soit elle repartait ! Elle en avait gros sur le cœur, mais avala deux bouchées en se forçant. Dire qu'elle ne verrait plus ses amies que deux ou trois fois dans l'année. Le temps allait lui paraître long.

Elles firent donc connaissance avec la Mère Supérieure ainsi que d'une autre sœur qui leur fit visiter l'internat.

Dix jours plus tard, elle arrivait donc avec la valise que sa maman avait voulu préparer toute seule. Elle ne savait même pas ce qu'il y avait à l'intérieur, lorsqu'elle pénétra, le cœur tremblant, dans cet immense labyrinthe qu'était le pensionnat de jeunes filles de Phalsbourg. L'internat était géré par les sœurs. Et chaque matin, les pensionnaires se rendaient au collège mixte qui se trouvait au centre ville.

Les deux premiers jours, Marie-Rose joua à la petite fille sage et timide. Mais on ne change pas son caractère en claquant des doigts. Avec son esprit de rébellion qui était toujours à l'affût, elle commença rapidement à faire l'intéressante. Elle se moquait des garçons, jouait à la balle au camp et au foot avec eux. Elle transformait les noms de famille des autres en surnom rigolo du genre : Matouchit en "chimatou", Peiffer en "paille de fer", Fauchier en "chier faux". Bien sûr, les remontrances tombaient à tout bout de champ. Elle singeait ceux qu'elle n'aimait pas, se bagarrait pour un oui, pour un non comme une chiffonnière, aussi bien avec les gars que les filles, s'accrochait avec la professeur de sport lorsque, celle-ci lui ordonnait de sauter en ciseau par la droite, parce qu'elle n'en avait pas envie. Son esprit de contradiction prenait toujours le dessus. Alors, elle s'arrêtait volontairement devant la corde en annonçant :

- J'ai le mal de mer dans ce sens-là. Je n'y arrive pas. (mer qu'elle n'avait jamais vue d'ailleurs).

Ses professeurs la trouvaient toujours trop bavarde, tout en la mettant au tableau d'honneur pour ses bons résultats scolaires.

L'assistante sociale venait régulièrement à l'école contrôler les progrès de l'enfant. Elle ne trouvait rien à redire, si ce n'est qu'à chaque fois, on lui annonçait que Marie-Rose était une gamine très agitée.

Le jour de son arrivée, dans l'internat des filles, Marie-Rose avait constaté qu'une autre fille de son village, Marie, était scolarisée au même endroit. En se mettant d'accord, à tour de rôle, le père de son amie ou le sien venait les chercher tous les quinze jours.

Lorsque Marie-Rose rentrait à la maison, Tigre lui faisait la fête. Elle racontait joyeusement, tout ce qu'elle avait fait pendant la quinzaine. Pas les bêtises bien sûr…

A chaque fois, le lundi matin, elle retournait à l'école avec la larme à l'œil. Mais elle ne montrait jamais rien aux autres. Elle gardait ses peines et ses chagrins bien serrés dans sa boîte à secrets, au fond de sa tête.

Sa maison et ses parents lui manquaient. Pourtant, Marie-Rose n'avait que le choix de suivre le rythme du temps qui tournait trop lentement à son goût.... En grandissant, l'adolescente se rendait bien compte, que sa mère ne lui montrait pas autant de joie de la retrouver que son papa. Elle se rendait bien compte, qu'une suspicion était toujours latente dans son regard. Sa mère lui en voulait certainement pour ce qui s'était passé au bord du ruisseau.

Un week-end, après des grandes vacances, fut illuminé par la baguette magique de la "Félicité". Son cœur faillit s'arrêter de battre, tant elle ressentit de joie lorsque son père lui annonça :

- Nous avons décidé, maman et moi, de nous rendre au tribunal pour t'adopter dès que tu auras quatorze ans. Nous ne pouvions pas le faire avant que tu n'aies atteint l'âge légal d'adoption. Nous aurons une certaine somme à payer pour l'enregistrement. Après cela, tu seras notre vraie fille. Nous n'aurons plus de compte à rendre à l'orphelinat... Nous sommes très contents de tes résultats scolaires. Et je crois que nous pouvons placer notre confiance en toi. Quand je n'en serai plus capable, tu me remplaceras au magasin. Maman et moi, allons faire le nécessaire pour que ton avenir soit assuré.

La vie à la maison devenait de plus en plus agréable. D'abord, parce qu'il y avait beaucoup moins de travail. Il n'y avait plus ni vaches, ni cochons, ni oies, juste quelques lapins à fourrager et des poules, à qui, il suffisait de jeter une casserole de grains.

Papa avait transformé l'épicerie de fond en comble. Les lampes à pétrole avaient tiré leur révérence pour céder la place à "Dame Électricité". Le nouveau comptoir était très moderne. La seule chose qui ennuyait Marie-Rose, c'était de ne plus pouvoir faire : Kling – kling – kling en tournant la manivelle de l'ancienne caisse. La nouvelle avait des touches qui faisaient tout le travail et s'ouvrait toute seule. Le sol n'était plus en pierre, mais recouvert d'un superbe linoléum à carreaux, rouge et blanc. Les nouvelles étagères étaient éclairées avec des néons. Même dans la cuisine, la vieille pompe pour tirer de l'eau était remplacée par des robinets flambants neufs. Des WC carrelés avaient été construits au fond de la grange. Plus besoin d'aller dans la cabane en bois, au fond de la cour, en se gelant le derrière en hiver. Le grand confort s'installait dans la maison pour le bonheur de Marie-Rose.

En fin de quinzaine, elle avait le cœur en fête rien qu'à l'idée de retrouver son village. Elle pouvait enfin rejoindre toutes ses copines. Et surtout, il y avait Jean-Paul. Depuis son arrivée à Haselbourg, elle appréciait ce jeune garçon blond. Ils partageaient de nombreux jeux, tout comme les bêtises. En voulant lui cueillir une poignée pleine de cerises, il était tombé de l'arbre. Pour le réconforter, Marie-Rose lui avait donné son premier bisou sur la joue. Il avait le don de venir la retrouver, aux endroits où elle se trouvait, sans qu'elle ait besoin de lui donner son emploi du temps. Ils faisaient des randonnées en vélo, s'arrêtaient dans les prés pour chaparder des fruits, se retrouvaient à la chorale, jouaient au ballon. En balade, son petit camarade ne manquait jamais une occasion de lui prendre la taille. Sur les chemins, ils pédalaient, tous les deux, en tenant leur guidon d'une seule main, pour pouvoir se tenir de l'autre. D'où une chute mémorable où ils se retrouvèrent le nez dans la poussière. Marie-Rose était en larmes. Pour soigner son genou écorché, son compagnon souffla sur la minuscule plaie et sortit son beau mouchoir blanc pour la consoler… Il lui murmura également à l'oreille pour que les autres ne l'entendent pas :

- Plus tard, on se mariera. Comme ça, je pourrai m'occuper de toi, pour toujours.

Madame Louise Wolf, la grand-mère de Jean-Paul, disait à la maman de Marie-Rose, lorsqu'elle venait au magasin pour faire ses courses :

- *Das gibt ein Paar, die zwei do* ! (ça donnera une paire ces deux là !).

Ce fut l'agréable période de l'insouciance et des premiers émois amoureux.

Pourtant, Marie-Rose avait le chic pour le rendre jaloux en lui expliquant ses petites histoires scolaires :

- J'ai un copain dans ma classe qui s'appelle René. Il est bien meilleur que moi en latin. Il m'aide toujours à faire mes devoirs. Ma moyenne a bien remonté dans cette matière.

Ce qui n'était pas pour rassurer le jeune garçon, qui la voyait déjà s'envoler pour le pays des chimères…

Comme le papa de Jean-Paul jouait de l'orgue à l'église le dimanche, Marie-Rose retrouvait son copain dès le matin pour la chorale. Ensuite, ils ne se quittaient presque plus de la journée, sauf pour les repas. Quand les copains les *stipelaient* (narguaient) de trop, ils s'éloignaient pour pouvoir s'embrasser sur la bouche (des petits bisous doux). Ces moments d'innocence resteront toujours dans ses souvenirs. Elle se sentait aimée, heureuse...

Ils parlaient pendant des heures de leurs projets futurs. Elle voulait être "secrétaire d'état", idée grandiose qui terminait toujours en fou rire, suite aux quolibets et moqueries des autres amis qui les accompagnaient. Lui, il ferait des merveilles d'un morceau de bois. D'autrefois, quand les journées étaient très chaudes, ils se rendaient, en groupe, à la piscine de Lutzelbourg. Là aussi, les éclats de rire fusaient de tous les côtés.

Pour passer le temps, pendant les week-ends où elle devait rester au collège, Marie-Rose partait en promenade avec d'autres pensionnaires de son âge. Depuis quelque temps, Edmond, un garçon un peu plus âgé qu'elle, venait souvent la voir dans la cour. Un jour, Marie-Rose et ses amies le croisèrent avec deux autres copains et le jeune homme leur proposa gentiment :

- Avez-vous envie de venir au cinéma avec nous ? Mesdemoiselles.

Bien sûr, l'avis fut aussitôt favorable.

Edmond s'installa à côté de Marie-Rose et, sans lui demander son accord, tenta aussitôt de lui passer le bras autour du cou. L'adolescente le repoussa, mais quelques secondes plus tard, il tentait de l'embrasser en lui mettant la langue dans la bouche. Cette chose visqueuse qu'il essaya de lui rentrer, par la contrainte, au fond de la gorge, l'écœura. Elle lui envoya un coup de pied, si brusque, dans les mollets, qu'il en sursauta et lâcha prise. Mais ses mains baladeuses n'avaient de cesse. Il essaya de glisser sa main sous la jupe de la jeune fille, qui la repoussait à chaque fois. Quelques instants plus tard, Raymond récidiva en tentant de forcer ses doigts entre les jambes de sa camarade. Mais la claque qui rebondit sur son visage fit un bruit retentissant et des marques si rouges sur sa joue, qu'il se tint enfin tranquille.

Les gens se retournèrent autour d'eux, en se demandant ce qui s'était passé. Après cet intermède houleux, Marie-Rose refusa même de lui parler dans la cour de l'école. Il tournait pourtant toujours autour d'elle. Mais c'était peine perdue. La jeune fille qu'elle devenait n'en avait rien à faire d'un rustre pareil. De toute façon, le seul qui faisait battre son cœur, c'était Jean-Paul...

A Haselbourg, la ronde du temps continuait de tourner comme ailleurs. Ces derniers temps, papa Lucien tentait de transformer la grange en rajoutant un atelier dans le fond. Seuls les râteaux, les pioches, les bêches et les faux avaient gardé le même emplacement contre le mur. Il avait également installé une table avec un étau. Au mur pendaient des instruments de "torture" : comme une scie électrique et une perceuse, dont il hésitait, d'ailleurs, encore un peu à se servir. Quand il les branchait, il les tenait loin de lui comme si l'un de ces appareils allait le mordre. C'était dur de s'adapter au progrès.

Depuis quelque temps, il semblait épuisé et se plaignait d'avoir mal aux reins. Maman, pour l'aider un peu, le massait longuement avec du schnaps. Tant bien que mal, il continuait à faire son travail, avec l'aide de sa femme pour le seconder au magasin.

A chacun de ses retours, Marie-Rose retrouvait son père de plus en plus amaigri. Son visage, au teint rose de l'homme campagnard en pleine santé, avait viré au gris. Ses bonnes joues joufflues se creusaient de plus en plus.

Lorsque la jeune fille inquiète le questionnait :

- Comment vas-tu papa ? Tu n'as pas très bonne mine…

- Tout va bien ma puce, répondait-il. Je travaille certainement de trop… Entre le magasin et l'atelier que je veux me construire, mon pauvre dos en a pris un sacré coup. Je ne suis plus dans ma première jeunesse, ma fille.

- Ce n'est pas raisonnable, papa ! Promets-moi de te reposer.

- Mais oui, ma petite Rose. Je n'y manquerai pas…

Alors qu'elle était en classe de quatrième, Marie-Rose revint à la maison pour quelques jours. L'état de son papa ne semblait pas s'améliorer et, plusieurs fois dans la journée, il était obligé de s'asseoir pour se reposer.

La jeune fille interrogea sa mère en lui disant :

- Il faudrait demander au docteur de passer, maman ! Papa ne va pas bien du tout.

- Nous ne voulions pas encore t'en parler, ma fille, mais nous l'avons déjà fait. Papa est très malade. Le docteur Bello de Dabo lui a déjà prescrit des médicaments et une série de piqûres qui n'ont servi à rien.

- De quoi souffre-t-il, maman. J'aimerais le savoir…

- Ton père a une maladie très grave. Il est atteint d'un cancer. Il a une tumeur au rein droit. D'ici quelques jours, il doit rentrer à l'hôpital pour se faire opérer.

Sans vouloir y croire, Marie-Rose se rendait compte qu'elle avait déjà compris, depuis un moment, que son papa était gravement atteint et que ses craintes étaient bien fondées.

Pendant les week-ends suivants, en rentrant de l'école, l'adolescente le remplaça efficacement au magasin. Après quelques semaines d'hospitalisation, il revint à la maison et garda le lit quelques jours. De nouveau, il sembla redevenir l'homme gai et jovial qu'il avait toujours été. Mais Marie-Rose se rendit rapidement compte, qu'il ne voulait pas lui montrer qu'il souffrait toujours.

Mère et fille se partageaient le travail ; la jeune fille qu'elle était devenue, s'occupait bravement de son père. Elle lui donnait à boire, à manger, lui changeait ses draps quand c'était nécessaire.

- Papa n'a pas l'air de se remettre, demanda Marie-Rose à sa mère ? Je croyais qu'après l'opération, il irait mieux.

Tout en éclatant en larmes, sa mère la serra contre sa poitrine, l'embrassa et lui expliqua longuement :

- Le chirurgien a ouvert pour l'opérer, mais, après avoir constaté l'étendue des ravages que la maladie avait déjà faits, il a tout de suite refermé. C'est trop tard ma chérie. Ton papa n'est plus opérable, ma petite Rose. Il va mourir ma fille… Nous allons rester seules, toutes les deux. Il va falloir que nous soyons fortes pour nous en sortir.

La jeune fille, les yeux ruisselants, serra ses bras autour du cou de sa mère pour lui murmurer en hoquetant :

- Nous y arriverons maman, nous y arriverons ! Pour le moment, nous allons tout faire pour lui rendre le plus agréable possible, ses derniers jours.

Au rythme des piqûres et des soins journaliers pour calmer ses souffrances, deux mois s'envolèrent. Quand le temps le permettait, Marie-Rose aidait son père à descendre les escaliers, pour aller prendre l'air sur la terrasse. Elle lui tenait compagnie quand il n'y avait pas de clients au magasin et l'aidait à remonter, quand il était trop fatigué. Elle le voyait dépérir à petit feu. C'est pendant cette période, que ses cauchemars sur sa petite enfance revinrent la hanter de plus belle : «Elle revoyait presque chaque nuit, le bombardement de la caserne et le petit Eric, couché au sol avec une jambe arrachée». La mort semblait lui tenir la main toutes les nuits. Souvent, elle s'éveillait glacée jusqu'aux os.

Elle priait le Bon Dieu pour qu'il fasse un miracle. Il lui avait, à peine, donné un papa, qu'il voulait déjà le lui reprendre. Il devait le laisser vivre… La vie était parfois trop injuste. Marie-Rose croyait sa quête d'amour terminée, elle était heureuse d'avoir enfin sa propre famille qui l'aimait, et voilà que de l'au-delà, on voulait lui en enlever une partie. C'était à n'y plus rien comprendre.

Pendant quelques jours, le malade sembla reprendre du poil de la bête et retrouva un peu d'appétit. Puis brusquement, du jour au lendemain, il se mit à régurgiter tout ce qu'il avalait. Comme papa avait déjà eu quelques jours de rémission, Marie-Rose espérait que le miracle se renouvellerait. Mais il n'y en eut pas…

Sa maman lui disait :

- Tu ne dois pas te faire d'illusion, ma fille ! Les médecins ne lui donnent plus que quelques semaines à vivre.

- J'ai le droit de croire au Bon Dieu ! lui répondait à chaque fois l'adolescente.

Depuis peu, elle revenait tous les dimanches à la maison. Son papa avait demandé à un ami, le maire de Hellert, de la ramener à la maison, pour pouvoir la voir un peu plus souvent. Il voulait profiter au maximum de la présence de sa petite Rose, "rose" comme la fleur dont elle avait le teint délicat, disait-il. Peu de temps avant sa mort, il les fit venir toutes les deux au bord de son lit, pour leur parler :

- Comme nous étions obligés d'attendre ton quatorzième anniversaire ma puce, avant de pouvoir t'adopter légalement, c'est maman qui devra faire le nécessaire. Je n'ai pas du tout envie de vous quitter, mais c'est le Ciel qui décide. Puisque le Seigneur en a décrété autrement, je n'aurai pas le temps de le faire moi-même. Comme tu viens d'avoir l'âge requis par la loi, maman m'a juré que, dès que possible, elle se rendra à la Préfecture, puis au Tribunal afin de régulariser définitivement l'adoption, pour que tu sois notre fille.

Tout en pleurant à chaudes larmes, maman Emmie s'était levée pour embrasser son mari et lui jura :

- Tu sais tout le bonheur que cette petite nous a apporté ! Tu peux mourir tranquille. Je tiendrai parole.

Durant cet hiver glacial, les souffrances de son père furent terribles. Le 23 février 1952, la Mère Supérieure du pensionnat vint chercher Marie-Rose en plein cours.

- Tu t'habilles convenablement, lui dit-elle et tu prends tes affaires. Un ami, de tes parents, est venu te chercher pour te ramener à Phalsbourg. Ton papa ne va pas bien. Il te réclame...

L'espoir aide à vivre, mais rend le choc encore plus dur, quand arrive le moment du dernier souffle. Marie-Rose sentait son cœur froid comme de la glace. Son père avait déjà creusé un éloignement irréparable, au bord de la rivière. Voilà que maintenant, il l'abandonnait pour de bon. Il n'avait pas le droit de lui faire ça.

Arrivée à la maison, elle grimpa les escaliers quatre à quatre, pénétra dans la chambre et s'assit au bord du lit. Son papa avait du mal à respirer. Il semblait chercher de l'air en aspirant avec beaucoup de bruit. Il réussit à soulever son bras pour le passer autour de l'épaule de sa fille et murmura :

- Je vais te quitter ma petite Rose. Je te demande pardon pour le mal que je t'ai fait. Tu sais bien de quoi je parle ! Mais sache que tu as toujours été mon rayon de soleil. Je te promets que tu ne quitteras pas Haselbourg. Nous avons mis suffisamment d'argent de côté. Vous aurez de quoi vivre sans problème, toi et maman. Je t'aime de tout mon cœur ma petite puce.

Alors qu'elle pleurait à chaudes larmes, maman Emmie vint la tirer de force en arrière, en la prenant dans ses bras, pour l'éloigner du lit. L'abbé Wilhelm venait d'arriver et, s'apprêtait à donner les derniers sacrements au mourant. Mais papa Lucien serra encore longuement la main de sa petite Rose. La puissance qu'il avait encore pour la retenir était étonnante. L'adolescente ressentit dans tout son corps cette douce chaleur accompagnée d'une sensation de force qu'il voulait lui transmettre comme un dernier message.

Lorsque le dernier soupir s'échappa du corps épuisé de son père, le désespoir s'installa au fond du cœur de la jeune fille. Sur le coup, les larmes refusèrent de couler ; elle en avait déjà tant versées pour rien…

La semaine suivante, Monsieur Bentz, de la Préfecture de la Moselle, que maman Emmie avait prévenu de la mort de son mari, vint sur place. Il était accompagné de son secrétaire et d'une assistante sociale. Il désirait connaître les intentions de madame Krémer, pour Marie-Rose. Comme elle l'avait promis sur le lit de mort de son mari, la brave femme confirma son intention d'adopter l'enfant qui venait d'avoir quatorze ans le 19 janvier 1952.

En attendant, le tuteur accepta que Marie-Rose ne retourne plus à l'école, jusqu'aux vacances, pour pouvoir aider sa maman au magasin. Et surtout, pour que madame Krémer rassemble les papiers nécessaires pour entamer la procédure d'adoption.

Pour cela, elle devait rapidement retrouver le lieu où était né l'enfant, afin d'obtenir un acte de naissance. Ce qui n'était pas évident, puisque ni Marie-Rose ni sa maman n'en avaient la moindre idée.

Suite à une enquête de la DASS de Metz qui avait fait des recherches du côté de Forbach, puisque c'était de cet endroit que petite fille, elle avait été envoyée à l'hospice, Marie-Rose apprit également qu'elle était née à Krefeld en Allemagne. Comme la mairie de cette ville, située dans la Rühr, avait été bombardée pendant la guerre, son tuteur et maman Emmie eurent énormément de difficultés pour obtenir le précieux papier. Après plusieurs mois d'attente, Marie-Rose apprit enfin que sa vraie mère s'appelait Emilie Wind, qu'elle était née de père inconnu et que sa mère avait divorcé d'un premier mariage, plus de deux ans avant sa venue au monde.

La mairie de Krefeld avait rédigé un acte de naissance sur témoignage, mais sans preuve réelle, puisque tout s'était envolé en fumée. Ce qui n'était pas l'idéal pour lui remonter le moral. Son vrai père pouvait donc être un quelconque brigand, comme quelqu'un de très bien…

Durant ces longs mois de deuil, même si Marie-Rose ne la voyait pas pleurer, elle se rendit compte que sa maman avait beaucoup de chagrin. Papa Lucien lui manquait aussi...

La nuit, elles dormaient toutes les deux ensemble et évoquaient les bons souvenirs, mais ne reparlèrent jamais "de l'épisode au bord de la rivière". Pourtant, cette période tourmentait toujours autant l'adolescente.

L'été qui suivit aida les deux femmes à mieux se connaître et surtout, à s'attacher l'une à l'autre. Au mois de septembre, Marie-Rose retourna à l'école. En fin de semaine, au moment de rentrer à la maison, elle annonçait toujours à ses amies :

- Je vais rejoindre ma maman. ! Que je suis contente.

Et les semaines filaient… Durant ce temps, maman Emmie s'était rendue de nombreuses fois au Tribunal, avec à chaque fois, beaucoup de difficultés pour obtenir un rendez-vous. Quand elle réussissait à y aller et que quelqu'un pouvait la remplacer au magasin, c'était toujours inutilement, puisqu'il manquait à chaque fois dans le dossier, un formulaire différent que les employés de l'administration détenaient déjà...

A chacun de ses retours, Marie-Rose, impatiente, lui demandait :

- Alors maman ! ça y est, je suis ta fille ?

- Toujours pas, ma petite Marie-Rose. Ils me réclament encore d'autres papiers, que nous avons pourtant déjà donnés depuis le début. Ils ont même égaré le certificat de décès de papa.

Pendant de longs mois, maman Emmie s'était déplacée dans des conditions difficiles. Pour se rendre à Phalsbourg, l'expédition était bien compliquée, puisque Haselbourg n'était desservi par les cars que deux fois par semaine, le mardi et le vendredi, et comme à chaque fois, on l'avait fait courir pour rien, c'était toujours de longues heures perdues.

Enfin le dossier fut complet, ainsi que la somme nécessaire pour l'inscription, frais de dossiers, etc. Elles se rendirent donc toutes les deux, un mardi matin de décembre, à la convocation du Tribunal de Phalsbourg, en espérant conclure après cette si longue attente.

Pour s'y rendre, elles avaient pris le bus le matin très tôt. L'impatience rendait Marie-Rose euphorique. Dire, qu'il ne manquait plus qu'une petite signature et le tour serait joué, elle s'appellerait définitivement Krémer. Plus jamais, elle ne serait ballottée d'un endroit à un autre, en se sentant mal-aimée…

Après avoir accroché le panneau de fermeture, elles avaient donc fermé le magasin et s'étaient rendues ensemble à la signature de l'acte d'adoption. Elles ne voulaient surtout plus avoir à y retourner. Enfin cette fois-ci le dossier était complet.

Le grand jour de la signature était enfin arrivé…

Mais cette fois-là encore, la déception fut immense. La personne qui devait s'en occuper était absente pour maladie et nul ne s'était chargé de les prévenir pour leur éviter un déplacement inutile. Le long du chemin du retour, Marie-Rose avait pleuré toutes les larmes de son corps. Ses sanglots étaient tellement déchirants, que même maman Emmie s'était frottée les yeux avec son mouchoir.

- Tu es donc tellement heureuse de devenir ma fille, ma petite Marie-Rose ?

- Oh oui maman ! tu sais bien que je t'aime très fort.

- Tu as entendu ce que ces gens nous ont expliqué ! disait-elle pour la consoler. Ils vont nous convoquer à nouveau dans quelques jours. De toute façon, ma fille, nous avons tellement attendu, que ce n'est plus à une semaine près.

Marie-Rose commençait à désespérer, tant elle était impatiente de ne plus être la fille de personne, au point de douter de son propre prénom : Rose, Colette, Marie-Rose, lequel était donc le bon… ?

Enfin, à la mi-janvier, après une attente de plus d'un mois, la nouvelle convocation, tant espérée, arriva. C'était pour le vendredi 24 janvier 1953. Elles étaient aussi heureuses l'une que l'autre. Marie-Rose comptait dix fois par jour les heures qui lui restaient à patienter avant l'adoption. Ce mot sifflait à ses oreilles comme une musique douce. En attendant les clients du magasin, elle le gribouillait sur tout ce qui se trouvait à portée de main…

Trois jours avant la précieuse date, le matin en se levant, maman Emmie qui se sentait fiévreuse, fut incapable d'avaler quoi que ce soit de la journée. Le lendemain matin, une fièvre de cheval l'empêchait de tenir debout.

- Dis ! maman, tu seras guérie pour aller au Tribunal ?

- Bien sûr, ma fille, si ce n'était pas le cas, nous irons la semaine suivante. A midi, Marie-Rose essaya de lui faire avaler un peu de potage, mais la malade régurgita aussitôt le tout.

Rapidement, l'adolescente changea les draps et s'empressa d'ouvrir l'épicerie. Elle parla à ses premières clientes de l'état de sa maman qui l'inquiétait et Gaby, une cousine, proposa de monter la voir.

En redescendant dix minutes plus tard, avec une mine inquiète, elle dit aussitôt :

- Va appeler le médecin, je crois que ta mère a besoin de médicaments rapidement.

Elle la remplaça donc au magasin, le temps que Marie-Rose sorte jusqu'à la cabine, pour donner un coup de fil au docteur.

Celui-ci passa, le mercredi après-midi vers 15 heures. Il annonça que maman avait une grosse grippe accompagnée d'une congestion du foie. Il donna quelques médicaments à lui faire prendre immédiatement pour faire baisser la fièvre, tendit également une ordonnance, pour aller à la pharmacie. Mais la plus proche était à Phalsbourg et leur village n'était desservi par les cars que le vendredi suivant pour cette ville. Marie-Rose prit donc le bus de Sarrebourg pour aller chez un pharmacien. Cette ville était beaucoup plus éloignée mais le bus pour s'y rendre passait le jeudi matin de bonne heure. Il lui fallut donc toute la matinée, mais ce n'était pas grave, puisqu'elle revenait avec le traitement dont avait besoin sa mère.

Dès son retour, elle monta dans la chambre voir sa mère, lui donna ses cachets et s'empressa d'aller ouvrir le magasin. Des clients attendaient devant la porte sans comprendre ce qui se passait. Elle leur expliqua que sa mère était bien malade. Plusieurs fois dans la journée, Jean-Paul ou sa grand-mère vinrent également prendre des nouvelles de leur voisine, et aider la jeune fille.

Entre deux clients, elle sautait les marches trois par trois, pour aller voir si l'état de sa mère s'améliorait. Une fois, elle activait le feu dans le fourneau, la fois d'après, elle lui préparait une Thermos de tisane chaude. Sa maman était si fiévreuse, qu'elle n'arrivait plus à boire toute seule, Marie-Rose devait l'aider à se redresser. Ensuite, elle essayait de nouveau, mais vainement, de lui faire ingurgiter quelque chose. Mais, à chaque fois sa maman régurgitait de la bile et de l'eau. La jeune fille redescendait, remontait, essayait à nouveau de la désaltérer. Mais à chaque fois, elle vomissait chaque goutte d'eau avalée. De nouveau, Marie-Rose changeait les draps ou la couverture. Le visage de sa mère avait en même temps la blancheur d'un mannequin et les pommettes rouges, comme une pomme trop mûre. Sur son front, des gouttelettes de transpiration glissaient doucement.

A heures régulières, l'adolescente lui administrait les médicaments prescrits, puis redescendait en vitesse servir un client. Vers seize heures trente, la cousine Gaby, qui était revenue prendre des nouvelles de sa tante, lui proposa de la remplacer à l'épicerie, pour qu'elle puisse soigner sa mère. Marie-Rose en profita pour faire un saut à l'étage. Heureusement, sa maman dormait profondément.

N'ayant encore rien avalé, elle-même, de la journée, elle se fit un œuf sur le plat, qu'elle mangea debout pour ne pas perdre de temps, puis retourna au magasin. Sa cousine qui s'inquiétait également de la santé de sa tante, proposa de monter lui tenir compagnie. Elle redescendit au bout d'un petit moment en interpellant Marie-Rose :

- Tu devrais vite demander au docteur Bello de revenir. Je trouve que ta mère va très mal ; elle est brûlante.

Comme une folle, la jeune fille s'empressa de rappeler le médecin. Malheureusement, il n'était pas à son domicile.

- Je vous l'envoie dès qu'il rentre, proposa son épouse.

A dix-sept heures pile, Marie-Rose remonta dans la chambre pour voir l'état de sa maman. Une angoisse sournoise de déjà vu la rongeait jusqu'au fond du cœur…

En pénétrant dans la pièce, la première chose qu'elle vit, ce fut le corps de sa mère au travers du lit, sa tête sur le coin de l'angle de la table de nuit. Le réveil était par terre, la Thermos renversée et la tasse cassée.

Un filet de sang rouge coulait le long de sa tempe et de son visage, qui était blanc comme un linge. L'horreur de cette vision la laissa un instant sans voix. Puis, en voulant s'accrocher à un dernier espoir, Marie-Rose prise de panique appela :

- Maman ! maman ! réponds-moi !

Mais sa maman ne répondit pas. Sa cousine attirée par les cris, vint la rejoindre et toucha aussitôt le pouls de sa tante. Il ne battait plus.

Au regard de tristesse que lui lança Gaby, Marie-Rose comprit immédiatement que sa maman venait de mourir. Son cœur s'était arrêté comme celui de papa Lucien.

- Je n'étais même pas avec elle quand elle est morte, sanglota la jeune fille ; elle est partie toute seule. Elle n'avait pas le droit de m'abandonner comme cela, sans même me dire au revoir.

Sa cousine Gaby lui passa le bras autour du cou, pour la consoler, mais rien ne pouvait empêcher le torrent de larmes qui s'échappait des yeux de l'adolescente, complètement perdue...

En arrivant, quelques minutes plus tard, le docteur leur confirma le décès de sa mère en précisant :

- A mon avis, elle a voulu prendre la Thermos pour se servir à boire et a glissé en se cognant la tête sur la table de nuit. De plus, elle a fait une embolie cérébrale.

Après avoir établi le certificat de décès d'Emmie Krémer au jeudi 23 janvier 1953, à 17 heures, il repartit.

Pour l'aider, Gaby lui proposa d'appeler l'abbé Wilhelm pour bénir le corps. Celui-ci arriva aussitôt. Après la bénédiction, il récita une prière et tint compagnie aux jeunes filles. Marie-Rose n'avait pas réalisé tout de suite que le cauchemar était de retour et elle murmura au prêtre :

- Maman avait les papiers dans son sac, nous avions rendez-vous demain matin, au Tribunal à Phalsbourg, pour la signature définitive, à dix heures.

- Je croyais que c'était fait depuis longtemps, s'inquiéta-t-il. Ça n'arrange pas les choses. Alors, nous allons devoir faire face à de biens plus gros problèmes. Pour les papiers dont tu as besoin, je te les préparerai après l'enterrement. Comme tu es sa fille adoptive, nous verrons également pour les paperasses à donner au notaire.

Entre-temps, Jean-Paul et sa grand-mère étaient venus la soutenir et l'aider à préparer la veillée mortuaire... Marie-Rose put enfin épancher ses larmes dans des bras aimants.

L'abbé Wilhelm, qui était le seul à être au courant des papiers d'adoption, se chargea lui-même d'informer le Tribunal. C'était lui également qui avait prévenu Lucie, la sœur d'Emmie Krémer, qui habitait à Fribourg, pour qu'elle pût être présente à l'enterrement. Il y avait aussi un frère, Manfred, qui demeurait dans la zone occupée à Berlin. Mais il avait été impossible de le contacter.

Après la veillée près du corps, le jeudi soir, Marie-Rose dormit chez la grand-mère Wolf. Celle-ci ne voulait pas qu'elle reste toute seule, près du corps, pendant la nuit. Seul l'abbé Wilhelm s'était attardé dans la maison. Il rassemblait tous les papiers qui pourraient être utiles pour l'avenir de la petite. Le soir même, il revint avec cinq sacs de Louis d'or qu'il avait trouvés dans une malle au grenier, de nombreux papiers de valeur et la comptabilité de l'épicerie. Il confia le tout, devant Marie-Rose, à Oma Louise Wolf en lui disant :

- Mettez tout ça de côté, en lieu sûr, pour la petite. Ça lui servira plus tard. Et toi, Marie-Rose, n'en parle surtout pas à la tante Lucie de Fribourg, lorsqu'elle arrivera. Elle serait capable de les réclamer aussi vite.

- Je vais les ranger dans le coffre de mon défunt mari. Personne ne touche jamais à toutes ses vieilleries, précisa la vieille dame.

- C'est très bien ! La petite les retrouvera plus tard. Comme on ne sait pas ce qui va se passer maintenant, il vaut mieux prévoir… Le chien n'arrête pas de hurler à la mort, là-bas, c'est comme pour le décès de Lucien. Ça m'a donné la chair de poule, rajouta encore l'ecclésiastique avant de s'en aller.

Dès le jour levé, vers huit heures du matin, Oma Wolf et Marie-Rose retournèrent allumer les bougies près du corps de la défunte, en attendant l'arrivée des amis et de la famille qui voulaient lui rendre un dernier hommage.

La tante Lucie, que Marie-Rose n'avait vu que le fameux été de ses neuf ans, n'était pas très appréciée dans le village, après tout le mal qu'elle avait fait à sa sœur. Rien qu'à l'idée de sa venue, la grand-mère de Jean-Paul, Louise Wolf, en avait les cheveux qui se hérissaient sur la tête. Elle la détestait et disait :

- C'est une peste, qui est fausse comme tout. Elle a surtout le feu aux fesses. Depuis les nombreuses années que je connais tes parents, cette pimbêche n'a toujours montré le bout de son nez à Haselbourg que pour spéculer ou obtenir quelque chose. Elle est toujours repartie, avec des billets dans son porte-monnaie ou un cabas plein sous le bras. Tes parents avaient trop bon cœur avec elle. D'ailleurs, ils ne se fréquentaient plus, depuis qu'elle avait embobiné ton père. Ton papa était un homme formidable, mais du côté des femmes, c'était un faible. A l'enterrement de Lucien, cette femme n'a pas osé se montrer, après ce qu'elle avait fait à ta mère. De toute façon, il n'y avait encore rien à récupérer.

En début d'après-midi, la tante Lucie arriva toute pimpante, avec un manteau rouge, les yeux et les lèvres maquillés comme une star de cinéma. Elle se dandinait sur des talons aiguilles qui claquaient dans toute la maison. En guise de bonjour, elle se contenta d'embrasser Marie-Rose, froidement sur une joue, sans même lui dire un mot de consolation. Oma Wolf saisit aussitôt un torchon, pour essuyer le rouge laissé en décoration sur la peau rose de l'adolescente, par cette femme qui déjà tournait le dos.

Après, madame se rendit en "grande pompe" près de la dépouille de sa sœur défunte. Devant le cercueil, elle sanglota quelques instants, sans la moindre larme, en faisant surtout beaucoup de bruit ; mais elle veilla bien à observer autour d'elle, pour voir si toutes les personnes présentes l'avaient remarquée.

- *"Kino"* (cinéma) avait murmuré une voix…

Réflexion qui ne l'avait pas empêchée de continuer son rôle sur mesure.

La tante Lucie s'installa donc dans la maison, en prenant ses aises, comme si elle était chez elle. Quand Oma Wolf proposa de choisir un cercueil pour la défunte, chez Lucien Jeunesse, le menuisier du village, la nouvelle venue s'interposa aussitôt :

- Ecoutez ! Je suis la tante de l'enfant et je m'occupe moi-même de tous ces détails. D'ailleurs, vous pouvez nous laisser maintenant.

Oma Wolf n'avait pas eu d'autre solution que de laisser Marie-Rose seule avec cette femme avant de partir.

- Viens me voir si quelque chose ne va pas, lui murmura la vieille femme, sur le pas de la porte, avant de traverser la route pour rentrer chez elle.

Alors que sa maman avait choisi un magnifique cercueil en chêne sculpté et doublé de velours à l'intérieur, pour son mari Lucien, Marie-Rose ne vit arriver qu'une boîte minable, en hêtre.

- C'est un beau cercueil qu'il fallait prendre pour maman, avait vivement réclamé Marie-Rose. Celui-ci est affreux !

- Il est très bien pour mettre dans un trou. Je n'ai pas d'argent à jeter par les fenêtres ! avait répondu la tante Lucie.

- Mais maman avait mis assez de sous de côté. On ne vous demande pas de payer les factures. La banque s'en chargera après l'enterrement.

- Tu as l'air d'oublier ma petite, que les sous de ma sœur sont les miens maintenant, puisqu'elle ne t'a pas adoptée. C'est toi qui n'as plus rien à faire ici !

Marie-Rose venait enfin de comprendre qu'elle n'avait plus sa place dans ce qu'elle croyait être sa maison. Elle se sentait comme une chaise bancale, à laquelle il manquait un pied et qui risquait de perdre l'équilibre à n'importe quel moment. Qu'allait-elle donc devenir maintenant ?

Le jour des obsèques, la tante Lucie, guindée, chapeautée d'un bibi noir avec voilette pour se cacher le visage, prit Marie-Rose par la main pour suivre le corbillard. La jeune fille aurait voulu être, soit avec Jean-Paul qui suivait à l'arrière avec des amis, soit à côté d'Oma Wolf qui marchait juste derrière eux, mais elle ne réussit pas à dégager sa main sans faire d'esclandre. Les amis du village avaient tous amené des fleurs et des couronnes. Malheureusement, aucune ne représentait la fille adoptive de la morte et encore moins sa sœur. Celle-ci trouvait tous ces frais inutiles. Il n'y avait pas même un petit bouquet de marguerites, les fleurs préférées de sa maman. Elles ne poussaient pas en hiver.

"La journée de l'enterrement, ne rappelait à Marie-Rose qu'une descente en enfer". Au retour du cimetière, alors que les adultes buvaient un café avec des petits gâteaux, elle était partie se blottir dans la grange. Et les larmes dans les yeux, elle murmurait à son chien, en lui caressant la tête :

- Mon bon Tigre ! Tu ne me quitteras jamais ? Je n'ai plus que toi maintenant ! Que va-t-on devenir ?

Le chien poussait des petits cris qui ressemblaient à des pleurs d'enfants.

Deux heures plus tard, lorsqu'elle revint dans la maison, à son grand soulagement, les invités étaient tous partis. Quant à la tante, elle vidait tous les tiroirs les uns après les autres comme si elle pensait y trouver le trésor d'Ali Baba.

- Quelqu'un a-t-il déjà pris quelque chose dans la maison ? interrogea-t-elle en regardant Marie-Rose.

- Maman vient de mourir, lui répondit la jeune fille et je suis toute seule ici. A moins que le diable ne fouille dans les tiroirs, je ne vois pas qui aurait pu le faire !

- Petite impertinente ! Je vais t'apprendre à me répondre poliment. D'ailleurs, demain j'ouvre l'épicerie et je prends tout en main. Et toi, tu ne vas pas faire long feu ici…

Elle continua à retourner tout et à amasser le moindre papier comptable qui pouvait lui servir.

Les jours qui suivirent défilèrent dans une détresse profonde pour l'adolescente. C'est dans un état second qu'elle laissa la tante fouineuse faire son remue-ménage.

En effet, comme elle l'avait annoncé, le lundi matin, la tante tourna la pancarte du magasin sur "ouvert". Mais pas un client ne pénétra dans le magasin.

Prévenus par qui, Marie-Rose ne l'a jamais su, mais le mardi matin, des représentants du Tribunal ont enjoit la tante Lucie, de fermer l'épicerie. Ils lui ont spécifié également qu'elle avait une interdiction formelle d'exercer ce commerce, tant que le Tribunal n'aurait pas nommé un héritier. Puis, ils avaient bouclé les portes du magasin après y avoir apposé les scellés avec des cachets de cire.

Madame eut beau se plaindre et tenter de faire valoir ses droits, en tant que sœur de la morte et unique héritière, n'ayant plus signe de vie de son frère, ils ne voulurent rien entendre. Ils s'en furent après lui avoir précisé :

- Il y a une démarche en cours, pour voir si on ne peut rien faire pour que leur fille adoptive hérite du magasin. C'était la volonté de la défunte Emmie Krémer ! Elle avait déjà rempli des papiers qui la nommaient seule héritière.

- Je conteste ! hurlait la tante Lucie, je ferai appel. La demande d'adoption n'a pas été confirmée. Nous verrons bien qui aura le dernier mot…

- Contestez, madame ! contestez ! mais pour le moment ne touchez à rien. De plus, remettez-nous tous les documents comptables. De toute façon, tant que nous n'aurons pas de certificat prouvant le décès de votre frère, il est, autant que vous héritier présumé.

- Si c'est comme cela, moi je retourne à Fribourg et celle-là, (en montrant Marie-Rose du doigt) retourne dans son orphelinat. Je ne la veux pas avec moi.

- Très bien ! En attendant que nous fassions le nécessaire, vous pourrez disposer de la maison, et garder l'enfant, mais après vous devrez partir. Je vais prévenir le tuteur de la petite.

Le même jour, au milieu de l'après-midi, le maire, l'abbé Wilhelm, le tuteur de Marie-Rose ainsi que le greffier du Tribunal se présentèrent à la maison. Il y a une possibilité de régler les choses rapidement, mais à une seule condition, leur expliqua l'homme de loi :

- C'est de faire un courrier à Manfred qui vit en Allemagne de l'Est, en lui demandant de renoncer à sa part d'héritage et que vous, sa sœur, en fassiez autant. C'est la seule façon de respecter le testament d'Emmie Krémer et de son époux. De toute façon, la gamine était leur fille adoptive depuis plus de huit ans. Il la considérait comme leur propre fille, d'après le témoignage de tout le village. Un tuteur devra donc être nommé pour gérer le tout, puisqu'elle est encore mineure. Mais pour cela, comme l'acte définitif d'adoption n'a pas été ratifié à temps, il nous faut l'accord du frère et de la sœur de la défunte. Nous vous proposons d'être son tuteur et de vous occuper de l'enfant jusqu'à ses vingt et un ans.

- Et après, je pourrai repartir les mains dans les poches ! Il n'en est pas question. Si vous prenez les frais en charge, je veux bien la garder quelques jours ici, jusqu'à ce qu'elle retourne à l'orphelinat. Mais je veux ma part d'héritage !

La tante s'installa provisoirement dans la maison et, le lendemain, son amant du moment vint la rejoindre sur place. Pour les éviter, et échapper à leurs réflexions vexantes, Marie-Rose resta la plupart de son temps, chez Oma Wolf avec Jean-Paul. La "dame", trop occupée, ne s'inquiéta même pas de savoir si Marie-Rose mangeait et où elle passait ses journées. C'est pendant cette période sombre, que la grand-mère de son petit copain lui montra l'article du journal. Elle l'avait soigneusement découpé, quand il avait paru deux jours après l'enterrement d'Emmie Krémer dans "Les dernières nouvelles d'Alsace", avec la photo de Marie-Rose en première page et ce titre :

Rose, double orpheline,

"Marie-Rose Krémer, la petite orpheline, adoptée depuis plus de huit ans par les épiciers d'Haselbourg et connue de tout le village, vient d'être orpheline pour la deuxième fois. Après la mort de son papa, Lucien Krémer, l'année dernière, elle vient de perdre sa maman Emmie Krémer, le jeudi 23 janvier 1953. Le décès a eu lieu, juste la veille de la signature définitive du contrat d'adoption. Cette demande avait été déposée un mois après la mort de son papa, puisqu'elle ne pouvait être ratifiée qu'après le quatorzième anniversaire de l'enfant qui était le 19 janvier 1952. La préparation du dossier a traîné onze mois, soit un jour de trop pour que la fillette soit reconnue".

Quelques jours plus tard, la lettre fatale arriva, et la tante vint fièrement la lui montrer en la brandissant comme un étendard :

- L'assistante sociale vient te chercher mardi prochain. Il te reste encore cinq jours à passer ici. Et après, tu retournes à l'orphelinat.

Ces quelques jours défilèrent tel un film catastrophe. Les habitants du village, ne pouvaient pas comprendre que la petite soit renvoyée comme un sac de linge sale. Dans les chaumières, les conciliabules allaient bon train pour tenter de trouver une solution à ce dilemme incroyable. Comment cette femme qui, jusqu'à maintenant, pour l'appât du gain et sa sensualité inassouvie, n'avait fait que du mal à la famille de l'épicier, pouvait-elle passer outre sur les dernières volontés de sa sœur ? Le dimanche pendant la messe, l'abbé Wilhelm fit un tel sermon de colère, sur l'hypocrisie humaine et l'injustice de la vie, que toutes les personnes présentes s'en frottèrent les yeux de chagrin. Plusieurs d'entre elles se proposèrent même d'adopter Marie-Rose, pourvu qu'elle ne reparte pas. Des demandes fusèrent de toute part, mais les choses n'étaicnt pas aussi simples que cela. Rien ne pouvait se faire, tant que le tribunal n'aurait pas désigné les héritiers de monsieur et madame Krémer. Les services sociaux avaient la charge de l'enfant, et donc l'obligation de la placer.

Pendant ce temps, à l'épicerie, l'ambiance était invivable. Depuis le premier jour de son arrivée, la tante Lucie semblait ressentir une allergie instinctive contre Tigre. Elle tempêtait sans raison contre le pauvre chien, et l'insultait. Son compagnon qui le détestait encore plus, en faisait de même. C'était à celui qui lui donnerait le plus de coups pour le repousser et, bien sûr, le chien grognait dès que l'un ou l'autre l'approchait.

- Retire cette vermine, ce bâtard de mes pieds ! Ordonnait-elle continuellement à Marie-Rose.

Aussitôt la fillette s'éloignait avec son chien, pour que cette vipère ne lui fasse pas de mal.

Pourtant, Tigre, qui était très malheureux depuis la mort de maman Emmie, n'avait jamais fait le moindre mal à qui que ce soit. Tous les clients du magasin avaient l'habitude de lui parler, le caresser, jouer avec lui. Mais dès qu'il voyait ces deux-là, l'animal montrait les crocs ; il avait certainement de bonnes raisons pour cela. La veille de son départ, la tante annonça à Marie-Rose que son ami, allait tuer le chien le lendemain matin. Cette sale bête ne pouvait pas l'accompagner à l'orphelinat, il fallait donc qu'elle débarrasse le plancher.

- Il n'est pas question que cet homme touche à mon Tigre ! s'était-elle écriée. Si quelqu'un doit le tuer, je m'en occupe moi-même.

Au fond de son cœur, elle savait très bien que si elle demandait à quelqu'un du village de le prendre chez lui, il serait très malheureux. De toute façon, cette peste de femme ne le lui permettrait pas. Elle jubilait déjà, à l'idée de faire du mal "à la petite morveuse" qui l'empêchait de toucher immédiatement son héritage.

Pour ne pas lui laisser ce plaisir, Marie-Rose enfourcha son vélo, (celui-là aussi, la tante pourrait mettre une croix dessus), pour se rendre au village, chez Lucien Jeunesse. Elle le savait bon chasseur et possesseur d'un fusil. Quand elle lui demanda s'il pouvait tuer son chien, il lui répondit avec un regard plein de tristesse.

- Je suis d'accord pour le faire Marie-Rose, mais ne pourrait-on pas trouver une autre solution pour la pauvre bête ?

- Non ! L'autre type pourrait lui faire du mal et je ne veux pas que mon chien aille n'importe où. Je sais qu'il sera capable de le faire souffrir exprès. D'ailleurs, je préfère le faire moi-même. Comme cela je serai sûre qu'il reposera en paix, près de papa et maman. Tu m'aideras juste à viser, mais je veux appuyer sur la gâchette. Je sais qu'il me comprendra. Il pleure toutes les nuits depuis que maman est morte. Il a compris que tout était fini.

Le lendemain matin, comme prévu, elle se rendit avec son chien chez Lucien Jeunesse. Celui-ci l'attendait déjà devant la porte. Il lui tendit une corde en lui précisant :

- Prends ça, va en face et attache-le très fort à un des arbres !

Sans un regard en arrière, Marie-Rose se rendit directement dans le verger, et après avoir passé le nœud coulant autour du cou de Tigre, elle fixa solidement la corde au vieux noyer. Là, elle se mit à caresser et embrasser son chien longuement tout en lui parlant :

- Oh mon Tigre ! Je te demande pardon. Tu es le seul à m'avoir toujours aimée telle que je suis. On m'oblige à partir, mais je ne veux pas t'abandonner chez n'importe qui. Je préfère que tu t'en ailles également pour le paradis des jours heureux. Là-bas, Papa Lucien et maman Emmie seront ensemble pour te protéger. Il faut que tu me comprennes. Tu n'es qu'à moi et je n'ai pas le choix ! Je suis obligée de t'abattre.

Le chien s'était assis. La tête levée, il écoutait attentivement ce que disait sa petite maîtresse. Il semblait comprendre tout ce qu'elle exprimait, buvait chacune de ses paroles en bougeant la queue, comme s'il semblait acquiescer.

Lucien Jeunesse qui était resté immobile, trois mètres en retrait, l'attendait. Les grands yeux bruns de Tigre la suivirent du regard quand elle recula.

- Es-tu sûre de vouloir encore le faire ? questionna le brave homme avec de l'inquiétude dans le regard. Tu risques de garder cette image devant tes yeux, toute ta vie !

- C'est ce que je veux, murmura-t-elle. Donne-moi la carabine et aide-moi juste à la tenir, je ne veux pas le faire souffrir inutilement. Je l'aime trop pour cela.

Les yeux fixés dans ceux de son chien, qui la regardait avec confiance et semblait lui dire :

- Tu as raison, c'est avec toi ou avec personne !

Sans trembler, son doigt appuya sur la détente. Le corps de son fidèle ami tomba et après quelques soubresauts, ne bougea plus.

Pour lui dire un dernier adieu, Marie-Rose s'assit à côté de lui, prit la tête de Tigre sur ses genoux, lui murmura encore quelques paroles douces, avant de l'embrasser pour la dernière fois. Puis toute seule, elle l'enterra dans le verger où ils s'étaient si souvent promené avec papa Lucien. C'était l'image du bonheur que Marie-Rose voulait garder.

Vers quatorze heures, l'assistante arriva comme prévu…

La plupart, des habitants du village étaient rassemblés devant l'épicerie, pour lui dire un dernier adieu. L'abbé Wilhelm, qui était plutôt de tempérament calme, tempêtait contre tous les saints du ciel, puisqu'ils n'avaient pas accompli le miracle tant désiré. Le diable y avait certainement mis son grain de sel pour tout faire échouer. Un greffier au Tribunal de Phalsbourg, qui était cousin de feu Lucien Krémer, expliquait à chaque personne présente qu'il avait essayé de décrocher la lune, pour faire rester la petite, mais en vain. Il répétait qu'il avait tenté de faire ratifier l'adoption. Il avait même proposé au juge de la dater de la veille du décès d'Emmie Krémer, puisqu'elle en avait elle-même fait la demande signée, plus de onze mois auparavant. Malheureusement, il n'avait obtenu qu'un refus net et définitif. La petite n'avait pas de chance. La loi était la même pour tout le monde. Il n'y avait aucun moyen de faire quoi que ce soit, pour que l'épicerie et la maison restent à l'enfant. L'héritage revenait au frère et à la sœur.

Le maire pestait contre la vie qui était injuste. *Oma* Wolf tenait son chapelet, comme si d'un coup de baguette magique, elle pourrait enfin en faire sortir une solution miraculeuse. Jean-Paul tenait la main de son amie en lui répétant :

Ne t'inquiète pas, nous nous reverrons.

Marie-Rose avait compris qu'elle partait pour ne plus jamais revenir... Lorsqu'elle avait rangé pour la dernière fois son vélo dans la grange, la jeune fille n'avait pas oublié de prendre une barre de fer pour taper, taper, taper dessus..., jusqu'à ce qu'il joue de l'accordéon. S'il prenait l'envie à la tante de faire une petite promenade à bicyclette, elle serait plutôt surprise ! Avant de partir, elle s'était également emparée dans l'armoire, de deux sachets de mort aux rats en se disant :

- Ceux-ci, je les emmène. Ces granulés roses m'aideront à rejoindre Tigre quand je le déciderai.

L'heure du départ arriva...

La tante Lucie se contenta de lever la main quand la voiture démarra et l'amant brilla par son absence. Les adieux tristes ne devaient pas être son fort...

Assise à l'arrière de la voiture, à côté de l'assistante sociale, Marie-Rose ne broncha pas. Les sanglots bloqués comme un nœud au fond de sa gorge, puisqu'il ne fallait pas montrer son chagrin à tout le monde, les poings serrés pour mieux cacher sa vulnérabilité, la jeune fille quitta la maison, en y laissant un bonheur qu'elle avait cru gagné à jamais, pour un lendemain incertain. Elle n'était plus la fille de quelqu'un, mais un pion dans un grand échiquier vide.

Être ou ne pas être ! « Elle » ne se posait même plus la question. Puisqu'elle n'était rien. Elle n'avait ni prénom ni vrai nom. D'où venait-elle d'ailleurs ! Elle n'était sûre de rien…

Un frisson de peur parcourut son corps. Mais elle était forte maintenant. Papa Lucien et maman Emmie lui avaient au moins appris cela…

L'adolescente savait surtout que les bons comme les mauvais souvenirs vécus à Haselbourg resteraient gravés au plus profond de sa mémoire, à jamais…

Le souvenir, des souffrances supportées à cette époque, fit frémir la pêcheuse. Au même instant, son regard se posa sur le bouchon qui s'enfonçait et remontait à la surface. Rapidement, elle tira sur sa canne à pêche et en profita pour remettre un appât sur son hameçon. Les poissons avaient profité de son voyage sur la planète du passé, pour grignoter cette manne inattendue. Il ne lui restait plus qu'à raccrocher un petit ver de terre, pour attraper ces polissons.

Nous allons au foyer Bon Pasteur à Metz, lui annonça l'envoyée de la Préfecture. Tu verras, c'est un coin agréable. Marie-Rose fut soulagée, de savoir qu'elle ne retournait pas dans l'un des endroits où elle était déjà passée auparavant.

La voiture s'arrêta devant une immense bâtisse. Au passage, sur l'une des maisons précédentes, la jeune adolescente avait aperçu un panneau qui affichait : rue du Paradis. Etait-ce un bon ou un mauvais présage ? Elle n'allait pas tarder à le savoir, mais ça ne faisait rien. Le nom l'avait fait sourire… L'idée était bonne de placer des orphelins rue du Paradis…

La Mère Supérieure la reçut agréablement en lui proposant aussitôt de l'accompagner avec l'assistante sociale, pour visiter les lieux. C'était une femme qui semblait bavarder avec plaisir. Elle leur expliqua très longuement toutes les possibilités que proposait le foyer et le couvent...

- Si vous le désirez, rajouta-t-elle pour Marie-Rose, vous pourrez-vous en sortir. Nous donnons à tous les enfants qui passent dans nos murs, s'ils en ont le désir et les capacités, le moyen de faire des études. Peu en ont la volonté jusqu'au bout, mais ça ne tient qu'à eux. Je suis assez sévère sur le respect des règles. Vous vous en rendrez vite compte.

Le grand bâtiment était divisé en plusieurs secteurs :

Celui des plus jeunes orphelines, qui étaient tout juste capables de se laver et de manger sans aide.

Le couvent en lui-même, dans lequel, chaque sœur avait sa propre chambre.

La lingerie pour les filles qui pouvaient travailler (lessive repassage, couture).

Les classes pour les élèves de dactylo.

Puis une bâtisse, surnommée le Home, dans laquelle ne vivaient que les filles qui travaillaient à l'extérieur.

- Voyez-vous ! dit la nonne, je veux que vous soyez à l'aise. Ici on peut rire, chanter, plaisanter, du moment que chacun accomplit la tâche qui lui est assignée et respecte les consignes. Pour les contrevenantes, je punis sévèrement. Les filles qui travaillent à l'intérieur sont celles qui sont en échec scolaire ou qui ne veulent pas faire d'études.

Au centre, elles découvrirent le réfectoire et descendirent jusqu'au sous-sol, pour admirer l'installation des cuisines. Juste à côté, il y avait les buanderies où d'autres filles lavaient du linge à la main.

Ensuite, elles visitèrent le réfectoire et franchirent un porche qui donnait sur le secteur de l'orphelinat et des cas sociaux.

Pour le moment Marie-Rose, vous irez avec celles qui font de la dactylo ! lui précisa la Mère Supérieure. Ensuite, nous verrons bien. Le résultat ne dépendra que de vous…

De retour dans le bureau de la Mère supérieure, l'assistante sociale leur expliqua :

- D'après les recherches du Tribunal de Phalsbourg, comme les parents adoptifs de Marie-Rose sont décédés avant de pouvoir l'adopter légalement, sa vraie identité sera dorénavant, Rose-Marie Wind, le nom de jeune fille de sa maman biologique. Je viens de remettre les papiers qui l'attestent à la Sœur.

- Je croyais que c'était Rose, questionna la jeune fille ?

- Non ! J'ai ouvert l'enveloppe qui accompagne toute adoption d'enfant, pour en savoir un peu plus sur tes origines. Les seuls renseignements que nous connaissons sont : que tu as été ramenée d'Allemagne, par un certain Victor Weiss sous le patronyme de Rose-Marie Wind et que ta date de naissance est le 19 janvier 1938.

- Je ne vais pas, encore une fois, changer de prénom ! s'écria l'adolescente… Saurai-je un jour ma véritable identité ?

- Ça mon enfant, Dieu seul le sait ! les interrompit la nonne. Tu es née dans une époque difficile, où de nombreux enfants se sont retrouvés dans ton cas, sans savoir qui sont leurs parents. Il te suffira de prier. Avec l'aide de Dieu, tu réussiras dans tes démarches.

Ainsi soit-il… ! C'est donc une certaine "Rose-Marie" qui s'installa rue du Paradis…

Sœur Jeanne qui était chargée de son installation, lui présenta de nombreuses personnes, dont Mado, la surveillante principale. Au réfectoire, elle retrouva une nuée de jeunes filles de son âge. Pas un instant, elle ne réussit à se sentir à l'aise. Elle se contenta surtout de les écouter, pour apprendre à les connaître. Certaines, d'entre elles, n'étaient pas bien dans leur tête et le résultat était plutôt "chaotique". Elles se conduisaient comme des malades qui avaient besoin de soins psychiatriques. Alors que d'autres filles semblaient sympathiques. Le repas était bon, mais Rose-Marie, durant ces dernières années, s'était habituée à vivre dans le calme à Haselbourg. Ici, le bruit était insoutenable… Tout le monde parlait en même temps. Les uns se disputaient, d'autres semblaient discuter avec une ombre invisible. Rapidement, alors que les pensionnaires se retrouvaient dans la salle de sports pour y faire des jeux, elle préféra rejoindre son lit.

Elle se sentait seule..., désespérément seule... Papa Lucien, Maman Emmie, Tigre, lui manquaient, et Jean-Paul encore plus. Au fond de son cœur, l'adolescente avait compris qu'elle ne le reverrait plus ...

Elle doutait de son nom, de son identité, de tout ! Je ne suis qu'une nulle qui ne pourra jamais rien faire de sa vie, pensait-elle. Qui voudrait un jour d'une bâtarde venue d'on ne sait quelle planète ?

Le dortoir où elle dormait était immense. De nombreux lits étaient accotés contre les murs. Elle rangea ses affaires dans l'armoire qui lui avait été indiquée, en camouflant tant bien que mal les sachets de mort aux rats. Deux heures plus tard, les autres vinrent se coucher. Leur arrivée fit autant de bruit que des cavaliers au galop. Malgré tout ce tintamarre, Rose-Marie fit semblant de dormir. Elle n'éprouvait aucune envie de leur parler, pas plus que d'être là, d'ailleurs...

Plus tard, alors que la nuit lui paraissait interminable, n'ayant pas réussi à fermer l'œil, elle attrapa discrètement les paquets et se rendit dans la salle de douche. A l'aide d'un gobelet, elle jeta dans sa bouche une poignée après l'autre, les granulés roses.

- "Je vais enfin pouvoir rejoindre ceux que j'aime", pensait-elle.

Alors que les sachets étaient presque vides, elle constata que ses mains avaient viré à une couleur rose bonbon, légèrement poisseuse. Elle avala tout, jusqu'au dernier grain en pensant à son chien, avant de retourner se coucher. Elle espérait s'endormir rapidement pour ne plus jamais se réveiller…

Vers trois heures du matin, de violentes douleurs au ventre la plièrent en deux. Ses intestins semblaient en feu, des crampes lui arrachaient les entrailles. Rose-Marie gémissait de souffrance. Elle qui croyait mourir pendant son sommeil, sans s'en rendre compte, n'avait pas prévu de souffrir autant.

Appelée par les autres filles présentes, Mado, la surveillante de service, vint aussitôt à son chevet. En la voyant, brûlante de fièvre, rendre tripes et boyaux dans son lit quelque chose qui ressemblait à une mixture rose, la surveillante fit immédiatement appeler une ambulance. Peu de temps après, Rose-Marie se retrouva aux urgences de l'hôpital Sainte Blandine. Tournée et retournée comme une crêpe, les lavements par tous les orifices, défilèrent à vitesse grand V, jusqu'à ce que l'affreux mal s'atténue un peu. Pendant trois jours, les souffrances lui incendièrent les tripes et enfin on la laissa sortir de l'hôpital.

En revenant au Bon Pasteur, la jeune fille apprit qu'après ce problème, Monsieur Bentz, son tuteur, avait décidé de la changer de groupe. Le nouvel endroit était beaucoup moins bruyant, avec une quinzaine de filles par dortoir... Mais-là, elle serait beaucoup mieux surveillée. Au départ, l'adolescente ressentit ce changement comme une réelle punition.

Elle allait juste changer d'aile… Elle avait surtout l'impression d'étouffer, rien qu'à l'idée de devoir rester enfermée dans cet endroit. Les portes étaient faites pour s'ouvrir.

En changeant d'endroit, Rose-Marie apprit vite que ce ne serait pas la vie de château. Le soir même, sœur Barbara, qui était la surveillante, ne traîna pas pour la mettre au pas. Alors que les adolescentes étaient attablées dans le réfectoire, la nonne leur avait signifié :

- La prière, mesdemoiselles !

Tout ce petit monde pria puis se mit à manger avec des piaillements aigus. Rose-Marie qui n'avait pas faim, tournicotait avec sa fourchette dans l'assiette, en se tenant la tête. Elle se sentait très mal dans sa peau et ses pensées s'étaient plongées dans un abysse de douleur, à dix mille lieux de cet endroit. Soudain, une voix criarde lui hurla dans les oreilles, alors qu'en même temps, une règle en fer lui claquait sur la main. Le coup lui fit lâcher son couvert et pousser un aïe de souffrance :

- Vous devez respecter la nourriture terrestre que le Seigneur vous donne ! De plus, on se tient droite à table… !

En même temps qu'elle terminait sa phrase, sœur Barbara venait de lui en donner un deuxième coup dans le dos, pour qu'elle se redresse.

Tout le temps du repas, la nonne se tint debout derrière les filles. Elle tapait un coup par-ici, tirait des cheveux par là, parce-qu'ils n'étaient pas attachés et pendaient dans l'assiette, pinçait des oreilles plus loin. Ces demoiselles étaient menées à la baguette, bien plus rigidement que des bleus à la caserne.

A 20 h 30, la religieuse fit l'inspection de la toilette et du brossage des dents, comme pour des gamines. Puis, ce fut la prière à genoux devant son lit, juste avant le "Bonne nuit ma sœur", l'extinction des lampes, et enfin le silence total. La moindre rumeur qui arrivait aux oreilles de la surveillante, donnait droit à une punition collective. La religieuse dormait avec elles, au bout de la pièce, avec pour seule séparation, un rideau qu'elle tirait une fois la lumière éteinte.

Le matin, la cadence était encore plus réglementée :

A 6 h 30 heures, la nonne claquait dans ses mains pour remplacer le clairon et tout le monde sautait de son lit pour se laver et s'habiller rapidement. Le calme était de mise, ou gare… Rose-Marie se demandait déjà à quel moment on pouvait chanter en toute liberté ? De nouveau à genoux aux pieds du lit pour ses grâces, il fallait faire son lit au carré, puis se mettre en rang pour se rendre à la chapelle. La messe durait ¾ d'heures. Enfin, on se dirigeait vers le réfectoire pour déjeuner. Avec, bien sûr, le cerbère de service qui surveillait chacune de leurs positions comme de leurs paroles. Enfin, il fallait reconnaître que les assiettes étaient toujours bien garnies ! Ces demoiselles ne sortaient jamais de table sans avoir mangé à leur faim. Chacune ramassait ses propres couverts, les rangeait et à 8 heures tapantes, les cours de dactylo commençaient.

Fin mars, un matin, juste après la messe, au début du petit déjeuner, une sœur vint chercher l'adolescente. Une DS noire, avec chauffeur en tenue, l'attendait du côté de la rue de Paradis. Mademoiselle Rasquin, qu'elle connaissait déjà, patientait sur le siège arrière :

- Je t'emmène à la Préfecture de la Moselle. Monsieur Bentz, ton tuteur, te demande. Nous nous rendons dans le bâtiment des pupilles de la nation. Il a besoin de te parler lui expliqua-t-elle.

Rose-Marie se demandait ce qui allait encore lui tomber sur la tête. Elle en avait déjà tellement vu, qu'elle s'attendait à tout.

- Tu n'as rien à craindre, lui expliqua l'assistante sociale. J'assisterai à tout l'entretien. N'hésite surtout pas à dire ce que tu penses !

En entrant dans le bureau, sur le visage comme dans les yeux de son tuteur, il y avait une telle gentillesse, qu'elle se sentit aussitôt à l'aise.

- Assieds-toi ! lui dit-il. Voilà, je t'expose les faits. D'habitude, quand les orphelins ou les pupilles de la nation ont moins de quatorze ans, nous les plaçons dans des fermes ou des familles. Mais comme tu vas sur tes quinze ans, je t'ai fait venir pour te proposer trois solutions :

Premièrement, je te place dans une maison comme femme de ménage. Grâce à ton travail, tu auras un bon petit salaire.

Ou alors, tu peux faire un apprentissage de vendeuse dans un magasin.

Ou bien encore tu reprends tes études, mais comme tu as quitté le collège Erkmann Chatrian avant d'avoir terminé ta quatrième, il faudra que tu passes un examen de niveau, pour pouvoir entrer en troisième au lycée.

Que décides-tu ?

- Je reprends mes études ! répondit Rose-Marie sans la moindre hésitation.

- Je suppose que tu sais le travail qui t'attend. Tu vas devoir rattraper beaucoup de retard. Il y a trois concours sur Metz pour la rentrée. Le premier au collège, rue Marchand, pour une classe de troisième. Un autre à l'école Fabert. Le dernier est au Lycée Technique Louis Vincent. Je te donnerai les horaires et les dates au moment voulu. Je vais d'abord te changer de secteur pour t'installer dans le Home, avec autorisation de sortie. Tu seras plus tranquille pour te rendre à l'école. Tu as eu des moments très difficiles à passer, où nous avions l'obligation de te surveiller, pour t'empêcher de faire des bêtises comme le jour de ton arrivée. Mais maintenant, tout cela est derrière toi… Tu es très intelligente, et je sais que tu t'en sortiras. Dès demain, on t'apportera des livres et des cahiers pour que tu puisses travailler.

Dès le lendemain, elle déménagea. Rose-Marie se rendit rapidement compte, que les filles du Home, étaient les seules à sortir des bâtiments, mais uniquement pour aller travailler à l'extérieur.

Elle se retrouva donc avec sœur Cécile comme surveillante, dans un dortoir identique à l'autre, où l'ambiance était totalement différente. La sœur ne dormait pas sur place la nuit et leur faisait confiance. Avant de partir, la religieuse aidait souvent Rose-Marie à faire ses devoirs et lui expliquait tout ce qu'elle n'avait pas compris. Même certaines filles de la chambrée lui proposaient gentiment leur aide que la jeune fille acceptait volontiers.

Du jour au lendemain, elle découvrit en sœur Cécile, presque une amie. D'emblée, celle-ci trouva les mots pour l'aider moralement. Elle l'emmena en promenade pour lui faire découvrir la ville ainsi que les écoles où elle devait passer ses examens. Elle n'avait pas la cornette comme les autres, mais un simple chapeau, avec une voilette, assorti à un ensemble bleu agrémenté d'une croix. Elle rentrait tous les soirs à son domicile et ne venait que le matin à l'orphelinat.

Dans le premier dortoir, Rose-Marie savait qu'elle s'était vraiment conduite comme une sauvage pendant ces quelques mois. Elle s'était blindée en se tenant dans son coin, pour ruer dans les brancards de ceux qui voulaient l'en sortir. Elle s'était renfermée sur elle-même afin de ne parler à personne. Elle avait également toujours évité de répondre aux questions des bonnes sœurs qu'elle n'aimait pas. A tel point, que souvent celles-ci, la regardaient en la souhaitant certainement au diable et, avaient fini par la laisser tranquille. Quand la jeune fille n'en avait pas envie, personne n'arrivait à lui délier la langue.

Dans le Home, c'était le contraire. Elle avait de nouveau l'impression d'avoir retrouvé sa liberté. On lui avait demandé ce qu'elle voulait faire, donc, elle pouvait ouvrir ses ailes.

En quelques jours, Rose-Marie s'était fait plusieurs amies. Les unes travaillaient dans une chemiserie proche, d'autres étaient repasseuses. Elles avaient des horaires à respecter et une fois le travail terminé, elles devaient rentrer au foyer. Certaines l'aidèrent soir après soir, à rattraper, en moins deux mois, le semestre de quatrième qu'elle n'avait pas terminé. Hélène l'aidait pour ses devoirs de math, Marie-Jeanne était la reine des dictées, Sœur Cécile complétait pour tout le reste. Chaque semaine, la jeune fille devait rendre ses fiches de travail à son tuteur et ne pouvait donc se permettre aucun laisser-aller.

Le premier examen, rue Marchand, lui parut facile. Mais dès le lendemain on lui annonça qu'elle avait échoué. Elle ne comprenait pas pourquoi d'ailleurs, puisqu'elle avait l'impression d'avoir répondu à tout.

Le deuxième de l'école Fabert, fut plus difficile. Mais l'échec fut aussi cuisant. Le désespoir était déjà en train de remonter à la surface puisqu'elle savait qu'elle n'avait aucune chance de réussir le troisième pour le Lycée Technique. Monsieur Bentz lui avait annoncé précédemment qu'il y avait plus de mille inscriptions et que seulement une cinquantaine de filles serait sélectionnée.

Elle s'en tira à la 31ème place… Pour la récompenser, son tuteur lui proposa de passer les deux mois de vacances, dans un camp de jeunesse. C'est ainsi que la semaine suivante, elle se retrouva à Binnic-Plage dans les Côtes-d'Armor. Ce fut ses premières vacances, avec un regard émerveillé sur la mer. Les randonnées sur les petits chemins qui serpentaient le long de la plage lui laissèrent un souvenir d'évasion inoubliable. C'est là, qu'elle apprit ce qu'étaient des moules et découvrît de magnifiques coquillages. L'adolescente aimait les poser contre son oreille, pour entendre cette musique qui l'emportait dans un autre univers. Elle mangea également des fruits de mer. Le soir, toutes les filles se regroupaient et fabriquaient des assiettes, avec de la colle, une croix et des coquillages qu'elles avaient ramassés dans la journée. Elles les vendaient sur la plage le lendemain. Avec l'argent récupéré, elles firent des excursions mémorables et visitèrent : Plouarec, le Mont Saint-Michel, l'Ile de Ré, Saint-Brieuc, Saint-Malo. Ces deux mois d'évasion furent merveilleux.

Rose-Marie était fière de savoir nager et fanfaronnait devant celles qui ne savaient pas. Sans s'expliquer comment, elle avait réussi à provoquer dans sa tête, une amnésie volontaire de la période de la rivière. C'était comme si de rien ne s'était jamais passé…

Quatre jours après son retour de vacances, ce fut la rentrée des classes…

Depuis son arrivée au Bon Pasteur, Monsieur Bentz, son tuteur, avait fait le nécessaire pour le changement de son nom de famille. Elle ne s'appelait plus Krémer, mais Rose-Marie Wind, le nom de jeune fille de sa mère. Mais d'autres difficultés s'étaient encore rajoutées au reste. Vu que depuis son arrivée au Home, elle avait repris la nationalité allemande de sa mère biologique, tous les trois mois, elle devait maintenant se rendre au commissariat pour régulariser son droit de rester en France, pour y faire ses études. Encore une fois, elle se retrouvait avec un nom qui lui était inconnu, et de plus, avec une nationalité étrangère.

Du foyer au lycée Louis Vincent, il y avait trois kilomètres. Plutôt que de prendre le bus, Rose-Marie faisait chaque jour les quatre trajets en marchant. Petit à petit, elle se fit de nombreux amis, tout autant à l'école qu'au foyer. Il y avait maintenant Marie-Thérèse, Lucie, Martine, Thérèse, Louise, Germaine et "Marie-Paule", la petite dernière qui venait d'arriver. Cette dernière faisait des ménages à l'extérieur chez un patron. Le soir, au foyer, elles étaient très heureuses de se retrouver. Toutes ces demoiselles causaient, jouaient et chantaient gaiement comme des pinsons. C'était à celle qui ferait le plus de drôleries pour faire rire la galerie. Même sœur Cécile riait de leurs blagues. Toute l'équipe écoutait également de la musique et apprenait à danser. Ces demoiselles répétaient régulièrement des pièces de théâtre et parfois, la Mère Supérieure venait s'asseoir près d'elles pour les écouter et les applaudissait. Afin de les récompenser de leur bonne tenue, la nonne leur donnait parfois des tickets de cinéma. Les jeunes filles s'y rendaient en groupe et passaient des moments formidables.

Rose-Marie recevait tous les mois de son tuteur neuf francs pour son argent de poche. Au lieu de s'acheter des bonbons, elle économisait précieusement pour pouvoir s'offrir le livre qui l'intéressait.

Du jour au lendemain, les agissements de Marie-Paule devinrent bizarres. Elle se transforma littéralement.

Au grand étonnement de Rose-Marie, dès qu'elle rentrait au foyer, son amie ne la quittait plus d'une semelle. Elle se mit même à lui faire des scènes de jalousie, comme un mari jaloux, en lui reprochant continuellement de parler à d'autres filles. Elle s'escrima à lui interdire d'adresser la parole à Sœur Cécile qui, soi-disant, l'admirait de façon trouble... Le soir, lorsqu'elles discutaient longuement, assises sur le lit de l'une ou de l'autre, Marie-Paule lui prenait la main, et ne la lui lâchait plus. Du jour au lendemain, sa camarade se mit à lui écrire des petits mots, qu'elle lui glissait discrètement dans la poche.

La première fois, Rose-Marie pensa qu'elle lui écrivait quelque chose d'amusant, mais elle fut plutôt surprise.

- Tu es la plus belle - Quand tu n'es plus près de moi, la vie est noire - Je t'aime plus que tout - Cette nuit, viens me rejoindre dans mon lit ? Tu es le grand amour de ma vie !

Rose-Marie, inquiète de la tournure que son amie donnait à leur amitié, ne savait plus comment réagir. Elle décida donc ne pas répondre…

Le lendemain, quand Marie-Paule revint tâter le terrain en la questionnant :

- Rose-Marie, as-tu lu le message que je t'ai glissé dans la poche hier ?

- Non ! je l'ai jeté, lui répondit-elle, et arrête de m'en envoyer.

Ses façons d'agir devinrent de plus en plus inquiétantes. Rien que le fait de voir sœur Cécile assise à côté de Rose-Marie, le temps de l'aider à faire ses devoirs rendait Marie-Paule de plus en plus menaçante.

- Je vais lui faire passer un mauvais quart d'heure à cette nonne, si elle ne te lâche pas un peu, s'énervait-elle.

- Pourquoi es-tu si méchante, lui demandait Rose-Marie ? Sœur Cécile est adorable. Sans elle, je n'aurais jamais rattrapé tout mon retard scolaire.

- Je hais cette vieille pie, parce qu'elle t'aime beaucoup trop ! Je te prouverai qu'elle veut te faire du mal.

Elle était d'une telle jalousie, devant l'attachement qui liait Rose-Marie à la gentille Sœur Cécile, qu'elle devenait de plus en plus peste avec la brave nonne. Celle-ci faisait pourtant tout son possible pour rendre la vie agréable à toutes ces jeunes orphelines. Dès qu'elle rencontrait la Sœur, Marie-Paule essayait de la blesser avec des piques mordantes, d'une méchanceté inqualifiable. Elle lui volait ses affaires, racontait que Rose-Marie disait du mal d'elle, prêchait le faux pour savoir le vrai, juste pour les séparer.

Marie-Paule devenait presque hystérique, s'énervait pour un oui pour un non, essayait d'embrasser son amie sur la bouche en la coinçant entre deux portes. Mais ce fut le dernier des messages que sa camarade lui glissa dans la poche, qui effraya littéralement Rose-Marie.

- Si tu ne me rejoins pas la nuit, c'est que tu ne m'aimes pas et je préfère mourir !

Ne sachant plus comment s'en sortir, Rose-Marie décida d'en parler à sœur Cécile. C'était la seule personne à qui elle pouvait confier tous ses soucis.

Le lendemain, la nonne avait convoqué les deux jeunes filles dans son bureau pour les confronter. Marie-Paule était restée muette comme une carpe. Ses yeux hagards n'arrêtaient pas de fixer Rose-Marie en semblant dire :

- Ce n'est pas cela que j'attendais de toi !

Mais comme les lettres étaient là, pour prouver que Rose-Marie n'avait rien inventé. La religieuse annonça à Marie-Paule :

- J'ai parlé avec la mère Supérieure. Pour t'aider, nous avons décidé, sans te donner d'autre choix, de ne plus te laisser travailler en cuisine. Nous voulons t'éloigner du Home. Pour cela, nous allons te placer comme femme de ménage à l'extérieur. Dès lundi tu partiras.

Marie-Paule en voulait à un tel point à Rose-Marie de cette dénonciation, qu'elle la menaça méchamment dvant ses camarades :

- Nous deux, c'était à la vie à la mort ! Tu m'as trahie et ne mérites même plus de vivre… Je ferai payer tous ceux qui m'ont fait du mal !

Suite aux menaces proférées, Marie-Paule avait été isolée dans une chambre seule, juste à côté de celle de la Mère Supérieure.

Le matin suivant, à l'heure ou les filles auraient dû être réveillées par Sœur Cécile, elles le furent par des cris. Effrayées, elles bondirent de leur lit et coururent voir ce qui se passait.

Le spectacle qui frappa leur regard au milieu du couloir était atroce. Sœur Cécile gisait le corps ensanglanté, à même la dalle, avec un couteau de cuisine plongé dans les entrailles. Sa cornette gisait sur le sol, laissant apparaître ses cheveux rasés. Elle murmurait quelque chose, en tenant sa main sur le ventre, contre la blessure.

Le regard hagard, Marie-Paule se tenait debout près d'elle, en riant comme une hystérique. Son visage était complètement chamarré du rouge que ses mains pleines de sang frottaient nerveusement. Même sa chevelure semblait toute poisseuse. Puis soudain, ses yeux se fixèrent sur Rose-Marie :

- Je te l'avais dit : qu'elle paierait pour ce quelle m'a fait ! cria-t-elle tout en ricanant de plus belle, maintenant ça va être ton tour…

La peur au ventre, Rose-Marie, comme les autres jeunes filles, s'empressèrent de quérir les nonnes, qui en attendant l'arrivée de la police, tentèrent de neutraliser Marie-Paule, en la tirant de force jusque dans une cellule, qu'elles fermèrent à double tour. La Mère Supérieure, agenouillée près de la blessée qui avait perdu conscience, essayait de l'aider en lui entrouvrant sa collerette. Son cœur battait encore…

La frayeur et l'incompréhension se lisaient sur tous les visages présents. Les sœurs pensaient avoir été suffisamment prévoyantes, mais malheureusement elles n'avaient pas fermé la porte de la chambre de Marie-Paule à clef. Cette situation dramatique les bouleversait toutes, mais les larmes ne pouvaient plus rien changer.

Quand les secours arrivèrent, Sœur Cécile ne respirait plus. Après leur avoir remis les lettres écrites par la coupable du délit, la Mère Supérieure expliqua aux gendarmes le harcèlement dont avaient fait l'objet une élève ainsi que Sœur Cécile.

Les menottes aux poignets, encadrée par deux des gendarmes, Marie-Paule fut emmenée devant les regards malheureux de ses camarades du Home. Quant à Rose-Marie, ses compagnes, ainsi que les nonnes présentes, elles furent toutes interrogées à tour de rôle. Les policiers passèrent de longs moments dans les locaux pour essayer de comprendre, comment cette jeune fille avait été prise d'une telle pulsion criminelle.

Cette période fut un passage extrêmement difficile pour Rose-Marie. La mort de sœur Cécile lui avait fait perdre beaucoup de sa confiance en soi. Son chagrin était tel qu'elle en avait perdu son autonomie, autant côté moral que côté cœur. Elle ressentait cette impression, jusqu'au plus profond d'elle, que partout où elle passerait, les choses tourneraient mal. De plus, elle n'avait plus jamais reçu de nouvelles de Jean-Paul ni d'Haselbourg. Elle leur en voulait un peu de cet abandon.

Ce qu'elle ne savait pas, c'est qu'on ne lui avait jamais remis son courrier. A l'orphelinat, la consigne était que : "ce qui était derrière eux, devait le rester". La jeune fille se demandait ce qui était à ce point mauvais en elle, pour détruire tout ce qui était bien dans sa vie. Marie-Jeanne et Hélène, tentèrent tant bien que mal de la consoler, en la faisant sortir pour l'emmener visiter leur lieu de travail. Elles lui apprirent également à coudre des cols de chemise. Pour le premier d'ailleurs, Rose-Marie s'était tant et si bien appliquée, qu'elle l'avait posé à l'envers, d'où l'hilarité de ses compagnes. Malgré leur bonne volonté, c'était peine perdue. D'ailleurs, elles comprenaient le fait que leur copine dut se remettre de plusieurs chocs successifs :

- Ses parents adoptifs décédés, avec tous les espoirs de bonheur et de quête d'identité envolés en fumée..

- Une amie dont elle n'avait plus aucune nouvelle et qui par l'amour exclusif et possessif qu'elle lui avait porté avait causé la mort de leur ange gardien, dont l'unique faute avait été de distribuer de la tendresse et de l'amour à tous ceux qu'elle côtoyait. Pauvre sœur Cécile…

On dit que le défilé des saisons efface toutes les peines, mais celles de Rose-Marie étaient inscrites en lettres indélébiles et rien n'y faisait. Il y avait toujours des moments de solitude, où le fiel du passé venait lui embrouiller la vie. C'était comme de la glu visqueuse qu'elle tirait derrière elle, sans pouvoir s'en dépêtrer.

Son entrée au Lycée technique avait été un grand événement pour elle tout comme ses amies du foyer. Elle était la seule de son âge à être scolarisée dans le secondaire. Ses notes étaient bonnes, surtout en allemand qu'elle maîtrisait parfaitement. Sa petite enfance chaotique, ne lui avait rien fait perdre de cette langue, qui était restée rangée sagement dans un tiroir de sa mémoire, et ressortait au fur et à mesure de la demande. En souvenir de son Onkel William, à qui elle pensait toujours, la jeune fille travaillait également son anglais, trois fois plus qu'il n'était nécessaire. Elle essayait même d'apprendre des leçons à l'avance, pour aller plus vite. Elle voulait le parler parfaitement. Elle s'appliquait donc chaque jour à faire ses devoirs du mieux qu'elle le pouvait. Il ne dépendait que d'elle qu'elle puisse réussir dans la vie... La présence de sœur Cécile aurait beaucoup simplifié la vie à la jeune fille. Son aide précieuse lui manquait surtout en math. Mais il fallait faire sans elle.

Et les années filaient...

Dans la cour du Lycée, toutes les classes se retrouvaient à la récréation. Un peu perdue dans ce monde déjà presque adulte, Rose-Marie se tenait à l'écart. Elle laissait courir son imaginaire. Un jour, un jeune homme qui l'observait depuis un moment, s'approcha d'elle et lui demanda :

- Pourquoi êtes-vous toujours toute seule et retranchée derrière une barrière de tristesse ? Avez-vous un chagrin ou un problème que je pourrais peut-être vous aider à résoudre ? Si vous n'avez pas d'ami, j'aimerais bien l'être. Je m'appelle Raymond et vous ?

- Rose-Marie, lui répondit aussitôt la jeune fille. Je suis en classe de sténodactylo, mais je veux me diriger sur des études de commerce et de secrétariat.

-Alors qu'elle repoussait le moindre contact avec les autres jeunes gens depuis plusieurs mois, elle s'était sentie de suite à l'aise avec ce garçon sympathique.

- On se tutoie, c'est plus sympa !

D'un signe de la tête la jeune fille acquiesça, et observa discrètement son compagnon. Il n'était pas une gravure de catalogue, mais il avait ce quelque chose qui retient le regard. Ses cheveux foncés bouclaient légèrement. Il était assez grand, svelte et portait des lunettes. Son allure semblait plutôt décontractée.

- Je suis déjà un ancien ici, je suis dans ma troisième année. Je veux devenir ingénieur en électricité. Peut-on se revoir en dehors du lycée ?

Puisque Rose-Marie n'avait pas répondu directement, il réitéra sa demande sur un ton un peu plus insistant :

- Alors, qu'en penses-tu ?

Il venait de prononcer ces derniers mots, avec un regard doux qui semblait implorer des mots magiques. Sans réfléchir, elle lui répondit :

- Pourquoi pas ! Commençons d'abord par devenir copains.

- C'était mon intention ! Pour apprendre à se connaître, c'est la meilleure solution. As-tu besoin d'aide pour tes études ? Si tu as une matière que tu ne comprends pas, je suis à ta disposition…

Ils parlèrent d'eux, de tout et de rien jusqu'à ce que la sonnerie des cours les rappelle à l'ordre. Comme elle, il était né un mois de janvier sous le même signe astrologique.

Le soir même, en sortant de l'école, il l'attendait devant la porte. Aussitôt, il lui proposa de la raccompagner un bout de chemin, mais Rose-Marie préféra refuser. Elle avait trop peur d'être surveillée par quelqu'un du Home ou de la Préfecture. Elle ne tenait pas du tout, à se retrouver barricadée à l'orphelinat, privée d'études. Elle le lui expliqua en lui précisant :

- C'est dommage, mais nous verrons une autre fois ! En tant qu'orpheline, je ne suis pas libre de faire ce que je veux.

- Nous avons tout notre temps. Demain, nous nous retrouverons à l'école ! lui dit-il.

Elle fit le chemin du retour, gaie et heureuse…

Elle trouva même le trajet trop court, tant elle avait de choses à penser sur cette nouvelle connaissance. Elle sonna pour qu'on vienne lui ouvrir. Depuis la mort de sœur Cécile, c'était Hélène qui avait la clef de la porte d'entrée, et la chage d'ouvrir aux visiteurs, et de les conduire chez la Mère Supérieure. Quant à Rose-Marie, elle avait l'obligation de rentrer directement au Home après l'école. En arrivant, elle fit une grosse bise bruyante sur la joue de son amie en disant :

- Youpi, la vie est belle !

- Que t'arrive-t-il, l'interrogea Hélène ?

- J'ai fait la connaissance de Raymond aujourd'hui, je suis super contente ! voilà tout.

Pour la première fois, depuis longtemps, ses copines la virent rire de bon cœur et faire quelques confidences. Elle fit même une partie de dada avec elles et chanta quelques chansons.

Le soir, seule dans son lit, elle ne pensa qu'à Raymond et attendit le lendemain avec impatience. C'est donc, avec l'impression d'avoir des ailes et toute guillerette, qu'elle le rejoignit avec cinq minutes d'avance, le jour suivant. Il était bien devant la porte du lycée et l'accueillit avec un large sourire. Elle l'accompagna jusqu'au parc à cycles, pour qu'il puisse y garer son vélo, puis, patienta, le temps qu'il range ses pinces à pantalon dans sa poche. Ensuite, en tenant son béret d'une main, Raymond attrapa de l'autre main celle de Rose-Marie, la serra légèrement, en entraînant la jeune fille jusqu'à la porte d'entrée. Quand la sonnerie retentit, chacun partit rejoindre son cours, en espérant l'heure de la récré. Cette matinée-là, elle eut droit à une heure de cours avec monsieur Altmeyer le prof d'allemand, deux heures de français avec monsieur Carabin et une heure avec le prof d'anglais. Mais notre rêveuse, était juste impatiente de retrouver un certain jeune homme. Elle ne connaissait même plus le véritable nom de l'enseignant qui leur faisait cours. Comme il grognait presque tout le temps, les élèves lui avaient donné le petit surnom de "Bouledogue". Pourtant ses cours étaient intéressants, mais il avait cette pénible façon de s'exprimer, en ayant tout le temps quelque chose à redire qui ressemblait au grognement de ce gentil toutou. Il semblait pourtant apprécier le travail de la jeune fille, puisqu'elle avait de bonnes notes.

Entre midi, la pause repas était très courte et nos deux amoureux ne virent pas le temps passer. Ni l'un ni l'autre n'auraient pu dire le menu du jour, tant ils avaient papoté.

De récréation en récréation, pendant la première semaine, ils firent connaissance. Au bout de quelques jours, sans rien demander, il se pencha pour lui donner une bise sur la joue, juste au coin des lèvres, en mettant tous les sens de Rose-Marie en émoi. Depuis qu'elle avait fait sa connaissance, elle n'arrêtait pas de penser à l'effet qu'allait lui faire leur premier baiser et voilà qu'un simple bisou la mettait déjà dans tous ses états.

Rose-Marie appris qu'il s'appelait Raymond et qu'il habitait à cinq minutes du Lycée Fabert. Il parlait peu de lui, mais posait surtout beaucoup de questions sur cette enfance qui avait tant marqué son amie. Ce que la jeune fille préférait en lui, c'est qu'il prenait toujours le temps de l'écouter et de lui demander son avis.

Puis, loin du "cœur" loin des yeux, comme elle n'avait jamais reçu de nouvelle de Jean-Paul, qui l'avait oubliée depuis belle lurette, le sien s'ouvrait vraiment pour Raymond. Elle voulait quelqu'un en qui elle puisse avoir confiance.

Entre-temps, son tuteur la fit appeler, pour lui signifier une proposition d'adoption d'un couple qui la savait orpheline. Ces gens aisés, sans enfants, de religion protestante, désiraient tout simplement assurer l'avenir d'une adolescente. Le sort était tombé sur elle…

Rien qu'à l'idée de ne plus voir Raymond, Rose-Marie refusa, sans même vouloir faire leur connaissance. Après de si nombreux mois de galère, elle commençait enfin à se sentir bien dans sa peau. Comment aurait-elle pu décider de trembler à nouveau pour le lendemain ? De plus, elle était une catholique, heureuse de l'être...

Son tuteur fut un peu déçu, mais ne chercha pas à la faire changer d'avis :

- Tu as l'âge de prendre tes décisions toute seule et, si tu veux réfléchir un peu, tu en as le droit.

- Non ! Je préfère rester au foyer, décida-t-elle.

Les mois passaient et ses résultats scolaires étaient très bons. Les souvenirs des cours de chimie, avec des expériences en éprouvette et les mélanges de flacons blancs et rouges, dans l'espoir de faire sauter toute la classe avec leur mixture, étaient assez comiques et mémorables.

Le plaisir de faire n'importe quoi, avec des fous rires communicatifs. Les cours interminables avec la vieille bique, qui devait avoir un turbo dans le moteur. Les élèves avaient beaucoup râlé après cette prof de sténo qui ne savait que dire :

- Plus vite ! Plus vite !

Quand elle accélérait sa dictée, les élèves se plaignaient tous en concerto. Et, rien que pour les embêter, la vieille en rajoutait, volontairement encore un peu. Là, toute la classe s'arrêtait, sauf une. Rose-Marie arrivait toujours à suivre, mais ne disait rien pour soutenir les autres.

De plus en plus souvent, Raymond lui demandait son autorisation pour venir la retrouver le dimanche.

- Je ne peux pas le faire sans leur accord lui répondait-elle. Je risque d'avoir de gros ennuis. La vie hors du foyer est plus dangereuse qu'à l'intérieur. C'est compréhensible qu'ils veuillent nous protéger.

- Ils ont raison, et nous allons demander la permission de nous fréquenter à ton tuteur ! annonça Raymond quelques mois plus tard. Quand il saura exactement qui tu fréquentes et où tu vas, je suis sûr qu'il donnera son acceptation. Le samedi et le dimanche, le temps me semble s'arrêter, tant il est lent à passer. Je suis à chaque fois, si impatient de te revoir. Tu me manques. Tu sais que je tiens à toi ! Puisque je veux demander l'autorisation de te fréquenter à monsieur Bentz, j'espère que tu comprends que je suis sérieux ?

- Moi je n'ai même plus la tête à mes études, tant je pense à toi. Je suis d'accord pour qu'on essaie. Si nous obtenons son accord, tout serait formidable. Nous pourrions nous voir tous les jours.

Après avoir demandé à la mère Supérieure, l'autorisation de rencontrer son tuteur pour un problème personnel à débattre, la religieuse téléphona à monsieur Bentz pour lui prendre un rendez-vous.

Il accepta de recevoir la jeune fille dès le lendemain, qui était un mercredi après-midi. Ensemble, ils se rendirent donc tous les deux chez lui. Après les avoir écoutés, le tuteur posa de nombreuses questions au jeune homme :

Celui-ci expliqua que ses parents avaient un commerce à Metz. Raymond précisa également, que ceux-ci voulaient connaître Rose-Marie et qu'ils aimeraient l'inviter le dimanche suivant à dîner.

- Ecoutez ! répondit monsieur Bentz, en leur distribuant maints conseils, je veux bien autoriser Raymond à te ramener après le lycée jusqu'au Bon Pasteur, mais il n'est pas question de coucheries. Vous devrez respecter absolument les heures de retour qui sont à 17h30 pour Rose-Marie. Raccompagnez-la le soir pendant deux, trois mois ; ensuite nous verrons pour les week-ends. Si vous êtes toujours décidés à vous fréquenter, vous aurez le droit de vous voir les week-ends. Je vais quand même la laisser rencontrer vos parents dimanche. Vous viendrez la chercher à 10 heures, mais bien sûr, il est incontestable qu'elle devra être rentrée au foyer avant 18 heures.

- Nous sommes tout à fait d'accord ! lui répondit Raymond. Je vous ai noté le nom ainsi que l'adresse de mes parents sur cette feuille, au cas où vous en auriez besoin.

Après avoir remercié monsieur Bentz, ils sortirent du bureau, main dans la main.

Ils avaient attendu tous les deux, ce moment avec tellement d'impatience, qu'ils en furent transportés de joie. En sortant, Raymond la souleva dans ses bras et l'embrassa pour la première fois sur la bouche. Les pieds de Rose-Marie ne touchaient plus le sol et elle s'envolait pour la liberté.

Comme prévu, le dimanche suivant, il vint la chercher pour passer la journée chez lui. Au lieu de faire le chemin à pied, il lui proposa de grimper sur le porte-bagages de son nouveau vélo. Et après une traversée de Metz grisante, où la bicyclette s'était transformée en engin volant, ils arrivèrent enfin à son domicile.

Les parents de Raymond l'accueillirent royalement. Son papa avait endossé un beau costume, sa maman avait mis les petits plats dans les grands, pour fêter la première visite de l'amie de leur fils. Leur accueil fit chaud au cœur de Rose-Marie, en lui donnant cette douce impression que quelque chose d'autre était de nouveau possible.

Rose-Marie leur parla des souvenirs de son enfance qui l'avaient tant marquée, de ses parents adoptifs qui étaient morts depuis peu, de la vie au foyer, de cette signature d'adoption programmée un jour trop tard, qui lui avait fait perdre son nom comme son héritage. Mais elle effaça tous les moments qu'elle préférait oublier. La journée fut magnifique. Ils ne se quittèrent pas un instant, mais rien que l'idée de devoir se séparer le soir, leur donnait du vague à l'âme. Il la raccompagna à l'heure prévue, l'embrassa longuement, puis juste avant de la laisser rentrer, lui murmura à l'oreille :

- Je veux t'appeler "ma chérie". Tu sais que je suis amoureux de toi…

- Moi aussi je t'aime, lui répondit-elle. Je suis très heureuse de t'avoir rencontré.

Leurs baisers fougueux ne devaient surtout pas leur faire oublier l'heure tardive qui les obligea à se séparer.

Les trois mois suivants filèrent comme une flèche.

Dans la cour, pendant la récréation, ils se retrouvaient dans un coin pour s'isoler discrètement. Quand il la raccompagnait le soir, avec son vélo, elle se serrait contre lui pour sentir sa chaleur. Il s'arrêtait un peu avant le foyer, profitait de leur demi-heure, pour l'embrasser à perdre haleine, mais Raymond resta toujours respectueux et ne chercha jamais à aller plus loin.

Monsieur Bentz les fit revenir et leur demanda si leur volonté de faire route ensemble, était toujours la même. Suite à leur avis positif, il les autorisa à se voir les week-ends, en précisant bien, qu'ils ne seraient autorisés à se marier qu'après les 21 ans de Rose-Marie.

- Si vos intentions sont honnêtes, je ne vois aucun inconvénient à ce que vous vous rencontriez les dimanches. Je vais prévenir la sœur du Home. Mais vous devrez toujours vous présenter à la porte pour venir la chercher et la reconduire. Nous ne voulons pas que les jeunes filles dont nous avons la garde aient le moindre problème. Et je ne tolérerai aucun laisser-aller dans ses études. N'oubliez pas que c'est le plus important pour le moment.

Et le temps dansait…

Durant quelques mois, tous les samedis, son petit ami vint la chercher, pour aller se promener où bon leur semblait. Les dimanches, ils les passaient chez madame Listermann pour ne pas la laisser trop seule, car le papa de Raymond venait de mourir depuis peu. Ils espéraient surtout lui remonter le moral. C'était une dame très gentille, et Rose-Marie l'aidait volontiers à faire la cuisine et la vaisselle. Quand ils se retrouvaient dans la chambre de Raymond, ils se faisaient des promesses de mariage, tout en sachant qu'ils devraient encore patienter quatre ans. Ils s'embrassaient, se caressaient, se pelotaient à en perdre la raison, mais s'arrêtaient toujours à temps. Comme promis, leur amour restait platonique. Tout comme elle, Raymond devait finir ses études. D'autres fois, ils allaient faire des virées en tandem avec des amis, stoppaient en pleine nature pour se reposer dans l'herbe. Le premier Noël, il lui offrit une bague, accompagnée d'un bracelet avec des cœurs. Ce furent des jours merveilleux. Quand elle avait une difficulté quelconque au lycée, il l'aidait à comprendre. Ils ne se quittaient que quand Rose-Marie devait rentrer au foyer. Pendant presque deux ans, la jeune fille vécut des moments intenses, avec l'impression d'être dans une bulle de bonheur.

Entre-temps, deux nouvelles filles étaient arrivées au foyer. L'une d'elle s'appelait Solange et l'autre Edwige. Elles parlaient toujours allemand entre elles et Rose-Marie comprenait tout ce qu'elles disaient. D'ailleurs, elle se souvenait de certains noms que les deux sœurs répétaient souvent. Quand elle prononcèrent leur nom de famille, Weiss, la jeune fille sursauta. Elle avait ressenti une impression de déjà entendu et le nom de Victor ressortit de ses souvenirs. Mais tant de personnes portaient le même patronyme.

Sans savoir pourquoi, durant trois semaines, elle se tint éloignée de ces filles. L'angoisse la retenait et l'empêchait de se rapprocher d'elles. Mais sa curiosité fut la plus forte. Elle expédia son amie Hélène pour se renseigner à sa place.

- Vous souvenez-vous de bombardements qui auraient eu lieu dans la caserne de Forbach, parce que Rose-Marie a des souvenirs sur cet endroit, qui lui défilent dans la tête, leur demanda-t-elle. Vous semblez venir de cette ville, de plus, vous avez le même accent dont elle a le souvenir. Votre nom de famille est le même que celui de la personne qui l'a ramenée en France.

Les deux sœurs travaillaient à Metz. Leurs parents les faisaient dormir au Home du Foyer Pasteur, pour leur éviter de longs déplacements journaliers ; elles ne rentraient donc qu'en fin de semaine à la maison. C'est à leur retour, le samedi suivant, qu'elles s'empressèrent d'interroger leur mère.

- Maman ! au foyer nous avons avec nous une fille qui se souvient de quelqu'un qui portait notre nom de famille. Elle se rappelle aussi que la caserne de Forbach a été bombardée et de beaucoup d'autres souvenirs. Mais comme elle était très petite, elle voudrait bien savoir si tu te souviens d'un détail ?

- Mais oui ! la guerre n'a pas évité Forbach, bien au contraire. Mais j'y pense, il s'agit peut être de la fille adoptive de mon frère Victor. Venez, nous allons tout de suite chez lui ! Il recherche la gamine de sa première femme depuis son retour de Russie. Il faut rapidement le mettre au courant

Celui-ci leur confirma que depuis son retour de déportation, il n'avait jamais cessé de faire des recherches, dans l'espoir de la retrouver. Et il rajouta aussitôt :

- C'est ma fille adoptive ! Donnez-moi vite l'adresse du Bon Pasteur, pour que j'aille la chercher !

Dès le lundi suivant, il se rendit au Home et demanda :

- Je suis monsieur Weiss, le papa adoptif de Rose-Marie, je viens la chercher !

Mais la Mère Supérieure refusa de le faire rentrer.

- Nous ne vous connaissons pas, Monsieur. Si vous voulez des renseignements, vous devez vous rendre à la Direction Départementale, place de la Comédie, près de la Préfecture de Metz. Vous demanderez monsieur Bentz, le directeur des Pupilles de la Nation. C'est à lui que vous exposerez votre situation.

Rose-Marie qui avait juste eu la confirmation d'un bombardement, continuait à mordre la vie à pleines dents, en profitant du maximum de son temps, avec Raymond. Pour elle tout était parfait, elle n'espérait qu'une chose, que tout continue de cette façon.

Pourtant le destin en avait de nouveau décidé autrement….

Un matin de février 1955, le Directeur du lycée la fit appeler au bureau et lui dit :

- Rose-Marie, votre tuteur désire vous parler.

- Vous ne savez pas pourquoi ? questionna-t-elle, avec toujours une petite appréhension quand monsieur Bentz voulait la voir.

- Non ! vous allez le découvrir vous-même.

Bien sûr, un chauffeur de la Préfecture de la Moselle l'attendait devant l'établissement et la conduisit directement chez son tuteur.

Pendant le trajet, la peur lui prit les tripes, en se demandant quelle faute elle avait bien pu commettre. Tout était trop merveilleux ces derniers temps, pour que cela puisse continuer…

En arrivant, le chauffeur vint lui ouvrir la portière et l'accompagna jusqu'à la porte de son tuteur. Angoissée, Rose-Marie frappa et entra…

- Voilà ! lui dit-il, pour aujourd'hui tu ne retourneras plus à l'école, j'ai beaucoup de choses à t'expliquer :

Un nommé Victor Weiss s'est présenté plusieurs fois à mon bureau, en prétendant être ton père adoptif. Je n'ai pas envie de donner raison à cet homme, puisque pour toi c'est un inconnu, mais les papiers qu'il m'a présentés pour prouver sa bonne foi, semblent justifier ses dires. Tes résultats scolaires sont très bons et je sais que tu réussis dans tout ce que tu entreprends. Tu as Raymond qui attend ta majorité pour t'épouser et j'ai peur que tu ne tombes dans un traquenard, si je te laisse rejoindre cet homme. Il s'est remarié et a déjà plusieurs autres enfants. Il a les documents attestant qu'après avoir épousé ta mère, il t'a reconnue en te donnant son nom patronymique. D'ailleurs, j'ai appris de sa bouche, des renseignements sur toi, dont je n'avais pas connaissance. Il en sait beaucoup plus, que nous n'en savons nous-mêmes. Je l'ai déjà éconduit plusieurs fois, mais il tient absolument à te récupérer. Voilà ce que ce Monsieur répète constamment :

« Je l'ai promis sur le lit de mort de sa mère, je veux tenir ma promesse. Je la recherche depuis que je suis revenu de déportation ».

Je me suis donc permis d'interroger le Tribunal avec une photocopie de ces documents, pour savoir qui était dans le vrai et qui était dans le faux. Apparemment, ce Victor Weiss est bien ton père adoptif.

Rose-Marie savait par Hélène, à qui les deux sœurs l'avaient expliqué, que leur oncle, qui habitait Forbach, recherchait sa fille adoptive. Elles avaient également confirmé le bombardement de la caserne comme la mort d'un petit garçon ce jour-là.

Tous les souvenirs du passé fondaient sur elle, comme un torrent tourmenté, et de nouveau le doute sur son futur l'oppressait chaque nuit. Tout ce que Rose-Marie venait d'entendre la perturbait beaucoup. Au fond d'elle-même, elle savait que c'était la vérité. Tous ses anciens cauchemars la ramenaient toujours à Forbach et voilà que cet homme venait de là-bas. Pourtant, malgré tout ce qu'elle venait d'entendre, elle hésitait. Raymond l'attendait. D'ailleurs, elle était impatiente de lui en parler. Ils prendraient cette décision ensemble. De plus, elle voulait continuer ses études à Metz. Où son père adoptif voudrait-t-il l'emmener, si elle acceptait de le revoir ?

Et de nouveau la peur du lendemain recommençait à l'envahir…

Ses idées l'entraînaient vers son amoureux. Je suis sûre qu'il ne sera pas plus tranquille que moi, se disait-elle, je sais déjà ce qu'il va me dire...

- Ne crains rien, je ne te lâcherai pas… Si tu dois le suivre, je viendrai te chercher au bout du monde. Je lui demanderai l'autorisation de t'écrire, comme je l'ai fait avec ton tuteur pour pouvoir sortir avec toi. Plus tard nous pourrons nous marier.

Ses réponses, la jeune fille les devinait d'avance...

- Tu n'as pas le choix, tu dois me signifier ta décision aujourd'hui, intervint son tuteur, qui la voyait s'évader dans ses pensées. Cet homme a tous les papiers justifiant qu'il est ton beau-père, et je suis obligé de lui donner ta réponse en fin d'après-midi. Tu dois résoudre cette difficulté, je ne peux pas le faire pour toi. Tu n'as qu'un mot à dire :

"Oui ! je vais vivre à Forbach, avec Victor Weiss, son épouse et ses enfants, où tu ne seras peut être pas acceptée de bon cœur. Là, nous n'aurons plus aucun pouvoir, ton père adoptif aura tous les droits de décision. Réfléchis bien ! Tu peux faire une erreur en acceptant.

Ou non ! je veux rester au foyer. Alors, s'il veut te récupérer en passant par la loi qui est en sa faveur, je suis obligé de l'assigner devant le Tribunal, pour lui réclamer toutes les années d'études que nous avons payées à sa place. Même si la guerre est responsable de votre séparation, ce chantage est le seul moyen que nous ayons de te donner un choix. Je pense qu'il sera obligé de refuser, puisqu'il n'aura certainement pas les moyens de payer cette somme considérable. Je reconnais que ce ne sont pas des agissements très loyaux, mais nous voulons te permettre de choisir après mûre réflexion.

Là-dessus, il rajouta encore : "Je t'ai dit ce qu'il y avait à dire ! Maintenant, veux-tu au moins le rencontrer ? Il attend dans la pièce voisine".

Après avoir réfléchi un court laps de temps pendant lequel elle revit l'homme qui lui donnait la main, à côté du cercueil, Rose-Marie répondit :

- Oui ! je veux le voir.

Son tuteur la conduisit dans la salle voisine. Là, elle se retrouva face à l'homme qui était assis sur une chaise.

En apercevant la jeune fille, celui-ci se leva brusquement et se mit aussitôt à pleurer…

Sans comprendre ce qui la poussait à répondre cela, elle s'entendit dire :

- Je ne vous connais pas, monsieur ! (Pourtant elle l'avait reconnu sans hésitation).

L'homme se leva, tout en s'essuyant les yeux avec son mouchoir.

- Ma petite Rose-Marie, tu ne te rappelles vraiment pas quand tu étais petite, avec Oma Anna et Opa Victor.

- Non ! rajouta aussitôt la jeune fille, qui préférait justement ne plus jamais penser à son Opa.

Elle regarda monsieur Bentz, et lui fit un non de la tête, pour lui faire comprendre qu'elle voulait partir.

- Tu m'attends dans mon bureau, dit celui-ci, le temps que je parle un peu avec monsieur.

Une fois Rose-Marie sortie de la pièce, il se retourna vers le visiteur et lui dit :

- Vous avez compris qu'elle ne vous reconnaît pas ; elle va donc retourner à l'orphelinat. C'est bien mieux ainsi, comme ça elle pourra poursuivre ses études. C'est une élève brillante.

En revenant dans la pièce, son tuteur vint l'embrasser sur la joue, avant de lui annoncer :

- Je pense que tu as bien fait de refuser, Rose-Marie ! Il aurait été dommage de perdre toutes tes chances d'avenir. Après les vacances, nous allons t'orienter dans la filière administrative, comme tu le désires. Exceptionnellement, je vais te donner un peu plus d'argent de poche. (Il fouilla dans son portefeuille pour en sortir un billet et quelques pièces). Maintenant tu peux faire ce que tu veux de ta journée. Il y a de la neige, le soleil brille, tu vas pouvoir en profiter. Malgré tout, il faut que tu ailles manger au Bon Pasteur entre midi. Ils sont au courant et te laisseront ressortir l'après-midi.

Après le dîner, elle décida donc d'aller au cinéma, entra dans un salon de thé pour se gaver de pâtisserie, retourna voir un deuxième film, remonta tranquillement la rue Leclerc, la rue Serpenoise et traversa la place Saint-Louis tout en faisant du lèche-vitrines. Pour une fois, avec son billet supplémentaire, elle se croyait riche comme Crésus.

Quand elle arriva au foyer, la Mère Supérieure, avait déjà téléphoné à son tuteur pour le prévenir que la jeune fille n'était pas rentrée, alors qu'il faisait nuit noire. Ils étaient tellement soulagés en la voyant arriver, que personne ne la gronda.

Une fois que Rose-Marie eut rejoint le dortoir, les deux sœurs, qui devaient être ses cousines, la questionnèrent aussitôt :

- Alors, viens-tu bientôt à Forbach ?

- Je ne l'ai pas reconnu ! je lui ai donc dit que je ne le connaissais pas, leur répondit Rose-Marie

- Les deux filles parurent outrées, elles ne comprenaient pas comment la jeune fille avait pu répondre négativement à son père adoptif, alors qu'il n'y avait aucun doute sur la filiation.

Mais Rose-Marie qui ne tenait pas à discuter à ce sujet, préféra s'éloigner.

Durant toute la journée, Raymond s'était inquiété de l'absence de sa chérie. Ils étaient arrivés ensemble le matin. Puis, de but en blanc, Rose-Marie avait disparu. Il l'avait cherchée à la récré et entre midi, mais elle brillait par son absence. Dans sa tête, pendant les cours, au lieu que les choses tournent "rond", elles avaient tourné "carré". Il ne comprenait pas ce qu'il se passait….

Le lendemain matin, le jeune homme qui patientait bien plus tôt que d'habitude devant le foyer, fut soulagé en voyant son amie sortir. Il la serra dans ses bras, comme s'il ne l'avait plus vue depuis six mois et l'embrassa pendant de longues minutes. Tout le long du chemin, la jeune fille lui expliqua son absence de la veille.

- De toute façon, tu as décidé de ne pas le suivre et c'est très bien, lui dit-il. Comme cela, nous pourrons rester ensemble ; nous nous marierons dès que tu seras majeure...

Doucement, le temps emporta son traîneau de jours. Mi-juin, Rose-Marie passa son bac avec succès. Deux jours avant les vacances, en début de matinée, le directeur de l'école la fit à nouveau appeler, en lui disant que son tuteur l'attendait.

Arrivée chez monsieur Bentz, celui-ci lui annonça :

- Voilà, monsieur Weiss est de nouveau dans la pièce voisine. Il est revenu avec une lettre du Président de la république, monsieur Pompidou, qui en réponse à son courrier, lui conseille de s'adresser au Directeur des Pupilles de la Nation, pour avoir gain de cause. Il est dans ses droits. Il est là pour réclamer légalement ta garde, jusqu'à ta majorité. Pour qu'il se donne le mal d'écrire au Président de la République, c'est qu'il tient vraiment à te récupérer. Là-dessus, ma petite Rose-Marie, je ne peux te dire qu'une chose : tu n'auras plus la vie que tu as eue au foyer. Je t'aurai fait faire des études, que tu aurais pu poursuivre aussi longtemps que tu en éprouvais l'envie, mais là, ce ne sera certainement plus le cas. De toute façon, dans un an tu auras dix-huit ans.

Est-ce que tu penses également à Raymond ? Tu vas tout perdre... Là bas, tout ce qui t'attend, c'est une famille avec plein de gosses qui sont dans la maison. Pour eux, tu seras une pièce rapportée. Je ne pense pas que Victor Weiss ait les moyens de te payer tes études. Et quel travail pourra-t-il te proposer ? Je m'inquiète pour toi...

- Si vraiment tu changes d'idée, je peux essayer de faire appel à cette décision. Mais je ne peux pas garantir le résultat. Il suffit que tu lui répondes comme la première fois : je ne vous connais pas, vous n'êtes pas mon père !

- Bon, je vais aller le voir, lui répondit Rose-Marie, en se dirigeant toute seule, vers la pièce voisine.

Comme la première fois, Victor Weiss se remit à pleurer. Ce qui n'empêcha pas Rose-Marie de lui dire :

- Tu ne dis que tu es mon papa, mais je ne te connais pas ; je ne veux pas aller avec toi ! J'ai ma vie ici maintenant.

- Tu me fais beaucoup de peine, ma fille. Ta maman est la seule femme que j'aie aimée, elle serait si heureuse de te savoir avec moi.

Sans rien répondre, la jeune fille quitta la pièce pour rejoindre son tuteur.

- Alors Rose-Marie, que veux-tu faire ? interrogea-t-il.

- Comme la dernière fois, je lui ai dit non !

- Tu as pris la bonne décision. En attendant que je fasse appel, le temps va passer, et tu approcheras vite de ta majorité. Tu n'as plus besoin d'aller à l'école aujourd'hui. Tu es libre pour la journée.

En sortant de la Préfecture, elle se promena dans les ruelles, flâna en réfléchissant à ce qu'elle venait de dire à son papa. Rose-Marie se demandait si elle n'allait pas le regretter plus tard : «Le souvenir de ce papa Victor n'est jamais sorti de ta mémoire pendant toutes ces années, se disait-elle, maintenant que tu apprends qu'il n'a jamais cessé de te rechercher, tu l'envoies promener, en prétendant que tu ne le reconnais pas. Tu n'es pas normale, ma vieille ! Tu aurais dû sauter de joie…».

D'un autre côté, il y a Raymond et mes études que je n'ai pas du tout envie d'abandonner ! marmonna-t-elle entre ses dents. Plongée dans ses pensées, tout en marchant, elle se rendit compte qu'elle venait d'arriver devant la gare et se dit :

- "Mon père a dû venir en train ! il faut bien qu'il le reprenne ici".

C'est sans pouvoir les retenir, qu'elle laissa ses pas l'entraîner à l'intérieur du hall. Son regard fureta de droite à gauche, sur les bancs, dans les allées, quand enfin, elle dénicha la silhouette tant espérée. De dos, elle l'avait reconnu immédiatement. Discrètement, elle se dirigea vers lui, s'assit à son côté et lui prit la main en disant :

- C'est moi papa !

Les larmes dans les yeux, il se tourna aussitôt vers elle, pour la serrer dans ses bras en murmurant :

- Je suis heureux ma petite Rose, j'avais tant espéré ce moment. Viens, prenons le train pour rentrer à la maison !

- Mais je dois d'abord prévenir mon tuteur de mon départ !

- Ne t'inquiètes-pas ma fille, je m'en occuperai...Viens !

C'est sans se lâcher la main, qu'ils montèrent dans le wagon et partirent pour Forbach. Il était treize heures trente et ils n'avaient encore rien mangé, ni l'un ni l'autre.

Tout le long du trajet, ils discutèrent de ces longues années de séparation. Rose-Marie lui parla du foyer, de son chien, de ses parents adoptifs. Elle lui raconta qu'elle allait à la pêche avec son papa Lucien et qu'ils chantaient toujours tous les deux, pour faire venir le poisson :

"Un pêcheur au bord de l'eau

Abrité sous son grand chapeau...

Et il trouve la vie belle... belle... belle".

En sautant du coq à l'âne, brusquement elle lui annonça :

- Tu sais, j'ai un amoureux à Metz. Nous voulons nous marier dès que j'aurai 21 ans. Il va te demander la permission de venir me voir les dimanches. Il va être surpris demain, en ne me voyant pas à l'école. Je vais vite lui écrire pour lui dire que je suis partie avec toi.

- Oui, je le veux bien, mais il faudra le faire en cachette de ma femme. Je sais qu'elle ne sera pas d'accord que tu fréquentes un garçon à 17 ans. Tu me donneras tes lettres discrètement, pour que j'aille te les poster.

- Parle-moi un peu de ma maman. Je ne me souviens plus que d'une dame dans un cercueil, expliqua-t-elle ?

- Ta mère était allemande. Elle vivait à Krefeld, dans la Rhur, lorsque j'ai fait sa connaissance. J'ai la certitude qu'avant ta naissance, un garçon était né de son premier mariage, avec Herr Zaftich, dont elle a divorcé en 1936, puisqu'elle m'en avait montré des photos.

- J'ai donc un demi-frère que je ne connaîtrai jamais ?

- C'est fort possible, mais tu auras la possibilité de le rechercher plus tard… D'ailleurs, il n'est certainement pas plus au courant de ton existence, que toi tu ne l'étais de la sienne, il y a cinq minutes… Herr Zaftich en avait obtenu la garde après leur divorce, et tous les deux avaient quitté la ville aussitôt. Ta mère en était bien malheureuse… Je n'ai pas le souvenir qu'elle ait eu la possibilité de revoir cet enfant, avant que nous ne quittions l'Allemagne pour vivre en France. Elle est morte à Forbach, un an plus tard...

Peu de temps après son divorce, elle avait rencontré ton père biologique. C'était un général allemand dont je n'ai jamais connu le nom, mais qu'elle a beaucoup aimé. Il est mort quelques mois plus tard, sans même se douter qu'elle attendait un enfant. Je ne sais pas grand chose de lui. D'ailleurs, tu dois bien comprendre que j'en étais un peu jaloux, et que nous évitions d'en parler. Je connais seulement ta date de naissance : le 19 janvier 1938. L'acte doit traîner dans la vieille valise grise, que j'ai rangée au fond du grenier chez grand-mère, lors de notre retour d'Allemagne. A cette époque-là, tu avais un peu plus de quatre ans, lorsque ta mère et moi avons pu nous marier à Forbach, contre l'avis de ma famille. Je t'ai adoptée légalement pour que tu puisses porter mon nom, alors que je n'étais pas ton père biologique. Opa et Oma étaient très en colère contre moi, c'est pourquoi ils ont été si vilains avec toi.

Lorsque les Allemands ont occupé la France, à Forbach, la région dont je suis natif, tous les hommes en âge de combattre ont aussitôt été incorporés de force dans la Deutsche-Wehrmacht pour travailler dans des usines d'armements militaires. Alors, rien que la pensée que nous fabriquions des armes qui allaient tuer nos frères, rendait nos liens avec les Allemands qui nous avaient embrigadés loin de nos familles en épiant tous nos faits et gestes, plutôt difficiles. Nos rares contacts étaient donc inamicaux. Involontairement, nous étions des traîtres pour notre pays, et nous ressentions une haine silencieuse contre ce peuple qui nous asservissait… Nous nous demandions quel serait le prix à en payer lors de notre retour au pays ; si nous en revenions un jour ? De plus, il ne me serait jamais venu à l'esprit que je puisse tomber amoureux d'une jeune femme allemande.

- Comment as-tu connu ma mère ? l'interrogea aussitôt Rose.

- Oh ! ça c'est une autre histoire, plaisanta son père adoptif… Je viens de t'expliquer que j'étais prisonnier des forces allemandes, donc enrôlé de force par l'ennemi. La nuit, mes compagnons de fortune et moi-même, étions parqués dans des baraquements vétustes. De l'aube à la tombée du jour, nous allions travailler dans une usine de munitions située au bord du Rhin, entre Düsseldorf et Krefeld. Ce genre d'usine était traqué comme des bêtes noires par l'aviation alliée. J'ai été grièvement blessé lors de l'un de ces bombardements, qui nous faisaient vivre sans arrêt avec l'angoisse de mourir d'un instant à l'autre. Je croyais que l'heure de ma mort était arrivée et souffrais cruellement, quand une jeune femme, dont la chevelure ondulait comme une cascade autour de son visage, au regard du même bleu qu'un ciel d'été, me murmura des mots doux pour me soulager. Je me croyais déjà au paradis. Elle était tellement belle que je ne pouvais pas la quitter des yeux… Ses lèvres me faisaient penser à deux ailes d'ange qui m'ouvraient la porte du paradis. C'est mon propre hurlement de douleur qui me fit revenir à la réalité, alors que deux de ses collègues brancardiers me jetaient sans considération sur un brancard de fortune. Ils n'en avaient rien à faire qu'un Français puisse souffrir et semblaient plutôt ennuyés de devoir me secourir. Seule ta mère avait de la considération pour moi. Eh oui ! Elle était brancardière. Tout le temps du transport vers l'hôpital, alors que le camion nous bousculait dans tous les sens, en m'arrachant des cris de douleur, elle m'a tenu la main. Je comprenais à peu près tout cc qu'elle me disait, puisque dans la région de Forbach, nous parlions un patois allemand depuis plusieurs générations. L'attirance que nous ressentions l'un pour l'autre, était réciproque.

Durant mes nombreux jours d'hospitalisation, je souffrais beaucoup, et après son travail "ma belle Emilie" venait me tenir compagnie. Nous étions bien conscients qu'aucune relation amoureuse n'était possible entre nous et que nous nous exposions à de grosses difficultés en passant outre à cet état de fait, mais l'amour est aveugle. C'est tout naturellement que j'ai gagné son cœur. Son regard toujours désespéré et triste m'a attiré comme un aimant. Il fallait que je découvre le secret qui assombrissait sa vie.

D'ailleurs, comment aurions-nous pu nous conduire comme des ennemis, alors que nous étions tombés amoureux l'un de l'autre dès le premier regard ? Au début, nous avons bien essayé de lutter contre ce "maléfice" qui nous attirait comme des aimants, puis nous avons cessé de lutter. Deux mois après notre rencontre, nous avons décidé de vivre ensemble. J'ai obtenu l'autorisation de vivre avec ta mère, en étant sous sa tutelle et un camion me ramassait chaque matin pour me conduire à mon travail. Mais la méchanceté, la critique et les quolibets des autres nous ont fait beaucoup de mal. Je ne te raconte pas le nombre de fois où ta mère est rentrée en larmes parce qu'elle venait de se faire traiter : « *de Franzose Hure* » (putain de Français). Contre mon gré, je travaillais pour l'Allemagne, mais j'étais avant tout : "l'ennemi à abattre". Ta mère avait commis le plus terrible des méfaits en signant « un pacte avec un diable de Français », en temps de guerre…

Pour qu'elle souffre moins, nous avons réussi à quitter l'Allemagne pour nous installer à Forbach, chez mes parents. Nous habitions dans la cité S.N.C.F, juste en face de la grande caserne occupée par les nazis. Contre la volonté de mon père, nous nous sommes mariés le 24 juin 1941, et je t'ai adoptée. Je travaillais pour l'occupant, à la S.N.C.F ; ta mère était ambulancière pour la Croix Rouge de l'hôpital de Forbach. Mais la vie n'était pas plus belle ! Ton grand-père et les voisins ont été encore bien plus méchants, que ses propres concitoyens, avec ma pauvre Emilie. Comme elle était Allemande, ils ne pouvaient pas la voir : c'était : " la chienne de Boche et sa bâtarde" en parlant de toi. Un an, jour pour jour après notre mariage, le 24 juin 1942, ta maman est morte d'un cancer à l'hôpital Marie-Madeleine à Forbach. Mais je crois plutôt qu'elle est morte de chagrin.

- Parfois, intervint Rose, en dormant, il me revient des flashs de mon enfance. Je revois une dame dans un lit d'hôpital, comme son ventre était très gonflé, je le lui caressais pour qu'elle ne souffre plus. Chaque fois que je fais ce rêve, je me réveille en larmes.

- Tu étais présente quand ta mère est morte. C'est un souvenir qui a dû te marquer irrémédiablement. Ce n'est pas étonnant ! Ta petite enfance a été catastrophique. De plus, je n'étais même pas présent au moment où ma douce Emilie a rendu son dernier soupir. Le pire est arrivé le jour même de son enterrement. Là, devant toi, des soldats de la Gestapo sont venus m'arrêter au cimetière. Je n'ai pas pu me recueillir en paix devant sa tombe. Ils m'ont même volé mon deuil… Le soir même, ils m'ont expédié en Russie ; j'ai dû t'abandonner toute seule, avec le grand-père qui te haïssait. Mais que pouvais-je faire d'autre ? A mon retour, tu n'étais plus là. Pourtant, je t'ai recherchée pendant de longs mois, après que les voisins m'aient raconté de quelle façon ignoble le grand-père t'avait maltraitée, alors que tu n'étais qu'une enfant innocente. Je m'en voulais de vous avoir ramenées chez mes parents, toutes les deux. Tu sais, ta maman est la seule femme dont j'ai été amoureux.

- Mais tu n'aimes pas ta femme ? le questionna Rose-Marie surprise.

- Si, j'aime bien ma femme, mais elle ne remplacera jamais dans mon cœur ma douce Emilie, dont j'étais follement amoureux. Nous avons bravé tempêtes et typhons de méchancetés pour pouvoir rester ensemble. Peut-être prendrai-je un jour le temps de te raconter tout cela… mais tu sais, j'en souffre encore.

Tiens, regarde ta maman ! lui dit-il, en sortant de son portefeuille, une photo avec une merveilleuse dame. Prends-la, je te la donne. Tu vois, je me suis remarié. Mais comme je n'ai jamais réussi à oublier ta mère, je ressens toujours le besoin de garder sa photo sur moi. Elle me manque toujours autant. Comme je ne sais pas le cacher, ma femme m'en veut beaucoup pour cela…

Quand ils arrivèrent à la gare de Forbach, Rose-Marie regarda désespérément autour d'elle, pour trouver des détails qui lui reviendraient en mémoire. Mais non, rien ne venait raviver ses méninges.

Ils marchèrent donc, pendant vingt-cinq minutes, pour rejoindre la maison. Et tout le long du chemin, son père parla :

- Tu verras, tu auras la vie belle. Ma femme fait très bien la cuisine. Elle est gentille et travailleuse. Je sais que tu l'aimeras. Quand je l'ai épousée, elle avait déjà une fille de quatorze ans, et nous avons eu d'autres enfants après. Tu vas faire leur connaissance.

Au loin, elle reconnut la caserne. Aussitôt des souvenirs affluèrent comme un torrent de souffrance. Ils remontèrent la rue de la colonie SNCF, à Forbach Bellevue, puis, il poussa un portillon en bois. Les jambes flageolantes, Rose Marie avait le regard figé sur l'endroit. Les peintures avaient été refaites, des arrangements changeaient un peu l'ensemble, mais la maison était toujours la même. Il l'entraîna vers l'arrière. Le petit jardin était toujours cultivé mais le WC en bois brillait par son absence. Des plates-bandes fleuries égayaient les lieux et le fil à linge se courbait sous le poids des vêtements. Au passage son regard s'arrêta sur la grange avec les cages à lapins, mais brusquement, comme dans les cauchemars qui avaient envahi ses nuits durant toutes ses années, elle fut saisie de tremblements incontrôlés. Il lui semblait être acteur dans un film noir et blanc, où toutes les nuits de terreur vécues dans ce clapier, remontaient à la surface. La voyant dans cet état, son père la tira par la main en lui expliquant doucement :

- Viens, cet endroit te rappelle trop de mauvais souvenirs. Allons au milieu de la pelouse.

Elle s'éloigna de l'endroit maudit, tout en l'écoutant parler, pour se calmer. La protection de la voix rassurante de son père lui fit du bien. C'est là qu'un cerisier remplit de fruits attira son regard.

- Tu aimes ça lui demanda son père ? Je l'ai planté à mon retour de Russie.

- J'adore ! lui répondit-elle

Au lieu de rentrer directement, elle s'approcha de l'arbre, pour se régaler de cerises rouges et craquantes en tentant de saisir les fruits les plus gros. Ce péché de gourmandise aurait peut-être le pouvoir de mettre une croix sur les images du passé.

Puis ils montèrent les cinq marches qui conduisaient à l'intérieur et son père s'écria :

- Emma ! on est là…

- C'est presque le même prénom que ma maman d'Haselbourg, se dit Rose-Marie en l'entendant. Alors tout ira bien !

- J'arrive ! répondit-elle. Vous êtes déjà là… Toi ! Victor, va fourrager tes lapins, je t'appellerai quand la soupe sera chaude. Moi, je vais tout de suite montrer à celle-ci, sa chambre pour qu'elle range ses affaires et qu'elle sache où dormir. Sans embrasser « celle-ci » pour lui dire bonjour, la dame l'entraîna à sa suite.

De son côté, Victor obéit aussitôt aux ordres de sa femme. Rose-Marie un peu angoissée, trouvait déjà que son père avait exagéré en prétendant que son épouse était très gentille. Elle la suivit d'abord dans la cuisine où un petit garçon était assis sur le pot :

- C'est Jean-Marie, il a 2 ans.

La jeune fille observa discrètement autour d'elle, mais ne reconnut pas l'endroit. Les deux ou trois fois où elle avait pénétré dans la cuisine, en cachette de son Opa, ne l'avaient pas marquée. L'angoisse de le voir surgir l'avait certainement empêchée de lever les yeux pour observer la pièce.

Rapidement, la femme de son père mit la soupe à chauffer, puis l'entraîna à l'étage. En gravissant les dernières marches, elle s'arrêta brusquement pour se tourner vers Rose-Marie, et elle lui annonça :

- Je ne voulais pas de toi ! Mais il m'a obligée à t'accepter ! Comme tu es la fille de l'autre, il m'aurait tuée depuis longtemps si j'avais refusé de te prendre.

Devant cet accueil réfrigérant, les jambes de Rose-Marie se mirent à trembler, l'angoisse la saisit et elle articula en bredouillant :

- Madame SVP, j'ai envie de faire pipi.

- Alors serre les fesses et suis-moi ! Quand on redescendra, tu pourras aller au cabinet. Sais-tu pourquoi je ne te veux pas ? J'ai déjà eu une fille d'un premier mariage, qui ne vit plus ici, et quatre enfants avec ton père. Celui qui est en bas et trois autres qui sont à l'école. A ceux-là, il faudra rajouter celui qui pousse dans mon ventre. Maintenant voilà que toi tu arrives encore. Ton père ne gagne pas beaucoup d'argent. De toute façon, nous avons tout juste de quoi vivre chichement. Donc tu es de trop…

Je devine que Victor t'a promis que tu pourrais reprendre tes études, pour devenir quelqu'un, mais il n'en est absolument pas question. On n'a pas d'argent. De toute façon, il y a assez de travail à la maison. Maintenant tu comprends que je ne puisse pas t'accepter. Tu n'es pas mon enfant !

Rose-Marie, serrant les jambes parce que son envie d'uriner ne l'avait pas quittée, pénétra à la suite de la femme dans une minuscule mansarde qui servait de débarras. Elle était meublée en tout et pour tout, d'un lit d'une personne, d'une chaise et d'une commode. Sagement, elle écouta le ruissellement d'explications qui tombait de la voix énervée :

- En hiver, cette pièce est assez froide, car nous ne chauffons pas les chambres, mais tu y seras tranquille. Tout dépendra de ta conduite. Selon que tu seras gentille ou mauvaise, nous ferons pareil avec toi. Une chose est certaine, mes enfants passeront toujours en premier. Tu devras les accepter comme ils sont. Maintenant je vais te montrer les autres pièces.

La visite de reconnaissance se poursuivit dans trois autres chambres avec dans chacune, des lits superposés. En bas, elle découvrit également : la chambre des parents et la salle à manger. Ensuite, elles durent descendre trois marches pour atteindre ce que la femme appelait la cuisine d'été ou plutôt une buanderie. Dans cette pièce, des bassines pendaient au mur. Le fourneau à charbon, sur lequel un faitout fumait, projetait des lueurs claires sur un pot en cuivre. Une armoire à vaisselle, une table, des chaises, un évier blanc ainsi qu'un baquet à linge sale complétaient la pièce. Le tour des lieux terminé en un temps record, la femme ouvrit la fenêtre pour appeler avec un ton de commandement :

- Victor, la soupe est chaude. Viens manger !

Elle rajouta pour Rose-Marie en lui indiquant l'armoire de la main :

- Les couteaux, les fourchettes, les cuillères sont là. Les assiettes, les casseroles ici. Le sucre, le café par-là en haut ! Garde-toi bien ça en tête, je ne te le répéterai pas deux fois.

Son père qui rentrait au même moment dit à sa femme :

- Laisse donc cette petite tranquille. Elle a compris. Elle n'est pas aussi bête que toi !

Surprise, Rose-Marie le regarda en se disant, que ce n'était pas ce genre de phrase qui allait amadouer la femme. De plus, elle n'avait toujours pas été aux toilettes. Ce besoin devenait de plus en plus urgent. Elle demanda à son père :

- Où sont les toilettes, papa ?

- Mais qu'est-ce qu'elle t'a donc montré ? Viens, c'est par-là ma fille.

Après s'être enfin soulagée et lavée les mains, elle se mit à table avec son père, pour manger la soupe avec des haricots, des pommes de terre, des carottes et des saucisses à cuire.

Vers seize heures quinze, trois autres enfants revinrent de l'école. Aussitôt la mère les appela pour qu'ils viennent goûter. Sans même les lui présenter, Emma ordonna brusquement :

- Viens, je vais te montrer comment changer Jean-Marie. Ce sera ton travail à partir de maintenant et surtout tu ne le quittes pas des yeux. Moi, je vais me reposer un peu parce que j'attends un autre bébé.

A dix-neuf heures, alors que la table était mise, sa belle-mère lui dit sèchement :

- Comme tu as mangé à 15 heures, tu n'as pas besoin de souper ce soir. Va te coucher directement !

- Complètement anéantie, en se rendant compte de la bêtise qu'elle avait faite en acceptant de suivre son beau-père ici, Rose-Marie monta en courant dans sa mansarde, pour se jeter sur son lit en larmes. Le martèlement de son cœur lui sembla l'assaillir comme un déluge d'angoisse. Qu'allait-elle devenir dans cette famille qui ne voulait pas d'elle ? Sa vie devenait une défaite répétitive qui l'enfonçait dans un noir d'encre. Elle ressentit un besoin immédiat de crier sa détresse de toutes ses forces mais se retint en serrant les poings.

Le lendemain matin, dès six heures, la jeune fille fut réveillée en même temps que les autres. Le jour diffusait une lumière douce entre les volets et Rose-Marie s'empressa de s'habiller. Quelques minutes plus tard, elle les retrouva tous, attablés dans la cuisine. Son père avait déjà presque terminé :

- Bonjour papa, dit-elle en l'embrassant. Bonjour Madame, en tournant la tête vers la femme qui était devant le fourneau.

- Dorénavant, tu diras maman à Emma, pas madame…

- Je suis ta maman de rechange ! cingla la voix de sa belle-mère. Alors maintenant tu te dépêches de déjeuner. Le pain, le beurre et la confiture sont déjà sur la table et après, tu vas t'occuper du linge dans la *Waschekûche* (buanderie et cuisine d'été en même temps).

Alors que, comme ses frères et sœurs, Rose-Marie se préparait une tartine, la voix sèche de la femme la fit sursauter :

- Le beurre coûte cher, alors racle ta tartine ! Il faut économiser.

Obéissante, la jeune fille s'appliqua à bien racler ce qu'elle mettait sur son pain.

Une fois les plus grands partis à l'école, elle eut comme consigne de surveiller Jean-Marie, qui était un petit bout de chou adorable et de balayer etc. Alors que la jeune fille pensait avoir un moment de répit, elle fut rapidement déçue. Le travail était loin d'être terminé. La femme lui apprit aussi à faire tremper les couches et le linge, en lui précisant :

- Avec "Persil" qui lave plus blanc que blanc mon

linge est le plus blanc du quartier, (pour citer ses mots sans faire de publicité)

Puis, elle rajouta sur un ton de commandement :

- Alors, fais-en autant ! Voilà la brosse, la lessive, maintenant, trempe et frotte… trempe et frotte… Le giclement, à chaque fois qu'elle claquait le linge dans l'eau pour lui démontrer son efficacité, projetait des gouttelettes mousseuses jusque sur sa propre figure. Elle avait une bulle de mousse blanche accrochée sur un sourcil et cela amusa Rose-Marie.

A cet instant, sa belle-mère tourna la tête vers elle, mais ne sembla pas apprécier le sourire angélique qui était posé sur les lèvres de la jeune fille. Sa voix dure s'écria :

- Si tu trouves amusant de me voir travailler, alors, presse-toi de laver tout ce linge !

Pendant ce temps, Madame, après avoir pris une cigarette et s'être servi une tasse de café s'installa sur une chaise, en face de Victor qui faisait la même chose, mais avec du tabac gris. Toute la buanderie empestait la fumée.

Après deux heures de frottage, Rose-Marie avait les mains qui ressemblaient à deux pommes fripées, tandis que son dos, arqué tout le temps de la lessive, la faisait souffrir.

Pendant la corvée de vaisselle, elle eut droit à une tape sur la tête, avec le dos de la poêle, accompagnée des récriminations de la femme de son père :

- Tu es une incapable ! Regarde un peu comment on frotte les culs des casseroles. Elles doivent toujours être impeccables. Rose-Marie frotta donc le derrière des pots, jusqu'à ce qu'ils brillent comme des sous neufs.

Inquiète, en constatant le peu de temps libre dont elle disposait, la jeune fille se demandait comment elle allait réussir à écrire à Raymond, pour lui donner sa nouvelle adresse. Quand Emma annonça devant eux, qu'elle se rendait au marché l'après-midi même avec une amie. Bien sûr, la garde du plus jeune incombait à la nouvelle venue. Dès que la femme eut tourné les talons, Rose-Marie profita de son heure de répit pour sortir en tenant le petit Jean-Marie par la main.

Elle rejoignit son père qui bricolait dans la grange. Il nettoyait les cages à lapins et poussait une brouettée pleine de fumier.

Bien que beaucoup d'eau ait coulé sous les ponts, de revenir à cet endroit, qui lui avait pourtant longtemps servi d'hôtel de luxe, lui faisait toujours froid dans le dos. Sa cage était toujours là…

C'est donc avec une petite voix qu'elle murmura :

- Dis-papa ! Peux-tu me donner une feuille, un stylo, une enveloppe s'il te plaît, afin que je puisse prévenir mon ami, que j'habite ici maintenant.

- Je vide tout ça, puis je t'apporte le nécessaire ! Redonne-moi ton courrier discrètement, pour qu'Emma ne voie rien.

Elle s'empressa d'écrire à son amoureux, mais avec Jean-Marie assis sur ses genoux, qui voulait sans arrêt lui arracher la feuille, elle dut se battre comme une pie voleuse pour garder son trésor. Bien que le résultat ne la satisfasse pas complètement, elle réussit finalement à écrire quelques mots :

Mon chéri,

Je t'aime de tout mon cœur. Je ne t'oublie pas. Voilà l'adresse où tu peux m'expédier ton courrier. Demande à Monsieur Bentz ainsi qu'à mon père, l'autorisation de me rendre visite. Les choses ne se passent pas du tout comme il me l'avait promis. Je suis malheureuse... Je voudrais tant revenir à Metz, près de toi. Interroge mon tuteur, peut-être pourra-t-il éventuellement intervenir. Ce n'est pas du tout ce que j'attendais. Je voudrais tant que l'on puisse se retrouver.

Tu me manques. Je t'embrasse très fort en attendant avec impatience que tu viennes me voir ou me chercher.

Avec tout mon amour

Ta Rose-Marie qui t'adore.

Avec les larmes aux yeux, elle s'empressa de mettre sa petite bafouille dans l'enveloppe et la cacheta, avant de la ramener son père.

- Laisse-moi le temps de me laver les mains, d'enlever mon bleu de travail et après, j'irai à la poste, lui dit-il.

Le balancier de l'horloge aura le temps d'avoir le tournis avant qu'une réponse me parvienne, se disait déjà

Rose-Marie. La patience n'avait jamais été son fort. D'ailleurs, il ne fallait surtout pas qu'elle se mette à regarder le calendrier. Mon Dieu ! Que les journées allaient lui paraître longues...

Alors que sa belle-mère, de retour depuis peu, préparait le souper, Rose dut s'occuper des devoirs, tout comme de la toilette des enfants qui revenaient de l'école. Leurs soupirs de petits chiots qu'elle avait l'impression de martyriser, ne la dérangèrent absolument pas, tant ses idées étaient lointaines.

- Ne vous salissez pas ! leur précisa-t-elle seulement, je ne vous changerai plus.

Yvette, l'une des filles, n'était pas revenue de l'école, à l'heure prévue. Malgré l'interdiction formelle de sa mère, elle était partie avec des amies, faire un tour à l'ancienne sablière. Là, elles grimpaient toutes sur un monticule de sable. Ensuite, c'était sur les fesses, que les demoiselles se laissaient *routcher* (glisser) tout le long de la descente. Une chose était certaine, c'est que ce jeu semblait être passionnant.

Pendant ce temps, Rose-Marie, qui l'attendait à la maison pour pouvoir lui retirer les habits d'école, était bien ennuyée. Cette adorable chipie, revint toute joyeuse vers dix-huit heures, les vêtements dans un état déplorable, avec le sourire aux lèvres en repensant à l'agréable moment qu'elle venait de passer. Les hurlements de sa mère firent trembler les murs de la maison. Elle n'avait qu'une seule tenue d'école. Il était impossible de la laver à la main à cette heure tardive et de la faire sécher pour le lendemain matin. Bien sûr, il fallait une fautive. Qui donc se fit punir ?

Séance tenante, Rose-Marie fut envoyée au lit sans manger par la mégère qui la jugeait responsable, puisqu'elle ne savait pas se faire obéir. Mais qui donnait les ordres ?

Et cette nuit, comme bien d'autres fois encore, Rose-Marie dormit le ventre creux. Elle était la brebis galeuse du troupeau, sur qui retombaient les maux de tous les autres. Le plus souvent, les punitions de ce genre étaient données quand son père travaillait. Devant lui, sa femme se retenait un peu puisqu'il prenait la défense de sa fille en rabrouant Emma quand elle exagérait.

Le samedi était un grand jour dans la maisonnée... Comme le lendemain matin, le réveil ne sonnait pas à l'aube, toute la famille attendait la *Lionner Fest* (fête de la saucisse) avec impatience. Les parents encore bien plus...

Ce soir-là, Emma servait de la salade de pommes de terre, avec un cerceau de saucisse rouge. Le premier samedi que Rose-Marie passa avec eux, la femme servit à chacun d'eux, deux cuillerées de salade avec un morceau de saucisse. Lorsque le tour de la jeune fille arriva, elle gratta le fond pour lui en rassembler une minuscule cuillère et le bout de la saucisse qui avait l'épaisseur d'un bouchon.

Quand son père vit cela, il se leva en faisant tomber sa chaise, se saisit de sa propre assiette et hurla :

- Ah non, ça suffit maintenant ! Ça commence vraiment à bien faire ! En un tour de bras, il échangea son assiette contre celle de Rose-Marie.

- Victor, qu'est ce que tu es en train de faire comme pagaille ? s'était écriée sa femme. Reprends ton assiette tout de suite ! En un tour de main, elle la lui reflanqua méchamment devant sa place, après l'avoir reprise à sa belle-fille.

La rage semblait l'habiter de la pointe des cheveux jusqu'aux doigts de pieds. Devant tant de violence, tout le monde avait mangé en silence.

Juste après cette scène, une cérémonie bizarre avait eu lieu. Rapidement, la jeune fille en comprit le sens et surtout, qu'elle était hebdomadaire pour l'arrangement personnel des parents.

Papa s'était assis confortablement dans le fauteuil à accoudoir. Puis, Emma, dans un cérémonial amusant, lui avait apporté une bouteille de vin rouge et un verre.

Ensuite, elle s'était installée sur le canapé de la belle salle à manger. Là elle se fit dorloter et servir le café par les plus grands. Les enfants lui avaient également amené le nécessaire pour qu'elle puisse fumer avec son porte-cigarettes.

Puis, elle avait envoyé les enfants à l'étage, en ordonnant aux plus grands de coucher le petit en premier, et de faire la même chose.

Une heure plus tard, alors que Jean-Marie dormait déjà, les aînés proposèrent à Rose-Marie :

- Viens avec nous, nous allons bien rire !

La jeune fille avait donc suivi Jean-Paul, Guy et Yvette qui semblaient beaucoup s'amuser.

Assis en haut des marches, ils avaient attendu, en gardant la main sur la bouche pour éviter de rire trop fort que la porte de la chambre à coucher des parents se referme. Puis, discrètement, en veillant surtout à ne pas faire craquer les marches, ils étaient redescendus et s'étaient assis en bas de l'escalier pour écouter.

C'était le seul soir où les parents faisaient l'amour dans la semaine, après que Victor eût pris une bonne cuite. Le litron de rouge était la condition sine qua non pour que la *"Lionner Fest"* soit réussie. Heureusement, jamais aucun d'eux n'avait été surpris à écouter leurs ébats bruyants.

Papa a besoin d'être dans le cirage disaient-ils…

Le film des rigolades partagées alors, firent sourire la jeune femme, dont les traits semblaient, tout à coup, s'être détendus. Le soleil miroitait de tous ses éclats sur les vagues qui continuaient leur route vers l'horizon. Déjà le passé envahissait à nouveau son moi intérieur.

Les semaines se suivaient et se ressemblaient. Depuis plus de quinze jours, Rose-Marie attendait désespérément des nouvelles de Raymond ou de son tuteur, mais le facteur n'avait que du vent et son sourire à apporter.

La jeune fille était épuisée de servir de bonniche à toute la famille. Depuis qu'elle était là, sa belle-mère lui donnait du travail, alors qu'elle reposait continuellement son ventre rond sur le canapé.

Souvent, elle était debout comme un gendarme derrière elle, à surveiller le moindre de ses gestes.

- On ne fait pas la vaisselle comme ça ! On trempe bien dans l'eau chaude, on frotte d'un côté puis on frotte bien le derrière, on n'empile pas n'importe comment. Les fourchettes, tu les fais une par une, bien entre les dents !

À chaque fois, une tape rebondissait sur sa tête pour la moindre peccadille. Pourtant la vaisselle était, comme toujours, impeccable.

- Pas comme ceci les couteaux, tu vas m'abîmer le chiffon. Il faut les essuyer de bas en haut, surtout pas du côté qui coupe.

Le bruit creux de la casserole que la femme lui tapait sur la tête, parce qu'elle ne brillait pas assez pour elle, faisait un bruit sourd.

- Pas comme ça ! Fais ceci ! Fais cela ! Tu es bête comme un âne !

Avec la boule de fer pour récurer, elle lui montra comment frotter avec de la poudre, jusqu'à ce que le cul de la casserole soit impeccable. Il fallait prendre un petit couteau pour gratter autour du manche, même les ongles devaient servir à gratter…, s'il y restait la moindre impureté. Cette femme était complètement obnubilée par le brillant de ses casseroles.

Presque chaque jour, Rose-Marie avait droit à ses claques. Une chose était certaine, tous les autres enfants avaient une vie plus agréable depuis que la jeune fille était à la maison. La fille de son premier mariage avait quitté la maison avant ses quinze ans, pour vivre avec un petit copain, tant sa mère lui en faisait voir. Maintenant, Emma avait trouvé une autre bonne poire sur qui elle pouvait se défouler et oublier que son mari aimait toujours sa première femme. Un jour, alors que Rose-Marie posait sur l'évier une poêle qu'elle venait juste de laver, Emma, comme à son habitude, attrapa "l'ustensile de torture" pour la frapper dans le dos.

- Non, ne me tape pas ! Je vais la relaver immédiatement. Ne me tape surtout pas, se défendait Rose-Marie.

Au même instant, son père rentra dans la *Waschekuche* (buanderie) et vit les yeux ébahis, sa femme continuait à taper Rose-Marie :

- Que se passe-t-il ici ? Est-ce que tu es devenue complètement folle, Emma ? C'est la dernière fois que tu tapes sur ma gosse ou c'est toi qui feras ta valise pour partir ! Tu m'as bien compris ? ordonna-t-il.

- Naturellement, c'est ta gosse ! C'est aussi la fille du diable.

Mais à partir de cet instant, elle ne toucha plus sa belle-fille. Elle tempêtait, grognait, ordonnait, mais ne levait plus la main sur elle. Et Rose-Marie se disait :

- Mon père est vraiment capable de la jeter dehors pour me protéger. D'ailleurs, elle l'a compris…

Sa belle-mère lui donnait une masse de besognes à faire, mais semblait l'ignorer tout le long du jour. C'est à peine si elle lui adressait la parole. Elle faisait des petits signes du doigt qui montrait, le repassage, la lessive, soit le sol, et la jeune fille continuait à abattre toute seule le travail de toute la maisonnée journellement. Il y eut quand-même quelques bons moments. Lorsque l'époque des framboises puis des mûres, arrivait, elle aimait bien partir avec Guy et Jean-Paul. Munis d'un bidon, ils s'aventuraient à la cueillette des fruits sucrés. Avec un plaisir évident, ils s'éloignaient de la maison pour faire leur randonnée buissonnière, en s'amusant de tout et de rien. Rose-Marie s'était toujours très bien entendue avec tous les enfants, si ce n'était sa belle-mère qui ne l'aimait pas, parce qu'elle était la fille de l'autre. D'ailleurs, son père n'avait jamais rien fait pour arranger les choses. Quand ils étaient tous ensemble, devant sa femme, il disait :

- Tu ressembles vraiment à ta mère, ma petite Rose-Marie. Tes yeux sont comme les siens, tel un ciel d'été. Tu es vraiment jolie ! Ta voix est aussi claire que la sienne. En t'écoutant, je crois encore l'entendre.

Le regard d'Emma, alors, semblait jeter des éclairs meurtriers… En y réfléchissant après coup, il y avait de quoi. Son père manquait vraiment de tact. Il aurait pu lui parler de sa mère, ailleurs que devant sa seconde femme. Pourtant Emma était bien de sa personne. Elle manquait juste un peu de cœur pour la petite orpheline qui n'était pas responsable du passé. Et son mari n'arrangeait rien. Bien au contraire…

Les nouvelles de Raymond n'arrivaient toujours pas. Le soir, Rose-Marie pleurait pendant des heures dans son lit, sans comprendre son silence. Il lui manquait tellement. Il lui avait pourtant promis de ne jamais l'abandonner. Alors pourquoi ne répondait-il pas ?

Un jour, sa belle-mère, d'une humeur de dogue, peut-être à cause de sa grossesse avancée, ne lui laissa aucune minute de répit. Du matin au soir, Rose-Marie avait lavé, récuré, frotté. Comme d'habitude, Emma en avait profité un maximum parce que son mari travaillait. En fin d'après-midi, la jeune fille espérait avoir enfin gagné un peu de repos après avoir fait faire les devoirs aux petits, sa belle-mère lui ordonna de laver l'escalier qui menait à l'étage, alors que tout le monde descendait et montait continuellement les marches. Ce fut la goutte d'eau qui fit déborder le vase…

Sur un coup de tête, épuisée par cette vie qui ne la conduisait à rien et ne pouvant plus la supporter, Rose-Marie se dit dans un moment de détresse.

Je veux partir et retourner à Metz… Ma place n'est pas ici.

Elle ouvrit simplement la porte d'entrée pour s'enfuir vers la caserne. Là, seules les murailles et quelques casemates tenaient encore debout. C'étaient les derniers vestiges qui avaient échappé à la guerre. Elle se blottit dans l'une d'elles. Pendant de longues heures, elle resta prostrée dans son abri en se demandant, comment se rendre à Metz, sans un centime en poche, pas même un blouson sur le dos. La nuit venue, elle essayerait de se rendre à la gare, pour tenter de prendre un train clandestinement.

Mais, vers 22 heures, une voiture de police s'arrêta juste devant l'endroit où elle était blottie. Trois gendarmes en sortirent pour fouiller chaque recoin. L'un d'eux la repéra rapidement. Tout en la tenant par la main, il la ramena jusqu'au véhicule.

En rentrant du travail, son beau-père les avait prévenus de sa disparition. Ils la ramenèrent donc devant sa porte et lorsque Victor vint les rejoindre à l'extérieur, la première chose qu'il fit, c'est de lui donner une gifle en s'écriant :

- Maintenant ma fille, tu rentres tout de suite à la maison, nous réglerons ça tout à l'heure ! Je vais t'apprendre à te sauver en me faisant une telle frayeur.

Rose-Marie, prise de panique, (pourtant son père ne lui avait jamais fait de mal auparavant), arracha sa main de celle du policier qui la tenait pour hurler :

- Je ne veux pas rentrer avec lui ! Je ne veux pas aller chez eux ! Ils sont méchants…

Comme si elle avait le diable à ses trousses, elle courut, courut, sans regarder derrière elle, sur la route qui conduisait à Forbach.

Aussitôt, les gendarmes la poursuivirent. Lorsqu'ils la rejoignirent enfin, ils l'obligèrent à monter dans leur véhicule en lui demandant :

- Viens avec nous dans la voiture ! Et tu nous expliqueras pour quelles raisons, tu te sauves de chez toi ?

- J'étais à Metz depuis plusieurs années dans un orphelinat où je poursuivais mes études. Mais comme mon père adoptif m'a retrouvée et a un droit patronymique, j'ai accepté d'aller chez lui, sans savoir ce qui m'attendait.

La femme de mon père est une vraie sorcière ! Elle me maltraite, me tape, me tire les cheveux et me fait travailler du matin au soir. Je n'en peux plus... De plus, ils m'empêchent de continuer mes études. Je veux que vous appeliez monsieur Bentz, mon tuteur à l'orphelinat, pour qu'il me retire de là. Vous pouvez également joindre l'assistante sociale, mademoiselle Rasquin qui habite à Saint-Julien. Elle saura aussi quoi faire !

Après l'avoir emmenée au poste, un gendarme avait téléphoné à la préfecture, devant elle. Mais l'heure était trop tardive, il fallait rappeler le lendemain matin.

Rose-Marie était tellement plongée dans sa détresse, que la seule phrase qu'elle retînt de leur conversation, ce fut :

- Nous allons déjà faire comme ça pour aujourd'hui, pour le reste nous verrons demain.

Elle tremblait de peur. Ils allaient certainement la ramener à la maison. L'autre bonne femme allait la tuer.

Le gendarme qui lui tenait la main, lui murmura :

- Ne tremble pas comme cela petite, nous allons t'aider ! Si tu veux bien, tu peux rester avec nous cette nuit. C'est une prison, mais nous pouvons te coucher dans une cellule en laissant la porte grande ouverte. Toute la nuit, quelqu'un sera près de toi en cas de problème. Demain matin, nous t'emmènerons voir ton tuteur pour tirer les choses au clair. Il faut juste que je retourne chez ton père pour le prévenir.

- Non, je ne veux pas retourner là-bas !

- Ne t'inquiète pas ! Tu resteras avec mon collègue dans la voiture, le temps que j'aille discuter avec lui.

Effectivement, le gendarme tint parole, et Rose-Marie dormit dans une cellule ouverte. Auparavant, il lui apporta de la nourriture et une couverture. Pendant des heures, elle pleura et pria, angoissée à l'idée de devoir retourner chez sa belle-mère. Car dans sa tête, elle avait fomenté le secret espoir de revoir Raymond, si elle pouvait retourner au Home du Bon Pasteur.

Le lendemain matin, après lui avoir donné un petit déjeuner, deux gendarmes la conduisirent à Metz où mademoiselle Rasquin l'attendait. En voyant Rose-Marie en larmes, elle la serra dans ses bras pour calmer ses angoisses.

Devant monsieur Bentz et d'autres personnes, Rose-Marie put enfin s'expliquer sur toutes les maltraitances que lui fît subir la femme de son beau-père.

Avec beaucoup de gentillesse, monsieur Bentz, lui expliqua que maintenant, son père était son tuteur légal. Il avait l'obligation de la reconduire chez lui.

- Mais nous allons les prévenir, qu'en cas de récidive, de coups et de travail d'esclave contrôlés par une assistante sociale, nous porterons plainte contre eux.

Bientôt, tu auras dix-huit ans, essaie de te défendre. Je t'avais prédit ce qui risquait de t'arriver.

Essaie de parler à ton beau-père, pour qu'il te fasse travailler à l'extérieur, s'il ne peut pas te payer tes études.

C'est l'assistante sociale qui la reconduisit au bercail. A leur arrivée à la maison, Victor Weiss en personne vint les accueillir. Cette fois-ci, il embrassa sa fille, salua madame Rasquin avant de lui proposer d'entrer.

- Non ! répondit l'assistante sociale. Avant tout, j'ai à vous parler. Je préfère rester à l'extérieur. Marchons un peu !

Le temps de leur discussion, Rose-Marie s'éloigna jusque sous le cerisier. Sa belle-mère n'avait pas encore montré le bout de son nez. Un peu plus tard, la représentante de la Préfecture la rappela :

- Où es-tu Rose-Marie ? Viens, maintenant il faut que je reparte ! Ton père sait de quoi il retourne maintenant. Il va te chercher un travail à l'extérieur. Comme cela ta belle-mère ne pourra plus te prendre pour l'esclave de service. Tu aideras juste un peu le soir, ce qui est normal. De toute façon, je repasserai régulièrement pour prendre de tes nouvelles.

Après l'avoir embrassée, sa "bouée de sauvetage" repartit...

Avant de rentrer, son père lui proposa :

- Viens derrière la maison ! Il faut que nous parlions un peu. Je n'ai pas compris ce qui se passait et je t'en demande pardon. Emma ne t'aime pas. Je vais lui parler, mais ça n'arrivera plus. Et surtout ne m'en veux pas pour la gifle que je t'ai donnée le jour où tu t'es sauvée. Mais j'ai eu tellement peur qu'il ne t'arrive quelques chose que j'ai mal réagi. J'ai un copain qui peut m'aider à te trouver du travail et comme tu as ton bac, ça va faciliter les choses. Je vais lui parler dès demain.

- Ce serait bien si je pouvais aller travailler. Comme cela, Emma ne m'aura plus dans les pattes. J'aurai enfin l'impression de me construire un avenir.

Les jours qui suivirent se passèrent sans heurt. Sa belle-mère la laissait tranquille, et d'elle-même, Rose-Marie donnait un coup de main. Les seuls moments où elle faisait grise mine, c'est quand son mari Victor continuait à ânonner devant elle :

- Tu es vraiment le double de ta mère, ma Rose ! Quand je te regarde, je revois ses yeux.

Et les jours passaient…

Entre-temps, la jeune fille avait désespérément essayé de joindre Raymond. Elle lui avait au moins envoyé une dizaine de lettres, qui étaient toutes restées sans réponse. A chaque fois, elle confiait le courrier en cachette à son père. Elle était si malheureuse, qu'il l'abandonne ainsi…

Peu de temps après, son papa annonça à table, qu'il lui avait trouvé du travail.

- Mais alors je n'aurai plus les allocations pour elle ! Et qui m'aidera pour le bébé qui va bientôt arriver ? s'inquiéta Emma.

- Ah non! elle a le droit de vivre. Tu ne penses qu'à toi et non à elle. Il fallait y penser auparavant, tu l'as traitée comme une moins que rien, alors que nous aurions pu vivre agréablement ensemble. De toute façon, ce ne sont pas ses enfants, mais les tiens, et c'est à toi de les élever.

Elle va commencer demain, comme apprentie secrétaire à la brasserie Champigneulles de Merlebach.

- Alors son salaire sera pour moi !

- Oh toi ! Emma, il n'y a que l'argent qui compte. On verra ça…

- Mais comment vais-je me rendre jusque là-bas ? interrogea Rose-Marie.

- Tu prendras le bus et Emma te donnera un casse-croûte pour midi.

- L'argent viendra chez moi ! insista sa belle-mère. Il remplacera ce que je vais perdre en allocations familiales.

Une nouvelle vie commença pour la jeune fille. Le travail était très prenant et lui permettait d'apprendre beaucoup de choses. Rose-Marie appréciait de pouvoir s'échapper de la maison pendant plusieurs heures. Entre midi, quand elle avait sa pause, elle pouvait enfin écrire sur le beau papier blanc qu'elle avait au travail, ses lettres d'amour à Raymond. Elle glissait son courrier en le tamponnant avec celui de l'entreprise et, n'avait plus besoin de quémander une enveloppe ou un timbre. La seule chose qu'elle hésitait à demander à son patron, c'était de se faire envoyer son courrier à la brasserie. Au fond d'elle, elle avait toujours un doute. Son père avait-il bien envoyé son courrier, comme il l'avait promis. Dans son cœur, elle n'avait jamais douté de l'amour de Raymond.

Et maintenant, le soir en rentrant, elle n'avait plus besoin de se coucher comme les poules à 19 heures. Sa belle-mère était bien trop heureuse qu'elle lui fasse un peu de repassage. Sa grossesse était presque à terme et elle semblait épuisée. "Le boy n'était plus à sa disposition toute la journée". Un soir, alors que sa belle-mère était allongée sur le canapé, Rose-Marie lui dit gentiment :

- Tu verras que ce sera une petite fille !

- Ah non, les filles ne sont pas assez gentilles ! lui répliqua aussitôt Emma. Regarde Yvette, elle me répond tout le temps et n'écoute rien !

- On verra bien ! se contenta de répondre Rose-Marie. Mais elle n'osa pas ajouter, qu'elle aurait aimé avoir un peu de l'indépendance de cette grande sœur d'adoption qui n'en faisait qu'à sa tête et qu'elle aimait beaucoup.

Le 14 septembre 1955, en rentrant de son travail, la jeune fille ne trouva qu'une des filles à la maison.

- Maman est à la maternité depuis ce matin ! lui dit-elle, mais je n'ai encore aucune nouvelle.

Aussitôt, Rose-Marie repartit en courant en direction de la maternité, tout heureuse que ce bébé tant attendu montre enfin le bout de son nez. Arrivée à l'hôpital Sainte Marie-Madeleine, elle se renseigna à l'accueil pour savoir où la trouver. Quelques instants plus tard, elle pénétrait dans la chambre de sa belle-mère qui l'accueillit en souriant :

- Regarde comme elle est toute petite et mignonne ! Elle s'appelle Astrid.

- Oui ! s'exclama la jeune fille en sautant sur place, je te l'avais dit que c'était une fille.

- *Ach !* (bon) dit sa belle-mère en riant ! tu es contente maintenant, tu as ce que tu veux…

Tiens, tu peux la prendre dans tes bras !

Rose prit la poupée dans ses bras, caressa le duvet doux de ses cheveux, posa quelques bisous sur la peau tendre de son front et dit à sa belle-mère :

- Merci maman, de m'avoir donné une petite sœur ! Elle est si belle.

Pour la première fois, sa belle-mère lui rendit son sourire de bon cœur, comme si elle acceptait sa présence.

En attendant qu'Emma rentre de la maternité avec la petite Astrid, Rose-Marie remplaça sa belle-mère à la maison, pour aider son père du mieux possible. La famille était nombreuse et le travail ne manquait pas. Ils y mirent chacun un peu du sien et tout se passa comme dans le meilleur des mondes.

A la fin de la semaine, la mère et l'enfant rentrèrent à la maison. Cette petite sœur faisait le bonheur de tous.

Les soirs, en revenant de son travail, Rose-Marie la dorlotait, la langeait. Emma devenait un peu plus agréable. Elle pouvait enfin discuter avec la femme de son père comme avec une personne adulte. Sa belle-mère lui laissait un tout petit peu d'argent de poche sur son salaire, juste de quoi s'offrir un livre de temps en temps. Son premier ouvrage fut : *"La dame du cirque"* de Guy Des Cars. Une fois ses tâches terminées, Rose-Marie pouvait, pour son grand bonheur, s'installer sur son lit et lire. Elle se sentait enfin considérée comme une adulte responsable.

Son demi-frère Guy, qui venait d'avoir quatorze ans, travaillait également depuis peu comme apprenti à la mine.

Les semaines suivantes défilèrent à la vitesse de l'éclair, mais presque chaque soir, sa belle-mère se lamentait quand son mari était présent :

- Je suis toujours toute seule. Je n'ai plus personne pour m'aider. J'ai trop à faire…

Victor qui buvait de plus en plus et se retrouvait très souvent complètement saoul, lui répondit :

- Qu'est que ça peut nous faire ? Ce que tu ne fais pas aujourd'hui, tu le feras demain !

Pourtant, en rentrant, Rose-Marie l'aidait du mieux qu'elle le pouvait. Le moment qu'elle préférait, c'était de donner le biberon à sa petite sœur, la changer, lui faire des risettes sur le ventre.

- Arrête donc avec cette petite ! Tu vas la rendre gaga ! Travaille plutôt encore un peu ! la sermonnait Emma.

Le samedi suivant le retour d'Emma de la maternité, la *Lionner Fest* avait recommencé. La petite cérémonie hebdomadaire reprit son rythme de croisière.

Et sa belle-mère retrouva de nouveau son caractère irascible. Les cris et les bousculades s'accumulaient au quotidien. Par peur des retombées, la femme ne la frappait plus, mais sa main devait souvent la chatouiller. Pourtant, Rose-Marie ne se laissait plus faire. Comme elle se savait soutenue par son tuteur, elle répondait à sa belle-mère qui devenait à moitié dingue :

- Ouais ! disait-elle, tu étais dans une grande école, alors tu te crois plus intelligente que les autres, lui répétait-elle souvent. Mais ici, au cas où tu ne le saurais pas, c'est moi qui commande.

- Peut-être, mais c'est moi qui vais travailler pour te ramener un salaire à la maison répondait la jeune fille, effrontément. Et tu n'as pas de mal pour le dépenser. D'ailleurs, j'aimerais bien avoir un peu plus d'argent de poche…

Emma la regardait de travers, en la critiquant de plus belle, mais ça s'arrêtait là…

Quant à Raymond, malgré tous les courriers que Rose-Marie lui avait adressés, c'était le silence complet. Tout au fond de son cœur, la déception était immense. Pourquoi lui avait-il fait cela ? Elle avait tellement confiance en lui. Il avait obligatoirement reçu le courrier qu'elle lui avait envoyé du travail.

Naturellement, elle pensait "faire bleu" une journée, et essayer d'aller jusqu'à Metz, pour le retrouver à la sortie du Lycée ou chez sa mère, mais elle n'avait pas d'argent !

Et faire de l'auto stop ? Non, elle avait bien trop peur de tomber sur quelqu'un de dangereux et surtout, que son patron prévienne ses parents de son absence au bureau. Tout cela ne la menait nulle part. Elle devait se faire une raison. Jamais elle ne le reverrait.

Il arrivait certains soirs, que Rose-Marie refusa un travail que sa belle-mère voulait lui imposer, en répliquant, qu'elle était également fatiguée de sa longue journée et qu'elle pouvait le faire, elle-même, le lendemain comme papa l'avait dit. De toute façon, il y avait d'autres filles à la maison.

Quand Emma se mettait en colère, Rose-Marie lui répondait en faisant du chantage :

- Je vais prévenir l'assistante sociale et elle te retirera toutes les allocations familiales pour maltraitances. Et je peux décider de ne plus m'occuper de la petite !

- *Fresches Luder* ! (garce effrontée) Taille-toi ! sinon je t'en flanque une, s'époumonnait Emma, au point d'ameuter tout le quartier.

- Ça suffit vous deux ! disait Victor, en s'énervant. Il tapait sur la table en rajoutant : Ce n'est plus possible, ce cirque doit pendre fin.

C'était juste un bon prétexte pour prendre une bouteille de vin et s'empresser de la vider.

Rose-Marie, pour ne plus rien entendre et surtout ne plus rien voir, sortait de la buanderie, puis montait dans sa mansarde rechercher la paix. Là au moins, elle n'aurait pas besoin de repasser pendant deux heures, alors qu'elle se levait à l'aube.

- Je m'occupe déjà tout le temps d'Astrid, pour qu'elle soit contente, pensait-elle.

Pour se venger, sa belle-mère profita d'un samedi soir où Victor avait bu plus que d'habitude, pour lui extorquer, pendant la *Lionner Fest*, l'autorisation de garder Rose-Marie à la maison. De cette façon, elle pourrait l'aider et les allocations familiales lui seraient de nouveau versées.

Sans la prévenir, le lundi suivant, son père était arrivé chez son employeur, en prétextant que Rose-Marie ne pouvait plus venir travailler. Sa mère avait besoin d'elle à la maison. Il avait demandé son salaire et sans tambour ni trompette, l'avait ramenée au bercail.

La déception de la jeune fille fut immense. Rien que pour embêter sa belle-mère, elle en fit le moins possible à la maison, en continuant son chantage d'appeler l'assistante sociale.

Victor avait une nièce prénommée Emmy, mais avec un y, qui tenait un bistrot à Folkling. Rose-Marie la connaissait parce qu'elle était venue un dimanche après-midi jusqu'à Forbach, avec son mari Lino, pour voir le phénomène. Les sœurs de Victor lui avaient parlé de la petite orpheline.

C'était la seule personne que la jeune fille avait trouvé intéressante et sympathique et qui discutait avec elle plaisamment. Emmy l'avait questionnée gentiment sur son passé à l'orphelinat. Elle voulait surtout savoir si elle s'entendait bien avec la femme de Victor.

- Je sais qu'elle est un peu spéciale, avait-elle ajouté !

Alors, Rose-Marie lui avait raconté ses méchancetés quotidiennes depuis son arrivée, et les coups incessants, jusqu'à ce que l'assistante sociale menace de leur retirer les allocations familiales et de les attaquer pour maltraitances à enfant.

Elle lui expliqua également que son père Victor buvait beaucoup. Il lui était même arrivé une fois de devenir haineux au point de les menacer tous, de les tuer avec une hache. Emma était partie avec les gosses trois cents mètres après les casernes, pour se cacher chez l'oncle Joseph.

Celui-ci était revenu en éclaireur plus tard dans la soirée, voir si Victor était calmé ou endormi. Puis, de retour à son domicile, il avait raccompagné Emma et les petits, pour s'assurer à nouveau que tout était rentré dans l'ordre.

Tout doucement, Rose-Marie commençait à voir son père sous un autre œil. Il lui arrivait même parfois d'avoir de la peine pour sa belle-mère parce qu'il était vrai qu'il était quelquefois méchant avec elle. Une ou deux fois, la jeune fille avait voulu parler avec Emma pour la consoler, mais celle-ci la repoussait systématiquement.

Depuis le début, elle avait décidé qu'elle ne pouvait pas s'allier avec la fille de l'autre, qui était pourtant morte depuis si longtemps. D'après elle, si la jeune fille n'était pas venue habiter chez eux, son mari ne boirait pas autant et il n'y aurait pas autant de disputes. Mais ce n'était pas la vérité. Depuis le début, elle était jalouse d'une morte, en sachant que son mari ne l'aimait pas.

Emmy de Folkling proposa donc à Victor d'emmener la jeune fille chez eux, pour quelque temps. Sa belle-mère accepta aussitôt, en se chargeant de convaincre son mari. Comme celui-ci avait congé, dès le surlendemain, il décida d'accompagner Rose-Marie jusqu'à Folkling en bus, afin qu'elle ne s'égare pas dans une région inconnue.

Ils traversèrent Forbach, Morsbach, Hambourg-Haut et Saint-Avold jusqu'à destination. Victor resta dans l'autocar pour repartir aussitôt.

Rose-Marie fut agréablement surprise en découvrant un tout autre univers que le sien. Emmy et Lino formaient un couple gentil et sympathique. L'ambiance était souvent au fou-rire. La jeune fille se sentit immédiatement comme un poisson dans l'eau, dans ce cocon agréable. Ils n'avaient pas d'enfant, s'embrassaient pour un oui, pour un non et il aurait fallu être aveugle pour ne pas s'apercevoir que ce couple s'aimait. Dès le premier jour, ils lui firent comprendre qu'elle devait s'installer comme à la maison.

Rose-Marie n'osa pas leur dire qu'elle était tout, sauf à l'aise chez elle, mais comme elle n'avait pas d'autre choix... De toute façon, elle était là pour se changer les idées et avait bien l'intention de le faire.

Emmy lui fit visiter les lieux. Dans le couloir, près de l'entrée, juste au-dessus de la première porte, une inscription Bistrot était affichée.

- On le verra après, lui proposa sa cousine. Je te montre d'abord le reste.

Il y avait deux chambres à coucher. En papotant, les jeunes femmes pénétrèrent d'abord dans celle où Rose-Marie dormirait, pour qu'elle y dépose son maigre baluchon. A la suite, elles visitèrent la chambre du couple, puis plus loin, une cuisine claire et spacieuse, qui donnait directement sur la terrasse. En descendant les escaliers, on arrivait dans une cour, avec d'un côté les clapiers à lapins, de l'autre, l'enclos pour les poules. Dans le prolongement, Rose-Marie découvrit également le parc avec des moutons et un grand verger plein d'arbres fruitiers. Il y avait aussi une grande buanderie, suivie d'une cave qui contenait le stock de caisses de boissons, de fûts de bière, de vin, de limonade, etc..

En lui montrant tout cela, sa cousine ne cessa de lui répéter que si elle désirait une pomme ou autre chose, elle devait se servir ou demander si elle ne trouvait pas ce dont elle avait besoin.

- La seule chose que je ne puisse pas t'autoriser avant ta majorité, c'est de te laisser travailler au café. Tu pourras regarder le va et vient des clients, écouter de la musique, lire, te promener, tricoter, enfin tu t'occuperas comme tu le voudras. Tu as juste l'interdiction formelle d'être derrière le bar tant que tu n'as pas tes dix-huit ans, même s'ils sont proches.

Enfin, arriva la visite du bistrot. Une dizaine de personnes y était attablée, trois autres accoudées au comptoir. Aussitôt, ils entamèrent la discussion avec Rose-Marie et c'était à celui qui sortait la plaisanterie la plus amusante.

Entre midi, Emmy fermait les portes au public, le temps de manger tranquillement, de se reposer un peu et rouvrait vers quatorze heures. Le premier jour, sa cousine avait mitonné un repas qui parut de luxe pour la jeune fille : un œuf dur à chacun, une tomate en tranches, des sardines comme entrée, de la purée et du bœuf bourguignon, de la salade, un choix de fromages italiens, (c'était la nationalité de Lino et il adorait tout ce qui venait de son pays) et un dessert pour terminer. Rose-Marie n'avait jamais vu autant de nourriture, en une seule fois, sur une table. Au fil des jours, elle goûta aux différentes recettes italiennes préparées par Emmy, dont des pâtes cuisinées sous de multiples façons. Elle se régala à s'en lécher les babines.

Au café, la jeune fille adorait cette ambiance de bonne camaraderie. Lino racontait des blagues, comme tous ses clients d'ailleurs, pendant que les jeunes femmes discutaient. En fin de compte, Rose-Marie était le plus souvent installée au café. Le va et vient des habitués, lui plaisait. Le juke-box déversait ses musiques entraînantes dans toute la salle et la vie était belle. Emmy préparait les cafés avec la machine, Lino tirait la bière, servait les boissons et les apéritifs qui demandaient un peu de préparatifs. Rose-Marie observait tout cela en écoutant de la musique. Systématiquement, les clients demandaient au patron :

- Qui est donc cette jeune fille ? Tu as embauché quelqu'un !

- Non ! c'est la cousine de ma femme. Elle passe quelques jours de vacances chez nous.

Le dimanche suivant, comme d'habitude après la messe dominicale, le café fut rapidement plein. D'un côté les invétérés joueurs de belote ; ici, une équipe de jeunes spécialistes du baby-foot ; près du juke-box, les dingues de musique ; là, accoudés au bar, les piliers de comptoir.

Tous les regards se portèrent vers la porte qui s'ouvrit tout à coup. L'apparition inattendue qui pénétra dans la salle, pétrifia Rose-Marie sur place. Elle fut bouleversée au point de ne plus pouvoir dire un mot, lorsque Oma, Opa et la tante Madeleine, s'avancèrent vers elle. Elle ne les avait plus jamais revus depuis sa petite enfance. D'ailleurs, elle les pensait morts. Son père adoptif ne lui avait jamais parlé d'eux, que pour remémorer lors de leurs retrouvailles, les tourments de sa petite enfance, sans faire la moindre allusion aux années suivantes. Elle les avait reconnus immédiatement…

La cousine Emmy qui ne se doutait pas du calvaire

qu'avait vécu la fillette avec son grand-père, lui demanda :

- Rose-Marie, reconnais-tu la tante Madeleine avec qui tu étais dans le Bunker pendant la guerre ?

- Oui !

- Et Oma et Opa ?

- Oui ! répondit la jeune fille, figée à la vue de cet homme méchant, qui venait de faire remonter en elle un torrent de haine qu'elle avait du mal à retenir.

La tante Madeleine vint tout de suite l'embrasser. Oma s'approcha d'elle pour la serrer dans ses bras, mais lorsque son grand-père s'avança vers elle en lui tendant la main, Rose-Marie refusa de la serrer. Elle recula d'un pas, comme si un tison ardent allait la toucher, tout en serrant ses poings derrière le dos. Le vieil homme lui murmura :

- Je te demande pardon, petite, pour tout le mal que je t'ai fait. Mais tu sais, c'était la guerre…

- Je te pardonne, mais je n'oublierai jamais que c'est à cause de toi, que je n'ai eu ni famille, ni amour. La guerre n'explique pas tout…

Après avoir baissé la tête, le vieil homme s'éloigna sans ajouter un mot, tout en s'appuyant sur sa canne, pour rejoindre Lino au bar.

- Venez, allons prendre un café dans la cuisine, proposa Emmy à ses invités, nous y serons plus tranquilles pour discuter. Une fois installées dans l'autre pièce, hors du regard du grand-père, ces dames se trouvèrent soulagées. Emmy servit aussitôt du café avec du gâteau, pendant qu'à tour de rôle, tante Madeleine ou Oma prenaient des nouvelles et mitraillaient Rose-Marie de questions pour combler un trou de quatorze ans :

- Je regrette tant que les choses se soient si mal passées, insista la grand-mère, en lui touchant la petite cicatrice sur le bord de la lèvre..., mais si tu t'en souviens, je n'avais pas le choix. Même avec moi il était brutal. J'étais obligée d'obéir à ton grand-père. Je suis contente que tu aies pu faire des études. Tu es devenue une très jolie fille. C'est moi qui ai voulu venir te revoir avant de quitter ce monde. Nous sommes âgés maintenant, c'est pourquoi nous vivons chez la tante Madeleine. Je ne voulais pas partir avec ce poids sur la conscience. Ton père, à son retour de Russie, n'a plus voulu nous revoir, après le mal que nous t'avons fait. Il ne nous a jamais pardonné...

Mal à l'aise, la jeune fille parla un peu avec la tante Madeleine, mais fut surtout soulagée de les voir repartir... Tous ces souvenirs hantaient encore trop sa vie pour qu'elle ait envie de les revivre en discutant.

Heureusement, l'ambiance amicale au bistrot, lui fit vite "oublier" cette rencontre imprévue.

Deux jours plus tard, son passé la rattrapa de nouveau. Un coup de téléphone matinal les fit tous les trois sursauter, pendant qu'ils déjeunaient tranquillement, alors que Lino les faisait rire comme à l'accoutumée.

- C'était la tante Madeleine ! leur annonça Emmy en revenant. Il s'est passé quelque chose de grave là-bas.

- Et bien quoi ? interrogea Lino. Dis-le-nous !

Le regard d'Emmy se porta aussitôt sur Rose-Marie. Elle hésita un instant, puis annonça :

- Hier, le grand-père s'est pendu dans le jardin, à une branche du prunier. Il est mort ! L'enterrement a lieu demain après-midi. De plus, Madeleine a ajouté, que depuis son passage chez nous, dimanche dernier, il n'avait pas cessé de répéter :

Elle ne m'a pas pardonné ! Elle ne m'a pas pardonné !

Rose-Marie prit cette nouvelle, comme si on lui avait annoncé que la poule du voisin avait pondu un œuf. Elle se sentait presque soulagée de ne plus jamais le revoir.

Emmy, dont c'était l'oncle, se rendit le lendemain aux obsèques, puis, ils n'en parlèrent plus jamais.

Les jours suivants, Rose-Marie continua à faire des rencontres et des connaissances intéressantes. Parmi les jeunes gens qui fréquentaient le café, l'un d'eux, après avoir demandé le prénom de la jeune fille, sollicita la patronne, pour avoir l'autorisation de s'asseoir à la table de Rose, qui lisait au fond de la salle. Il voulait converser avec elle. Emma regarda d'abord son mari. Lino lui fit un signe d'assentiment de la tête.

- Oui, bien sûr ! répondit-elle. Il n'y a pas de problème.

- Je sais que tu t'appelles Rose-Marie ! Je me permets, de venir te saluer. Je me prénomme Alfred. Est-ce que tu veux bien que je vienne m'asseoir à ta table. ta cousine est d'accord…

- Avec plaisir !

- Que veux-tu boire ?

- Un diabolo grenadine !

- Très bien, moi je vais prendre une bière.

C'est la cousine Emmy qui leur apporta les boissons, mais juste avant de s'en retourner, elle fit un petit clin d'œil à la jeune fille.

En soulevant le livre que Rose-Marie avait posé sur la table, le jeune homme lui demanda :

- Tu aimes lire ?

- Oh oui ! je lis beaucoup.

- Mais que lis-tu !

- Je lis de tout : des livres d'aventures, des romans d'amour, dramatiques et même policiers.

- Tout ça ?

- Mais oui ! Je lis vite.

- Alors, tu as fait des études ?

- Oui ! J'ai juste passé mon baccalauréat.

- *Ach so ! du warst auf der Hochschule* (Ah bon ! tu étais dans la haute école !)

- Oui ! j'ai beaucoup appris et j'aurais aimé continuer, mais mon père ne me l'a pas permis.

- Félicitations ! Moi je n'ai que mon certificat d'études. J'habite à Folkling, chez mes parents. J'ai une sœur et nous avons une grande ferme, avec des vaches, un taureau, des veaux, des cochons, des lapins et des poules. Je travaille à la mine au Puits Cuvelette.

- Qu'est-ce donc le Puits Cuvelette ?

- C'est un puits où l'on extrait du charbon, et dans lequel on descend avec un ascenseur jusqu'à six cents mètres de profondeur. Là, dans une veine, on extrait le charbon, qui est ensuite remonté à la surface dans des petits wagonnets. Pour me protéger la tête, je porte un casque de mineur avec une lampe.

- Alors tu dois être tout noir, quand tu remontes à l'air libre ?

- Eh oui, aussi noir que le charbon ! Avant de rentrer chez nous, nous passons par la salle des pendus. D'un côté, nous accrochons nos habits sales, nous passons sous la douche qui est au milieu et de l'autre côté nous remettons nos vêtements propres avant de remonter à l'air libre.

- Comment te rends-tu à ton travail ?

- Il y a tous les jours des cars de ramassage pour les ouvriers qui travaillent aux mines. Ils nous emmènent et nous ramènent jusque devant notre porte.

- Pour aujourd'hui, as-tu terminé ton travail ?

- À l'usine, oui, mais j'en ai encore beaucoup qui m'attend chez moi. Ce matin, j'ai entendu dans les discutions des collègues, qu'il y avait quelqu'un de nouveau chez Emmy et Lino. Alors je me suis arrêté exprès, pour faire ta connaissance. Je ne peux pas rester longtemps, car je dois rentrer à la ferme. Dans nos champs, je cultive du blé, de l'orge, des betteraves, du foin pour fourrager les bêtes. J'aime bien travailler en plein air. Ça me change du fond du puits où je flotte dans la poussière.

Après avoir vidé son verre, il la salua gentiment, en lui demandant :

- Je peux revenir te voir demain ? Comme cela nous pourrons continuer notre discussion.

- Bien sûr, avec plaisir !

En faisant un signe de la main à tout le monde, il quitta le café.

Le temps parut long à Rose-Marie jusqu'au lendemain. Quand il pénétra enfin dans le bistrot, il fit d'abord un arrêt au bar pour saluer les patrons. Rose-Marie qui l'avait pourtant attendu impatiemment, fit semblant de continuer sa lecture, mais leva juste discrètement son regard vers le bar. Bien que son cœur battît la chamade, elle replongea aussitôt le nez dans son livre. Quelques secondes plus tard, il la rejoignit :

- Bonjour Rose-Marie, permets-tu que je t'avoue quelque chose ? lui demanda-t-il.

La jeune fille acquiesça de la tête…

- Depuis que je t'ai quittée hier, tes beaux yeux bleus ne m'ont pas quitté. Tu es très jolie. J'étais impatient de te revoir.

- Moi je trouve aussi que tu es un beau garçon lui répliqua-t-elle. Tes yeux sont aussi bruns que ceux d'une biche.

- Comment sais-tu que les biches ont les yeux bruns ? la questionna-t-il en souriant.

- Je l'ai lu dans les livres, de plus, j'en ai même vues dans la réalité. C'est vrai que leurs yeux sont d'un brun profond.

Très fier de ce compliment, Alfred s'était redressé sur sa chaise, tout en passant la main dans ses cheveux blonds. Ses yeux, étaient remplis de mille paillettes qui exprimaient de la douceur ainsi que toute la joie du monde.

Quant au regard de Rose-Marie, il disait avec une certaine appréhension :

Ne me fais surtout pas de mal, et aime-moi sans m'abandonner.

Ce jour-là, elle l'observa un peu plus longuement. Il en fit tout autant d'ailleurs.

Il n'était pas très grand, mais musclé. Il avait des mains assez larges et, malgré la douche, ses ongles avaient encore quelques ombres noires en dessous. La poussière de charbon était tenace. Il était revêtu d'un pantalon brun et d'un pull bleu foncé duquel ressortait le col d'une chemise à carreaux blanc et orange. Son blouson de cuir était entrouvert. Sa coupe de cheveux lui donnait fière allure et il sentait bon l'eau de Cologne.

- J'aimerais t'offrir un verre lui proposa-t-il !

Il lui ramena son diabolo grenadine et aussitôt assis à table, ses questions fusèrent pour en savoir un peu plus sur cette jeune fille qui, mine de rien, l'attirait beaucoup.

Rose-Marie lui raconta que son père l'avait autorisée à passer quelques jours chez sa cousine, parce qu'à la maison, l'ambiance était plutôt à la révolte.

- Papa est remarié avec une femme avec qui je ne m'entends absolument pas. Elle est méchante avec moi et m'a empêchée de continuer mes études. Elle me fait faire tout le travail à la maison. En plus, je dois m'occuper de tous ses enfants. Elle ne veut pas de moi, car elle est très jalouse de ma mère, la première femme de mon père. Celui-ci répète continuellement devant elle, que j'ai les beaux yeux et la voix de ma mère, qui est morte en 1943. Comme il n'a jamais réussi à l'oublier, il garde toujours une photo d'elle dans son portefeuille. Alors tu comprends, je suis la fille de l'autre..., dans de telles conditions, comment pourrait-elle m'apprécier ? Si on se revoit, je t'expliquerai toute mon enfance en détail. De toute façon, ma cousine la connaît aussi, elle pourra aussi te la raconter.

- Veux-tu que je revienne demain alors ?

- Ecoute ! moi je suis d'accord, mais demande quand même l'autorisation à Lino et à Emma.

Il lui dit "tchao" ! et il partit.

Après son départ, la cousine Emma se tourna vers Rose, en lui demandant :

- Il est pas mal ce jeune homme ! Te plaît-il ?

La jeune fille lui répondit simplement :

- Oui, il a l'air gentil !

Rose-Marie ramena les verres sales jusqu'au comptoir, puis accompagna sa cousine, qui venait de lui proposer de l'accompagner dans la grange, pour fourrager les lapins.

- Tiens, ça me connaît les lapins ! Ils étaient mes copains de chambre pendant longtemps... Devant le regard étonné de sa cousine, Rose-Marie précisa :

c'est avec plaisir que je vais te donner un coup de main. Si tu veux, je peux même te les nourrir tous les jours.

Emma lui montra donc le foin, les carottes, les épluchures de pommes de terre et les croûtes de pain. C'est ainsi que Rose-Marie, heureuse de se rendre utile, se débrouilla toute seule pour nourrir ces lagomorphes qui l'avaient tant effrayée, au cours des premières nuits qu'elle avait passées autrefois avec eux dans le clapier.

Puis, pour prendre l'air, elle se promena dans le verger, où il restait encore quelques pommes et des coings sur les arbres. Le paysage lui rappelait ses longues randonnées avec papa Lucien et Tigre, à Haselbourg. Mais déjà la fin du jour étendait son manteau sombre et l'hostilité de la nuit faisait toujours remonter en elle des images inquiétantes. Les souvenirs devaient rester dans le tiroir de l'oubli et Rose-Marie préféra rentrer. Elle longea les limonades, les bières, les vins, admira les étagères de poires, de pommes, vertes, rouges ou dorées, qui devaient servir tout l'hiver. Pour combler son péché de gourmandise, au passage, elle attrapa une pomme pour la croquer.

Après avoir mangé sa soupe, une saucisse et du fromage, elle se prépara une tisane, souhaita bonne nuit à ses cousins, se saisit d'un bouquin dans la bibliothèque et monta dans sa chambre. Elle essaya de lire quelques lignes, mais ses idées revenaient toujours à ce garçon qu'elle venait de rencontrer. Pourtant Raymond était toujours au fond de son cœur, mais comme elle n'avait jamais reçu aucune réponse à tous ses courriers... Il avait certainement dû rencontrer une autre fille.

Elle devait arriver à refermer la dernière page de cette histoire inachevée...

Son regard fit le tour de la superbe chambre que sa cousine avait mis à sa disposition. Elle était vraiment grandiose. Un superbe papier bleu pastel lui donnait l'impression d'avoir le ciel autour de son lit. Une armoire couvrait tout un pan de mur. Un grand tapis prenait ses aises au centre de la pièce et le triple miroir de la coiffeuse, projetait les éclats du lustre comme si c'était des diamants.

Son cousin Lino lui avait encore rajouté une lampe de chevet.

Ils étaient tellement gentils qu'elle aurait du mal à repartir à Forbach. L'ambiance était si agréable ici. Jamais un mot plus haut que l'autre. Leur seul souci, était qu'elle se sente bien. De plus, sa rencontre avec Alfred lui mettait du baume au cœur.

Le café n'ouvrait que vers 9 heures 30. Sa chambre donnait sur le verger, Rose-Marie était réveillée par le gazouillement des oiseaux le matin et la clarté qui se faufilait entre les interstices des volets. Elle prenait tranquillement le temps de prendre son petit déjeuner, puis se prélassait dans une vraie baignoire. Alors que chez son père, elle ne pouvait prendre un bain que le samedi, à la buanderie, dans un petit baquet en ferraille, dans lequel elle devait se plier en quatre comme une contorsionniste.

Elle avait à chaque fois, l'impression que son corps jouait de l'accordéon dans un tout petit peu d'eau, puisque bien sûr il fallait l'économiser. De plus, avec toute la smala qui vivait là, elle était obligée de coincer une chaise contre la porte pour qu'on ne la dérangeât pas.

Le matin, pendant que Lino mettait tout en place au bistrot, Rose-Marie accompagnait sa cousine pour fourrager les bêtes. A la campagne, tout le monde en possédait. Chaussées de sabots, elles se rendaient d'abord dans l'enclos des moutons. La jeune fille jouait avec les jeunes agneaux et sa cousine chargeait la brouette avec la paille souillée puis la remplaçait par de la fraîche. Les animaux bêlants les bousculaient avec la tête pour qu'elles se pressent un peu et c'était toujours avec des éclats de rire, que les deux jeunes femmes continuaient leur tournée. Ensuite, elles passaient par le poulailler. Après avoir nourri les volatiles, les jeunes femmes grimpaient avec un plaisir évident sur la petite échelle qui conduisait aux nids. La première fois où elle participa au ramassage de la ponte du jour, Rose-Marie n'en dénicha que deux, alors que sa cousine en avait trouvé plus du double, et qu'elle les avait mis dans son tablier relevé et noué. C'est que ces sacrées coquines de poules, avaient tendance à pondre dans n'importe quel coin du poulailler. Bien sûr, Emmy connaissait chacune de leur cachette. Tout en redescendant de l'échelle, pour ne pas laisser tomber sa précieuse récolte, Rose-Marie les avait serrés si fort, qu'ils avaient éclaté. Aussitôt, le liquide gluant avait dégouliné tout le long de ses mains et des barreaux..

Stupéfaite de la bêtise qu'elle venait de faire, elle avait porté la main à la bouche et s'en était tartiné sur tout le visage. Puis, cette mélasse gluante avait continué sa course folle. Sa cousine qui descendait les échelons derrière elle poussa un cri de surprise en touchant l'échelle gluante. Et c'est, hilares, que les deux jeunes femmes avaient posé les pieds sur le sol ferme. Après avoir enlevé le plus gros de la marmelade sous la pompe à eau et nourri les lapins, elles étaient rentrées au café, en riant toujours autant.

Le matin, elles faisaient le ménage ensemble, les lits, le repas et une fois la vaisselle terminée, Rose-Marie s'installait avec son livre et attendait...

Enfin, la voix tant attendue retentissait :

- Salut Emmy ! Salut Lino ! Il buvait un peu de sa bière au bar, le temps d'échanger quelques mots avec Lino, puis en montrant du doigt Rose-Marie, demanda gentiment à la patronne :

- Je peux !

- Celle-ci acquiesçait de la tête.

Après avoir salué Rose-Marie, il s'installait en face d'elle. Aussitôt la jeune fille le questionnait :

- C'est toi qui as fait tout ce bruit avec ta moto en arrivant.

- Oui ! j'ai une moto. Si tu en as envie, nous pouvons aller faire un petit tour.

- Ce serait formidable avait-elle répondu avec des éclats de joie dans les yeux.

Rose-Marie avait demandé l'accord de sa cousine, qui avait d'abord donné quelques consignes à Alfred :

- Je te la confie, mais pas de bêtise. Dans une heure, vous êtes de retour.

- Cinq minutes plus tard, avec le bonnet, la paire de gants, l'écharpe, que sa cousine lui avait prêtés, puisqu'elle n'avait qu'un manteau à se mettre sur le dos, Rose-Marie grimpait derrière lui, sur l'engin motorisé et s'accrochait à sa taille en posant son visage contre son dos. Elle sentait sa chaleur au travers des vêtements.

Ils traversèrent Folkling, Théding, Diebling en roulant tranquillement, avec une sensation de douce ivresse, puis revinrent au bercail. Rose-Marie redescendit de la moto avec les joues rouges de froid, mais le cœur bien au chaud de s'être serrée contre le jeune homme.

En rentrant au bar, Emmy leur servit tout de suite un bon chocolat mousseux.

Au fil des jours, ils se retrouvaient avec de plus en plus de bonheur. Rose-Marie le raccompagnait devant la porte, en restant, un moment avec lui, près la moto. Il l'embrassait sur le front ou sur la joue pour lui dire au revoir. Après son travail, il s'arrêtait au moins une petite demi-heure pour la saluer, puis repartait faire l'ouvrage qui l'attendait chez lui. Même si la pause était courte, Rose-Marie attendait son passage avec impatience.

Un après-midi, il ne vint pas. L'angoisse au cœur, elle s'imaginait déjà qu'il ne voulût plus la voir. Quel garçon pouvait avoir envie de sortir avec une petite orpheline ? Vers 17 H 30, n'en pouvant plus d'attendre pour des prunes, sous le regard désolé de sa cousine, elle monta en larmes se blottir dans son lit. Ce soir-là, elle ne réussit pas à avaler quelque chose. La nuit suivante, des cauchemars sur ses échecs continuels défilèrent à nouveau devant ses yeux. Tout ce qu'elle espérait ou voulait construire s'envolait toujours en fumée. Haselbourg et ses parents adoptifs, Jean-Paul, Raymond, ses études, maintenant Alfred. Tout, n'était qu'illusion qui ne se concrétisait jamais. Mais, quels démons traînait-elle dans ses bagages vides, pour que le sort s'acharne sur sa personne de cette façon ?

Déçue, le lendemain, elle ne se montra pas au bistrot. Seule dans sa chambre, elle sentit une imperceptible angoisse lui monter à la gorge. Mue par une impulsion subite, elle saisit un livre et fila se blottir dans la grange pour lire un peu. Elle avait besoin de se changer les idées. Mais seules des pensées douloureuses abondèrent.

Tout à coup, elle vit une ombre se poser devant elle et son regard surpris, le découvrit, là, debout à ses côtés. Alors, jolie demoiselle, lui dit-il, une journée où je n'ai pas pu venir parce que nous avions du travail urgent à la ferme et tu m'abandonnes déjà. Je suis désolé pour hier, mais comme c'était mon jour de repos à la mine, nous avons passé la journée à arracher des betteraves. Mes parents étaient contents d'avoir mon aide. C'était un travail énorme et comme nous n'avions pas fini, avec la meilleure volonté, je ne pouvais pas les laisser tomber pour venir te faire la cour. J'espère que tu peux me pardonner…

- Je croyais que tu ne voulais plus me voir lui répondit-elle, soulagée. Mais si tu étais venu me chercher, j'aurais pu vous aider !

- Je le saurai pour la prochaine fois… Tu sais que je te trouve belle et surtout, je suis très amoureux de toi ! Il va falloir que tu apprennes à me faire confiance, insista le jeune homme.

- Je le suis aussi, car tu m'as beaucoup manqué ! lui répondit-elle. Depuis mon enfance, j'ai toujours fait confiance aux promesses que l'on me faisait, mais elles n'ont jamais été tenues. Alors, il faut me comprendre…

- Je ne suis pas les autres ! répondit-il avec douceur.

Malheureusement, ces jours féeriques filèrent trop vite. Le dimanche suivant, elle devait déjà rentrer à Forbach. Les trois semaines de rêve avaient filé comme un éclair. Le samedi soir, ils discutèrent longuement tous les deux, en se demandant de quelle manière, ils pourraient se revoir. Ils demandèrent un conseil aux adultes, fort heureusement d'ailleurs, puisque la cousine Emmy proposa une solution.

- Je vais téléphoner à ton père demain matin, pour lui parler d'Alfred. Je lui expliquerai qu'un jeune homme bien voudrait te fréquenter et qu'il va te reconduire en moto.

C'est ce qu'elle fit, en demandant à son oncle Victor s'il n'y voyait aucun inconvénient.

- Tu peux nous faire confiance ! lui expliqua-t-elle. Quand il la ramènera, tu pourras faire sa connaissance.

De cette façon, tu sauras qui Rose-Marie fréquente. C'est un garçon travailleur que nous connaissons bien. Ses parents ont une ferme tout près de chez nous.

C'est donc avec l'autorisation du premier père adoptif de Rose-Marie, qu'Alfred la raccompagna vers 17 h 30 à la maison. La peur au ventre, Rose-Marie le présenta à toute la famille.

Sans aucune timidité, le jeune homme salua ses parents, et demanda aussitôt la permission de revenir la chercher le samedi suivant, en précisant que ses intentions étaient sérieuses. Emma qui était presque heureuse de se débarrasser d'elle, dit aussitôt :

- Oh ! bien sûr, vous pourrez venir la chercher samedi, elle dormira chez sa cousine, et vous la ramènerez dimanche soir…

Quand il partit, elle le raccompagna à l'extérieur et, pour la première fois, ils échangèrent un long baiser avant de se séparer jusqu'au samedi suivant.

Toute la semaine, Rose-Marie plana sur son petit nuage. Ses jambes semblaient en coton. Pour une fois, les jérémiades de sa belle-mère ne l'atteignaient plus. D'ailleurs, elle ne les entendait même pas, tant elle était plongée dans ses rêveries. Enfin, un nouvel espoir de bonheur apparaissait à l'horizon.

C'est l'oreille aux aguets, qu'elle guetta le bruit de la moto le samedi matin. Il vint donc la chercher, chargea ses affaires dans ses sacoches et l'emmena directement chez ses parents. Son père semblait assez réservé, mais toujours souriant et sa maman était très gentille. Comme elle parlait couramment l'allemand, Rose-Marie discuta longuement avec elle. Le temps de la vaisselle, la jeune fille lui parla un peu de son enfance et la femme, les larmes aux yeux, serra dans ses bras la petite orpheline en lui disant :

- Tu es une jeune fille intelligente et je t'aime beaucoup. Je suis contente que mon fiston te fréquente.

La journée avait été merveilleuse, mais le soir lorsqu'il la raccompagna chez sa cousine où elle devait passer la nuit, ils eurent du mal à se quitter.

Tout le dimanche, ils profitèrent de la présence l'un de l'autre, sans se séparer un instant. Main dans la main, il lui fit visiter la ferme, l'embrassa à tout bout de champ en lui disant qu'il l'aimait. Puis, comme promis, il la raccompagna en fin d'après midi à Forbach.

La semaine parut interminable à Rose-Marie... Sa belle-mère, comme piquée par une guêpe, passa son temps à lui lancer des piques ou faire des sermons qui disaient qu'une fille sérieuse ne couchait pas avec un garçon avant le mariage.

- Mais nous n'en sommes pas encore là, lui répétait inlassablement Rose-Marie.

Cependant, le disque était rayé, la même litanie fut répétée chaque jour sans interruption.

Enfin le samedi arriva. De nouveau, ils passèrent un week-end formidable, en s'embrassant passionnément dès qu'ils étaient seuls un instant.

Quinze jours plus tard, la mère d'Alfred, alors qu'il venait de ramener Rose-Marie chez sa cousine pour la nuit, dit à son fils :

- C'est vraiment une brave fille qui est travailleuse. Tu devrais l'épouser mon garçon.

- C'était bien mon intention, maman. C'est ce que je vais faire, lui avait-il répondu.

Le lendemain, il avait répété toute la conversation à la jeune fille.

- Qu'en penses-tu lui demanda-t-il ? Je t'aime, et toi !

- Je t'aime aussi et je suis d'accord.

Quand il la raccompagna chez son père, il restèrent plus d'une heure derrière la maison, près du clapier, pour s'embrasser amoureusement.

Arriva Noël. Comme la cousine Emmy passait les fêtes avec son mari, dans sa belle famille, et ne pouvait pas recevoir Rose-Marie, sa belle-mère, pour se débarrasser d'elle, la laissa dormir chez Alfred et ses parents.

Sans le moindre cadeau pour elle ou la famille qui l'accueillait, Rose-Marie partit de la maison en compagnie de son amoureux, la veille de la fête. Tout en l'expédiant là-bas, Emma lui fit à nouveau ses *spitchs* (sermons) habituels. Mais Rose-Marie s'en moquait royalement. Elle ne voulait qu'une chose, s'échapper de la maison.

Ils passèrent un réveillon formidable, se rendirent à la messe de minuit et, la nuit, Rose-Marie dormit à côté d'Antoinette, la sœur d'Alfred.

Durant ces jours-là, ils se firent des mamours et les premières caresses plus osées.

- Nous allons nous marier, j'ai envie de te faire l'amour, disait-il ?

Mais Rose-Marie, craintive par peur des retombées à la maison, refusa. Pendant la période de Noël, il n'insista pas. Ils décidèrent de se marier au mois de février. Et la jeune fille était on ne peut plus heureuse.

Pour le Nouvel An, Alfred l'invita de nouveau à la maison. Le soir même, ils se rendirent au bal à Forbach. Après avoir dansé toute la nuit, ils rentrèrent en s'embrassant passionnément.

- Je ne veux pas dormir tout seul, lui murmurait-il à l'oreille en l'entraînant vers sa chambre. Je veux te caresser et te faire l'amour.

Il y aurait peut-être mis un peu plus de douceur, qu'il aurait réussi à la faire céder, mais comme il insistait un peu de trop à son goût, Rose-Marie s'échappa pour aller se coucher à côté d'Antoinette.

Le lendemain, la jeune fille se réveilla, soulagée de n'avoir pas péché. Il la reconduisit à la maison, en lui disant qu'il passerait la chercher le mercredi suivant.

- On parlera avec tes parents pour fixer la date du mariage. Je n'ai pas la patience d'attendre et j'aimerais que nous puissions nous marier rapidement.

La tête dans les nuages, elle attendit donc, n'écoutant pas les doléances de sa belle-mère, faisant comme si elle parlait à quelqu'un d'autre.

Le mercredi suivant, en sortant de son travail, Alfred vint la chercher. Comme son père ne revenait que tardivement de l'usine, il lui proposa d'aller faire une promenade.

Main dans la main, leurs pas les conduisirent en haut des casernes. Là il y avait encore quelques abris pour les gardes, qui étaient entiers. Pour ne pas s'embrasser à la vue de tout le monde, ils pénétrèrent à l'intérieur d'une casemate pareille à celle où elle avait dormi petite, et dans laquelle, son Onkel William lui déposait à manger. Ils s'embrassèrent si passionnément, qu'ils en chanclèrent. Pour être plus à l'aise, Alfred posa son blouson à même le sol et s'installèrent dessus. Là, ils s'embrassèrent à en perdre le souffle. Ces trois jours de séparation avaient été si longs pour l'un comme pour l'autre… Rose-Marie sentait que son amoureux était très excité. Ses mains étaient partout à la fois sur son corps.

- Fais-moi plaisir ! disait-il. Nous nous marions bientôt. On ne dira rien à personne. Tous les amoureux essaient avant le mariage.

C'est là, qu'ils firent l'amour pour la première fois. Les phrases tendres qu'il prononçait étaient une musique très douce, pour les oreilles de Rose-Marie habituées à d'autres refrains. Ses caresses étaient enivrantes et il trouvait toujours le mot qu'il fallait pour la détendre. Lorsqu'il la pénétra en douceur, une brusque douleur lui traversa le ventre :

- Tu m'as fait mal ! murmura-t-elle, avec des larmes dans les yeux.

Il la serra longuement dans ses bras en l'entourant de gestes doux et de mots d'amour. Très vite, le moment désagréable s'envola pour une pause bien-être.

Plus tard, ils revinrent enlacés, chez les parents de Rose-Marie. Là, Alfred leur annonça aussitôt leur intention de se marier le mois suivant.

- Il faut d'abord que je vous donne mon accord et que j'aille signer à la mairie, pour la publication des bans ! leur dit Victor.

- Laisse-les faire, le coupa Emma, qui, aussitôt, s'adressa à Alfred en précisant :

Nous ne pouvons pas lui donner un sou, pas plus que l'habiller pour le mariage. De toute façon, nous ne viendrons pas à l'église.

- J'aime Rose-Marie ! Nous n'avons pas besoin de votre argent. Je la prends comme elle est là, et m'occuperai de tout. Mais vous pourriez au moins assister au mariage religieux. Après nous irons boire un verre ensemble. Victor est quand même son père adoptif !

- Moi, je ne veux rien savoir, insista Emma. Si lui (en désignant Victor du doigt) veut vraiment y aller, qu'il fasse ce qu'il veut. A la rigueur, je peux vous faire un gâteau au chocolat que vous viendrez chercher après la messe.

- Merci pour elle ! Mais votre gâteau au chocolat vous pouvez vous le mettre où je pense... Qu'avez-vous donc à reprocher à Rose-Marie, pour ne même pas faire acte de présence à l'église, le jour de son mariage ? Ce n'est certainement pas cela qu'elle attendait de ses parents ! Elle n'a qu'un seul père... Mais ça ne fait rien, de toute façon, elle ne sera pas toute seule. Toute ma famille nous accompagnera et nous ferons la fête chez Lino et Emmy.

Gêné, Victor ouvrit une de ses précieuses bouteille de vin et en servit un verre au futur marié. Il avait de nouveau l'occasion de boire un bon coup, sans que sa femme ne vienne rouspéter. L'alcool l'avait transformé à tel point qu'il était incapable de prendre la moindre décision. Seul le vin l'emportait dans son nuage cotonneux où il semblait se complaire.

Assise sur les genoux de son fiancé, Rose-Marie n'en revenait pas qu'il ait remballé Emma de cette façon. Tout souriant, Alfred la serra amoureusement contre lui.

Plus tard dans la soirée, alors que son amoureux était reparti, Rose-Marie se glissa dans la buanderie avec sa culotte blanche tachée de sang. Alors qu'elle la croyait couchée, elle se mit à la rincer à l'eau froide, lorsque sa belle mère rentra brusquement dans la pièce.

- Mon Dieu ! La petite salope ! hurla-t-elle.

Les claques tombèrent de tous les côtés.

Flip ! Flap ! Flop !

- Je t'avais pourtant ordonné de ne pas coucher avec lui avant d'être mariée. Alors comme ça tu vas laver ta culotte pleine de sang en cachette ! Oh la petite salope ! Je savais que tu ne pouvais pas valoir plus que ta mère ! De nouveau les gifles tombèrent en cascade.

- Nous n'avons rien fait de mal, puisque nous nous marions le mois prochain ! murmura Rose-Marie en pleurant à chaudes larmes.

- Mais rien ne semblait pouvoir arrêter la rage de sa belle-mère, pas plus que son chapelet d'injures.

Une fois la furie repartie, la tête et les joues en feu, tout en continuant à sangloter, Rose-Marie termina de laver l'objet du délit en pensant que faire l'amour n'avait pas été si agréable que cela ! Elle avait plutôt trouvé la chose douloureuse...

Le samedi suivant, Rose-Marie rougissante comprit qu'Alfred en avait parlé à sa mère, puisque celle-ci leur permit de dormir ensemble.

La deuxième fois, surtout dans un lit douillet, Rose-Marie apprécia beaucoup plus leurs caresses langoureuses comme leurs ébats amoureux.

Les préparatifs du mariage et leur impatience de se retrouver, firent courir le temps.

Comme elle l'avait annoncé, Emma refusa d'assister à la messe de mariage, "d'une salope qui n'était plus pure pour aller à l'église" ! rajoutait-elle. Et comme madame n'y allait pas, Victor n'avait pas à y être non plus.

- Mais c'est mon père ! avait insisté Rose-Marie.

- Je viendrai à la mairie pour signer, lui annonça celui-ci, mais ne serai pas à l'église, autrement celle-là va me rendre dingue...

Les derniers jours passés à la maison, furent encore plus éprouvants que les autres. Une semaine avant le mariage, Rose-Marie épuisée, alors qu'elle venait de terminer la lessive de toute la famille, refusa de repasser l'énorme baquet de linge, que sa belle-mère voulait lui imposer.

En la traitant d'ingrate et de tous les noms d'oiseaux qu'il est préférable de ne pas transcrire, pour se venger, sa belle-mère lui annonça :

- Maintenant, pour t'embêter, je peux te le dire. Tu avais un amoureux à Metz, à qui tu écrivais en cachette. Eh bien ! je t'annonce qu'il t'a envoyé de nombreuses lettres. Au début je les ouvrais pour les lire, mais en dernier, je les ai toutes déchirées. Il a cherché à te joindre de nombreuses fois, nous l'avons même éconduit plusieurs fois. Ton père le savait, mais depuis le début, je lui ai fait promettre de ne rien te dire.

- Rouge de colère, devant la tromperie de celui à qui elle croyait pouvoir faire confiance, Rose-Marie se rendit directement chez son père qui était dans la salle à manger, pour lui crier en pleine figure :

- Je te hais ! Pourquoi es-tu venu me chercher là-bas, si c'était pour me faire autant de mal. Je ne te pardonnerai jamais… Je regrette surtout atrocement le jour où je t'ai dit : papa, à la gare. Je te faisais confiance alors, si vraiment tu aimais ma mère ! Pourquoi m'as-tu menti pour Raymond ?

En sortant de la pièce, Rose-Marie vit que son père pleurait en regardant sa femme d'un air triste. Toujours en rage, la jeune fille rajouta encore pour Emma :

- Je savais que tu étais une peste, mais là, tu as été ignoble ! Mais maintenant j'ai Alfred, je suis contente parce que la semaine prochaine, je ne te verrai plus.

- Tu es une ingrate ! hurla Emma. Avec tout ce que j'ai fait pour toi ! Je t'ai accueillie comme si tu étais ma fille et voilà le remerciement ! Tu te permets de nous insulter...

- Ta fille te remercie pour tout alors, surtout pour les coups reçus. Elle s'en serait bien passée.

Au fond de son cœur, elle savait maintenant que ce n'était pas elle qui détruisait tout sur son passage, mais les autres, ceux qui s'autorisaient à décider pour elle.

Dorénavant, plus jamais quelqu'un ne prendrait une décision à sa place. Elle y veillerait…

Le 12 février 1956 Rose-Marie se présenta toute seule à l'église, revêtue d'une robe blanche et d'un voile, pour épouser Alfred qui était venu la chercher en moto. Aucun de ses frères et sœurs n'étaient présents. Son père avait juste fait un passage éclair à la mairie, mais ne lui tint pas le bras pour l'accompagner à l'autel. Il s'était éclipsé comme un voleur, pour aller vider sa bouteille tranquillement…

Quant à sa belle-mère, elle avait de nouveau trouvé la raison idéale, pour ne rien lui offrir, pas même une boîte de mouchoirs en guise de trousseau. Seuls, sa cousine Emmy, son mari Lino, ainsi que la famille de son mari, étaient venus leur souhaiter beaucoup de bonheur.

En sortant de l'église, il pleuvait à verse. Les quelques invités présents les taquinèrent en disant :

- Mariage pluvieux ! Mariage heureux !

Comme Alfred n'avait pas encore son permis voiture, c'est dans celle de l'oncle Joseph qu'ils retournèrent à

Folkling, pour ouvrir la première page d'un nouveau roman…

Dans le silence de l'azur, le regard de la pêcheuse volette avec les cabrioles d'un caneton. Ses espoirs se plongent dans l'océan imaginaire d'une vie nouvelle. Le remous de l'eau apaise ses souffrances qui remontent toujours à la surface, d'un passé marqué dans sa chair autant que dans son cœur.

Son bras ramène le bouchon de liège, qui cherche toujours à s'échapper aux frontières de l'infini. La seule chose que la vie lui ait apprise, c'est que le bonheur n'est souvent qu'éphémère.

"Dame d'élégance, la vie a mille casquettes, mais ne nous demande jamais notre avis pour en changer".

Pourtant, Rose-Marie souhaite de tout son cœur, que son couple reste uni à jamais, et en attendant, elle profite de chaque moment qui passe. Le lendemain peut venir, elle espère que le facteur chance lui donnera pour la première fois la main, surtout avec ce petit trésor qui grandit dans ses entrailles.

Enfin, elle avait le droit de vivre le présent sans trembler. Elle n'avait surtout plus à justifier d'être née quand il ne le fallait pas. Elle avait erré durant toutes ces années à la recherche de son prénom et éprouvait un plaisir évident à avoir enfin une identité.

Ces deux dernières années s'étaient envolées comme sur un petit nuage. La joie de vivre était en la demeure, et le bonheur faisait flotter leur couple dans un tourbillon de bien-être.

Son mari l'emmenait souvent au bord de la rivière. Il lui apprenait à pêcher, reconnaître toutes sortes de poissons, découvrir les mille et un secrets de la nature et surtout de l'amour.

Mais, comme une assoiffée qui traverse le désert, malgré son bonheur tout neuf avec Alfred, le doute du lendemain restait à tel point ancré en elle, que seule la nature et la musique enchanteresse de l'eau qui roulait vers le futur, pouvaient l'apaiser. Sans pouvoir l'éloigner, Rose-Marie ressentait toujours cette horrible sensation de contraste entre ce qui lui appartenait et que l'on pouvait lui reprendre du jour au lendemain. On lui avait toujours tout repris jusqu'à maintenant…

Elle se sentait tels les pétales d'un bouton de rose, éclatants à la lumière du jour, mais qui vont être semés à la volée comme les flonflons de la vie, à la tombée de la nuit. Il lui faudrait encore apprendre à profiter du quotidien, sans regarder en arrière, et surtout à faire confiance en la vie. Mais après avoir vécu tant d'années sur la corde raide, son subconscient restait en alerte continuelle.

Comme l'avenir devait faire son chemin, le 9 mars 1958 naquit Jean-Luc, qui allait recevoir tout l'amour que sa mère n'avait pas reçu et qu'elle avait tant attendu. Puis, le 24 juin 1960, Jean-Fréderic montra le bout de son nez et le 3 décembre 1961 un petit Claude vint partager ce bonheur qui n'avait pas d'égal.

C'est à eux que Rose-Marie dédie cette recherche de tendresse, qu'ils ont si bien su lui apporter…

Maintenant elle est enfin certaine d'une chose, sa quête d'amour est arrivée au bout de son chemin, puisque rien ni personne, ne pourra jamais lui retirer l'amour qu'elle porte à ses enfants, amour qu'ils lui rendent bien...

Fin.

Annexes

I FORBACH

Le quartier Bellevue en Mars 1945 – Photo archives municipales

II FORBACH

La caserne Bataille à la libération - Photo archives municipales

III HASELBOURG

Le fort romain « Devant la maison » - Collection privée

Achevé d'imprimer sur les machines du
Ver Luisant
B.P. 117
19103 Brive la gaillarde cedex

Dépôt légal 2ème trimestre 2003